SILENCIO
FATAL

SILENCIO FATAL

KENDRA ELLIOT

Traducción de
Roberto Falcó

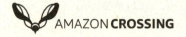

Título original: *The Silence*
Publicado originalmente por Montlake, Seattle, 2020

Edición en español publicada por:
Amazon Crossing, Amazon Media EU Sàrl
38, avenue John F. Kennedy, L-1855 Luxembourg
Mayo, 2022

Adaptación de cubierta por PEPE *nymi*, Milano
Imagen de cubierta © Jull Battaglia / ArcAngel; © Howard Snyder
© EyeEm / Getty Images
Producción editorial: Wider Words

Impreso por: Ver última página

Primera edición digital 2022

ISBN Edición tapa blanda: 9782496708608

www.apub.com

SOBRE LA AUTORA

Kendra Elliot es una habitual de la lista de libros más vendidos de *The Wall Street Journal* y es la laureada autora de las series Bone Secrets y Callahan & McLane, así como de las novelas de Mercy Kilpatrick. Ha ganado el Premio Daphne du Maurier en tres ocasiones y ha sido finalista del International Thriller Writers Award y del RT Award. Lectora voraz de toda la vida, aprendió el oficio leyendo a heroínas clásicas como Nancy Drew, Trixie Belden y Laura Ingalls. Nació, creció y aún vive en la lluviosa región del Noroeste del Pacífico con su familia, pero no renuncia a su sueño de mudarse a un lugar donde pueda ir todo el día en sandalias. Encontrarás toda la información sobre Kendra en www.kendraelliot.com.

A mis chicas

CAPÍTULO 1

El detective Mason Callahan miraba fijamente los dedos seccionados que había en el linóleo del baño.

—¿Qué sentido tiene intentar ocultar la identidad del cadáver si lo ha dejado en su propia casa? —murmuró el detective Ray Lusco. El fornido agente de la policía del estado de Oregón se había mantenido en silencio durante casi treinta segundos mientras examinaba la escena. Todo un récord.

Había un cuerpo mutilado en la bañera ensangrentada. Las paredes y el suelo estaban cubiertos de un mosaico de arcos de sangre. Sobre el pecho reposaba un gran mazo de goma, abandonado. El cráneo deforme del fallecido era una prueba irrefutable del uso que se le había dado. Le habían roto casi todos los dientes, que parecían fragmentos de porcelana en la sangre reseca. Conservaba dos dedos en la mano izquierda, pero los demás estaban esparcidos por el suelo.

—Parece como si lo hubieran interrumpido antes de rematar la faena de las manos —dijo Mason, que frunció el ceño mientras hacía un rápido recuento—. Solo veo siete dedos en el suelo.

Ray se estremeció.

—Mierda. No me estarás diciendo que el asesino puede haberse llevado uno de recuerdo, ¿no?

—Podría estar bajo el cuerpo.

Ambos se detuvieron y Mason tuvo que armarse de valor al imaginarse a los dos moviendo el cuerpo para comprobarlo.

—Esperemos al forense.

«Que haga él los honores».

Con los años no se había acostumbrado. Mason había visto docenas de muertos en las décadas que llevaba trabajando como agente de la ley. Muchos habían dejado una honda impronta en su cerebro, se le aparecían en mitad de la noche y le impedían conciliar el sueño hasta que desterraba las imágenes. Había aprendido a compartimentar su trabajo y con el tiempo se había convencido de que no era más que eso y que se le daba muy bien. Su misión era ayudar a los demás y dejar a un lado los horrores atroces que eran capaces de infligir algunos seres humanos a sus congéneres.

Él mismo había vivido en carne propia la cólera de un asesino.

Se acarició con la yema de los dedos la piel áspera del cuello. Ocho meses atrás alguien de su pasado había intentado ahorcarlo con el único objetivo de saciar su sed de venganza. Si no hubiera aparecido Ava en el momento preciso…

Inspiró con fuerza por la nariz e intentó reprimir las náuseas, recurriendo al olor de la muerte que lo rodeaba para alejar el recuerdo del trágico suceso.

La casa se encontraba en una pequeña parcela en las afueras de Portland. Un policía local había acudido, alertado por un vecino que se había fijado en una ventana rota en la parte posterior de la casa y había visto sangre en el suelo de la cocina. El jefe de policía del pueblo pidió ayuda a la policía del estado de Oregón al ver la sangrienta escena. En aquella localidad de tres mil habitantes no se había cometido un asesinato en más de una década.

—Reuben Braswell. Cincuenta y dos años. Soltero. Parece que vivía solo —afirmó Ray, consultando las notas de su teléfono. Señaló el montón de ropa ensangrentada que había junto al inodoro—.

Tenía la cartera y el permiso de conducir en el bolsillo del pantalón. Coincide con la fotografía.

—¿Qué dice el tatuaje? —Una bandera estadounidense cubría la mitad del brazo de la víctima, pero Mason no distinguía las palabras que había debajo.

—«Nosotros, el pueblo».

—¿Y lo que aparece en letra pequeña?

—Es la segunda enmienda.

—Hay gente que se la toma muy a pecho. —Mason no tenía ningún problema con la segunda enmienda, pero no pensaba tatuársela—. ¿Algún tatuaje más?

—Podría tener alguno en la espalda. Ya lo comprobará el forense.

—¿Estuvo casado? —preguntó Mason.

—No me lo parece. No sé cómo ha llegado a esa edad sin casarse —dijo Ray—. Algún problema tendría.

—A lo mejor no quería casarse y ya está. Eso no significa que tuviera algún problema. —El debate sobre el matrimonio no era nuevo. Ray y él lo habían tratado varias veces. Su compañero juraba que el matrimonio era lo mejor que le había ocurrido y presumía de una vida doméstica de cuento de hadas. Tenía una mujer preciosa, dos hijos fabulosos. Era el hogar perfecto. Durante años, Mason le había ocultado los celos que sentía. Su matrimonio había naufragado varios años antes.

Sin embargo, su situación estaba a punto de cambiar. Para mejor. Mucho mejor, gracias a Ava.

—No lo entien...

Mason interrumpió a Ray.

—No es lo que todo el mundo quiere. ¿A qué se dedica? —preguntó, en un intento de reconducir la conversación.

—Trabaja en Home Depot. Desde hace ocho años. —Ray levantó la mirada—. No me importaría trabajar ahí cuando me jubile del cuerpo. Ya me conozco todos los pasillos de memoria.

Mason asintió, consciente de que compartían la fascinación por ese establecimiento. Entre los dos tenían suficientes herramientas para abastecer una tienda nueva. Sin embargo, él no sentía la necesidad de trabajar de cara al público.

—¿Familia cercana?

—Los padres fallecieron. Estamos intentando localizar al hermano y a la hermana.

—Examinemos el resto de la casa.

El compañero de la policía científica había aguardado con paciencia junto a la puerta mientras los dos detectives examinaban el cadáver, pero Mason notaba la impaciencia que desprendía el hombre alto y delgado, que se movía inquieto trasladando el peso del cuerpo de un pie a otro. Mason asintió al pasar junto a él y vio su gesto de alivio al comprobar que por fin iban a abandonar la escena del crimen.

—¿Estás viendo esta temporada de *Queer Eye*? —preguntó Ray mientras recorrían el pasillo pegados a la pared para no pisar el ancho reguero de sangre, pero sin arrimarse tanto como para tirar las fotografías que colgaban de la pared.

Mason se detuvo junto a un retrato en blanco y negro de unos chicos con sombreros de vaquero, sentados en un poni. Él tenía uno casi idéntico de su hermano y él. Seguramente había uno igual en todas las familias de su generación.

Ray siguió hablando:

—El último episodio es un dramón.

—Ava lo estaba viendo anoche. —Mason lo había mirado a hurtadillas, parapetado tras un libro, fingiendo que leía en lugar de seguir el melodramático programa—. Creo que era ese.

Como si pudiera olvidarlo. Tuvo que hacer un esfuerzo titánico para mantenerse impertérrito y reprimir las lágrimas mientras los cinco protagonistas ayudaban a un hombre de su edad a recuperar la confianza en sí mismo.

Mason atisbaba los cincuenta en su horizonte. Era una cifra humillante que no coincidía con lo que sentía por dentro.

—Sí, intercambiamos varios mensajes sobre el tema. —Ray lanzó un suspiro—. Es un programa brutal.

Era normal que la prometida de Mason se escribiera con su compañero. Cuando Mason no podía ayudarla a elegir entre rosas o peonías para la boda, Ray no tenía ningún reparo en ofrecerle su opinión. Lo mismo ocurría cuando el tema de debate eran unas botas de mujer o la última comedia romántica. Mason valoraba su amistad.

Los agentes se detuvieron junto a la entrada de la cocina, origen del rastro de sangre.

Mason alzó la mirada. Había varias salpicaduras en forma de arco en una pared y en el techo. El suelo gastado de madera estaba salpicado de manchas y pequeños charcos de sangre.

—Supongo que no bastaba con los daños que provocó aquí con el mazo de goma —dijo Ray—. Y volvió a usarlo en el baño.

«O quizá solo lo hizo porque le apetecía».

Mason tenía la sensación de que percibía los ecos físicos de la ira que inundaban la cocina. ¿Cómo debió de ser el crujido del cráneo cuando el mazo lo aplastó? Tuvo que reprimir un escalofrío.

Vio la ventana rota no muy lejos de la puerta trasera y se dirigió hacia allí sorteando la sangre. Las fundas que llevaba en los pies amortiguaban el repiqueteo habitual de sus botas de vaquero.

—Hay fragmentos de cristal fuera —comentó Ray.

—No la rompió alguien que intentaba entrar. —Mason señaló las salpicaduras de sangre que había junto a la ventana—. Creo que la golpearon con el mazo. Tal vez fue sin querer. O tal vez no.

—No se me ocurre ningún motivo para romper la ventana desde dentro —dijo Ray.

Mason coincidía con él. «¿Qué sentido tiene romper la ventana cuando uno puede abrir la puerta y salir sin más?», pensó.

Se dirigió a la puerta, que daba a un pequeño patio de cemento. En un rincón había una parrilla grande y notó el leve olor del carbón y la barbacoa. Inspiró hondo con la esperanza de ahuyentar el aroma de la muerte. Era una tarde de junio calurosa y el termómetro rondaba los treinta y cinco grados, algo poco habitual a esas alturas del verano. En el pequeño espacio de césped del jardín predominaban los tonos marrones más que los verdes, y había una valla gris destartalada que rodeaba la parcela para evitar las miradas indiscretas de los vecinos.

—¿Cómo vio el vecino la ventana rota? —preguntó Ray.

—Eso me gustaría saber.

Alguien debía de haberse asomado por encima de la valla para echar un vistazo a la parte posterior de la casa. Mason le había pedido a un agente que fuera a buscar al vecino en cuestión para hacerle un par de preguntas.

—Mason, Ray. —La doctora forense Gianna Trask apareció en la puerta tras ellos—. Me han dicho que estabais aquí.

Los dos habían colaborado con ella en anteriores ocasiones. Su marido era el hermano del periodista de sucesos Michael Brody. Mason no sabía cómo calificar su tirante relación con Brody. No eran amigos. No eran conocidos. ¿Cómo podía definirse una relación en la que imperaba el respeto mutuo, pero, al mismo tiempo, el recelo hacia el otro? El periodista era uno de los invitados a la boda. Junto con Gianna y su marido.

Se estrecharon la mano e intercambiaron las cortesías de rigor.

—Aún no he podido examinar el cuerpo —afirmó la doctora Trask—, pero a juzgar por el rostro desencajado del agente que me ha dejado entrar y el espectáculo de la cocina, ha de ser un caso tremendo —dijo con voz suave pero mirada seria.

—Presta especial atención al dedo que falta —le pidió Ray.

La forense enarcó una ceja.

—Tomo nota.

Regresó al interior y dejó la puerta entornada.

—A trabajar —dijo Ray—. Debemos inspeccionar el resto de la casa.

Mason se llenó los pulmones con el leve aroma de la barbacoa. Ojalá pudiera hacerlo durar.

CAPÍTULO 2

La agente especial del FBI Ava McLane apuró el café y dejó la taza en el lavaplatos. El nuevo aparato le arrancó una sonrisa. «¿Cuándo dejaré de emocionarme tanto por los electrodomésticos?», pensó. El lavaplatos de acero inoxidable hacía conjunto con la cocina de seis fogones y un enorme frigorífico. Mason y ella se habían pasado casi cuatro meses sin cocina, mientras los operarios desmontaban la que tenían, de estilo años ochenta, proceso que se vio salpicado por infinidad de contratiempos. Fontanería. Electricidad. Y problemas con la estructura de madera.

La antigua casa de estilo Tudor que habían comprado hacía un año era un pozo sin fondo de gastar dinero. Los problemas de la cocina fueron solo los primeros de muchos otros que afectaban a todo el edificio. Aún no entendía cómo había podido pasar la inspección. Mason quería buscar al inspector, pero Ava le recordó que era la casa de la que se habían enamorado y que habrían acabado comprando de todos modos fuera cual fuera el veredicto de la inspección. Al final él acabó dando el brazo a torcer y le hizo el pago correspondiente al contratista.

De modo que si le apetecía sonreír al ver los electrodomésticos, no pensaba dejar de hacerlo. Meterse en obras siempre era un infierno.

Ava se había pasado la mañana trabajando en casa, acabando los informes del caso que había cerrado la semana anterior, y le había prometido a su jefe, Ben, que pasaría por la oficina por la tarde. Miró la hora y cogió su bolso entre los quejidos de Bingo. Se volvió para darle un abrazo, pero no lo hizo. El perro estaba inmóvil, mirando fijamente la puerta de casa.

Sonó el timbre y Bingo profirió un ladrido grave a modo de advertencia.

—Bien hecho. —Ava le frotó la cabeza. Era un perro guardián excelente a pesar de que no había recibido adiestramiento, al menos de Mason o de ella, y que sabía cuándo debía advertirlos de un peligro y cuándo convenía que guardara silencio. Hacía ya más de un año que había elegido a Mason como dueño y se había incorporado a la familia como miembro de pleno derecho.

Ava se acercó a la mirilla. Podría haber utilizado el móvil para comprobar la cámara del porche que formaba parte del sistema de seguridad de última generación que Mason había instalado, pero el método tradicional resultaba más rápido.

El recién llegado debía de rondar la veintena. Tenía las manos en los bolsillos delanteros de las bermudas cargo y se encontraba a un par de metros de la puerta, dejando espacio de sobra. Unas chanclas y una camiseta ceñida completaban el atuendo, pero no tenía un aspecto desaliñado. Llevaba el pelo corto y una perilla bien cuidada.

Le resultaba familiar, pero no acababa de ubicarlo.

De repente sintió un escalofrío. Mason había instalado el sistema de seguridad por un motivo. En el pasado, su vida doméstica se había visto afectada por ciertos elementos peligrosos de su trabajo como agentes de la ley.

Y siempre estaba la cuestión de Jayne.

La hermana gemela de Ava era impredecible. Por lo general, en el peor sentido de la palabra.

—¿En qué puedo ayudarte? —preguntó Ava sin abrir la puerta.

El hombre se irguió y adoptó un gesto de esperanza.

—¿Es usted Ava McLane?

—¿Quién lo pregunta?

—Brandy Shurr. Estoy buscando a Jayne —dijo con un tono que rozaba la desesperación.

A Ava le temblaron las piernas y se apoyó en la puerta para no perder el equilibrio mientras observaba al desconocido por la mirilla. Jayne se había fugado de un centro de desintoxicación para drogodependientes con Brady Shurr unos ocho meses antes. Las últimas noticias que tenía de ella eran que su hermana y su compañero de fuga estaban en Costa Rica, utilizando el dinero de la familia para costearse una lujosa clínica de rehabilitación.

Al menos Jayne había buscado ayuda.

Ava ya se acordaba de ese hombre. La familia Shurr era propietaria de media docena de concesionarios de automóviles en el estado. Brady y sus hermanos habían aparecido en los anuncios varias veces.

Abrió la puerta con las manos gélidas.

—¿Qué ha pasado? ¿Dónde está?

Brady la miró fijamente.

—Vaya…

Ava estaba familiarizada con esa mirada desde pequeña. Jayne y ella eran idénticas y a menudo la única forma de distinguirlas era por el color del pelo. La gente que solo conocía a una de las dos siempre se sorprendía al ver por primera vez a la otra.

—Jayne me dijo que no os parecíais en nada —afirmó Brady, que parpadeó varias veces sin quitarle el ojo de encima.

—Sabe perfectamente que somos idénticas —le espetó Ava—. Se ha hecho pasar por mí más veces de las que me gustaría recordar.

El corazón le latía con fuerza. Jayne no había dado señales de vida en los últimos meses, pero ese comportamiento formaba parte de su ciclo destructivo como gemela. Largos períodos de silencio seguidos por un brusco tsunami de actividad. A menudo ilegal. Ava llevaba un tiempo en vilo, esperando a que se produjera lo inevitable, como ocurría siempre. Y ahí estaba el momento que tanto había temido.

El silencio había llegado a su fin.

—Se fue —confesó Brady con voz ahogada.

—¿Qué quieres decir? Creía que os estabais dando la gran vida en una playa de Centroamérica. —Procuró fingir que no sentía el martilleo del corazón y se apoyó en el marco de la puerta, cruzándose de brazos con un gesto desenfadado—. ¿Qué ha hecho ahora?

El pasado de Jayne era un rosario de sustancias ilegales, pequeños delitos y robos a su hermana gemela. Desde jóvenes, ninguna de las pertenencias de Ava había estado a salvo de las garras de su hermana, que le había robado tarjetas de crédito, la identidad, el coche, novios, ropa…, con el pretexto de que las gemelas debían compartirlo todo. Siempre había ido de trabajo en trabajo, de hombre en hombre, siguiendo el rastro de la emoción.

Jayne era varios años mayor que Brady. Se habían conocido en rehabilitación y ella había logrado convencerlo de que abandonara a su mujer, dejara la clínica y se esfumara con ella.

La última vez que Ava había tenido noticias de Jayne, su hermana se mostraba optimista y con ganas de disfrutar del futuro con aquel chico, resuelta a no caer de nuevo en las drogas.

Ava siempre deseaba lo mejor, pero se preparaba para lo peor en todo lo relacionado con su hermana.

Brady le dirigió una mirada de súplica. «Su preocupación es sincera». ¿Cómo se las había apañado Jayne para encandilar a aquel chico joven, rico y guapo?

—Desapareció sin más. En alguna ocasión me dijo que si eso ocurría, debía ponerme en contacto contigo.

Saltaron todas las alarmas de Ava.

—Será mejor que entres.

Capítulo 3

Solo unos minutos después de que se presentara en la puerta, Brady estaba instalado en un taburete de la cocina nueva de Ava, con un vaso de té helado en las manos. Se había sentado frente a una isla tan grande que Ava tenía que ponerse de puntillas para limpiar la parte central. El contratista había medido hasta dónde podía llegar la propietaria antes de dar el visto bueno al diseño. Había tenido una clienta que se había enfadado con él porque tenía que subirse a una silla para limpiar la isla, de modo que el hombre evitaba cometer el mismo error.

Brady la observó mientras Ava se servía un vaso de té helado.

—Es muy raro. Andas como ella y mueves la cabeza igual que ella. —Suspiró—. Jayne hasta tiene el pelo del mismo color y largo.

—Pues es raro —contestó Ava, tomando asiento junto a él—. Antes siempre intentaba llevar un peinado completamente distinto del mío. Rubio o púrpura. Siempre decía que el castaño era aburrido.

—Estaba empezando de cero. Ambos lo estábamos.

Empezar de cero. «¿Cuántas veces se lo he oído decir?».

—Es una drogadicta. Siempre lo será. Y tú también.

—Lo sé… Los dos somos conscientes de ello.

—¿Quién tomó la decisión de abandonar la clínica de aquí e irse a Costa Rica?

Los hombros de Brady se desplomaron.

—Yo.

Ava lo ponía en duda. Jayne era toda una experta en el arte de la manipulación. No le habría costado nada convencer a Brady de que él era el ideólogo cuando, en realidad, era ella quien había plantado el germen del plan en su cabeza. Ava sabía que Jayne siempre había tenido el sueño de disfrutar de unas vacaciones tropicales. Y Brady le ofrecía la ocasión perfecta.

—Cuando conociste a mi hermana estabas casado.

Brady encorvó aún más los hombros.

—Sí, pero mi relación se había acabado antes de que ingresara en la clínica de rehabilitación. No dejé a mi mujer por Jayne.

Quizá fuera cierto. O quizá no. Pero al menos eso era lo que creía Brady.

—¿Ambos decidisteis que os iría mejor en una clínica de desintoxicación de Costa Rica?

—Sí, pero la dejamos hace tres meses.

Ava parpadeó desconcertada.

—¿Dónde habéis estado?

—Vivíamos cerca de la clínica. Es un lugar precioso.

—¿Tu familia corría con los gastos de manutención en otro país?

—El coste de la vida es muy asequible. Teníamos una casa grande con vistas al océano por menos de diez mil al mes.

Ava tragó saliva. Brady hablaba en serio. Le parecía una cifra asequible.

—¿Cuándo desapareció?

—Hace dos semanas.

—¿Cómo? ¿Y me lo dices ahora? —Ava agarró con fuerza el vaso de té.

«No es problema mío. Jayne no es problema mío».

Después de más de dos décadas intentando ayudar a su hermana, le habían quedado secuelas. Las cicatrices eran profundas.

El intento de suicidio de Jayne el año anterior había estado a punto de acabar con ella.

Ava tuvo que levantar un muro entre ambas y Mason le había ofrecido todo su apoyo.

—Creía que volvería. A veces desaparecía un par de días, pero siempre acababa volviendo.

—Espera un momento.

Ava sacó su teléfono y abrió una aplicación de localización. Tras el intento de suicidio de Jayne, había añadido el número de su hermana a la aplicación sin que ella lo supiera. Aprovechó la estancia en el hospital para utilizar el reconocimiento facial del teléfono de Jayne y aprobar el cambio.

A veces, ser gemelas idénticas tenía sus ventajas.

Ava consultaba la aplicación una vez al mes y hasta entonces siempre había visto que su hermana estaba en Costa Rica, lo cual había servido para tranquilizarla, hasta cierto punto.

Sin embargo, la aplicación no localizó a Jayne.

El teléfono estaba apagado.

—¿Adónde ha podido ir?

«Esta es la Jayne que yo conozco, la de los números de escapismo».

Brady se encogió de hombros sin apartar los ojos del té.

—No lo sé. Me pidió que no le preguntara nada de sus ausencias. Siempre volvía limpia. Se notaba que no había consumido ni bebido.

Ava se mordió la lengua para no caer en la tentación de soltarle un sermón a Brady sobre los pilares en que se sustentaba una relación sana.

—¿Qué hacía? ¿Se iba de compras? ¿Has mirado el extracto de sus tarjetas? —le preguntó con amargura. En el pasado, Jayne había acumulado grandes deudas con las tarjetas de Ava en varias ocasiones.

—Le di varias tarjetas a su nombre. —Al final se armó de valor para mirarla a los ojos—. Lo he consultado, pero no hay cargos en las suyas ni en las mías.

—¿Y dinero en efectivo? —preguntó Ava mientras consultaba el correo—. ¿Tenía acceso a grandes cantidades de dinero en efectivo?

—Claro.

Ava levantó la mirada del móvil con gesto brusco. Brady tenía el ceño fruncido, como si no entendiera su pregunta.

«¿Cómo es posible que la gente se trague sus mentiras una y otra vez?».

Ava negó con la cabeza y se concentró de nuevo en el correo hasta que encontró lo que buscaba.

—El último mensaje que recibí de ella es de hace cuatro meses.

—Creía que os escribíais todas las semanas. Siempre me tenía informado de lo que hacías. —Frunció el ceño y le miró la barriga—. No pareces embarazada… ¡Oh! ¡Lo siento! —Se sentó muy erguido en el taburete, con gesto afligido—. ¿Ha pasado algo…?

—No estoy embarazada ni lo he estado nunca —replicó Ava lacónicamente, preguntándose qué otras historias se había inventado Jayne para darle coba a Brady—. Dame un minuto —le pidió mientras pulsaba el número de Zander en la pantalla.

El agente especial Zander Wells era su mejor amigo de la oficina del FBI de Portland. Si alguien podía obtener información sobre Jayne, ese era Zander.

—Ben acaba de preguntarme dónde estás —le dijo su compañero a modo de saludo.

—Ha pasado algo.

—¿De qué se trata? —preguntó él muy serio—. Das un poco de pena por teléfono.

—Muchas gracias. —Hizo una pausa—. Es Jayne —afirmó impertérrita.

—¿Está bien? ¿Y tú estás bien? Ya hacía tiempo… ¿Qué ha hecho esta vez? ¿Ha vuelto de Costa Rica?

Zander conocía toda la historia de su hermana.

Ava respiró hondo.

—Se ha largado. Brady Shurr se ha presentado en mi casa y acaba de decirme que desapareció hace dos semanas.

Zander se puso a teclear frenéticamente.

—¿Cuándo fue la última vez que tuviste noticias de ella?

—Hace cuatro meses.

Dejó de teclear.

—Lo siento, Ava. Sé lo mal que lo pasas, la angustia que provoca saber que tarde o temprano le ocurrirá algo.

—Pues ese momento ha llegado, así que ya puedo relajarme —dijo medio en broma, a pesar de que se notaba al borde de las lágrimas.

No eran lágrimas por su hermana, sino de liberación. El nubarrón de la incertidumbre se había cernido sobre ella desde el otoño anterior.

—Es imposible relajarse cuando se trata de tu hermana gemela. Todos lo sabemos. Déjame comprobar, a ver si encuentro algo sobre ella —dijo Zander—. ¿Tienes su dirección de Costa Rica? ¿O un número de teléfono?

Ava le pidió la información a Brady y se la transmitió a su compañero.

—Te llamo dentro de unos minutos —le prometió Zander y colgó.

Ava deslizó el dedo sobre el número de Mason. «Aún no», pensó.

No quería molestarlo en el trabajo cuando en realidad no tenía información que compartir con él. Sabía que Zander dejaría lo que estuviera haciendo. Él comprendía mejor que nadie el dolor que era capaz de provocarle Jayne.

Ava miró a Brady, que la observaba detenidamente.

—Un compañero del trabajo la está buscando —le dijo.

—Debería haber venido a verte antes —admitió Brady—. Pero de verdad creía que volvería en cualquier momento.

Ava se sentó en el taburete y tomó un largo sorbo de té. «¿Y ahora qué?», pensó.

—¿Qué hacía Jayne en su tiempo libre?

—Pintaba —se apresuró a responder Brady y señaló el comedor, en el que se veía un cuadro—. Es suyo —afirmó sin un atisbo de duda.

Ava miró el cuadro que había comprado el otoño anterior. Cuando lo colgó, Mason le preguntó con dulzura si estaba segura de querer ver a diario aquel recordatorio constante de su hermana. «Me acuerdo de ella cada vez que me miro en el espejo», replicó.

—Me gustó en cuanto lo vi —confesó Ava.

—En Costa Rica vendió más de una docena —dijo Brady, contemplando con nostalgia el cuadro—. Pintaba casi todos los días. Era una buena terapia para ella. La ayudaba a serenarse y a encontrar la tranquilidad. Siempre tenía que andar haciendo algo. Pasaba de una cosa a otra para distraerse de la actividad constante que bullía en su cabeza. Y la pintura le hacía bien.

—Es fantástico —dijo Ava con sinceridad—. Conocí a David cuando lo compré. Estaba en la tienda y también lo quería.

Por entonces ignoraba que David Dressler era su padre, pero él sí sabía que Ava era su hija. Su madre había cortado de raíz todo contacto con él, un hombre casado, en cuanto se quedó embarazada, y nunca reveló a las hermanas el nombre de su progenitor. El otoño anterior, más de treinta años después, David las encontró y Ava descubrió que tenía dos hermanastros. Los había visto en un par de ocasiones, pero prefería mantener las distancias ya que no acababa de sentirse cómoda con su otra familia. Había vivido sola demasiado tiempo.

«¿Le pido que me acompañe al altar?».

Ava no paraba de darle vueltas a la pregunta. Se la había planteado miles de veces desde que había descubierto que tenía padre, pero el concepto de pedirle que asistiera a la boda no dejaba de resultarle absurdo; tan solo hacía ocho meses que formaba parte de su vida.

Sin embargo, en el fondo se sentía como una niña que siempre había soñado con tener padre, y esa niña siempre aparecía en los momentos más inesperados.

—Jayne estaba contentísima de haber conocido a David. Enseguida le cayó bien. Es un buen tipo —afirmó Brady.

Ava se limitó a asentir. Jayne le había escrito un apasionado mensaje sobre la visita que le había hecho David en Costa Rica. No cabía en sí de gozo por tener al fin el padre que siempre había deseado. Ella no había dudado en lanzarse de cabeza a la relación con los Dressler desde el primer momento. Ava, sin embargo, se había limitado a mojar la punta de los pies en la orilla y se había detenido, mirando a su alrededor con recelo.

David, sus hijos adultos y sus familias respectivas eran buena gente. Ava lo sabía. Pero ello no significaba que tuvieran que ser amigos. Aún.

De pronto vibró su teléfono en la encimera y lo agarró de inmediato.

—¿Zander?

—Al parecer tomó un avión de Costa Rica a San Diego hace dos semanas —le dijo.

Ava se quedó helada. El tono de Zander no era normal.

«Ha muerto», pensó.

De repente lo único que podía ver era el cuadro de Jayne. Lo demás, fundido a negro.

—¿Está bien? —preguntó Ava con un susurro. El corazón le latía desbocado.

—No lo sé. No he visto más movimientos... Pero, Ava. —Zander hizo una pausa—. No he encontrado su nombre en la lista de pasajeros del vuelo.

Ava frunció el ceño.

—He encontrado el tuyo. Alguien tiene un pasaporte a tu nombre. Supongo que es ella.

Se inclinó hacia delante y apoyó los codos en la encimera, con el teléfono pegado a la oreja.

«Jayne está bien. Es su comportamiento habitual», pensó. Cerró los ojos durante un largo rato.

—¿La has buscado con mi nombre?

—Al no encontrar resultados con Jayne, me ha parecido la opción más lógica.

—Claro, no sé ni por qué he preguntado... —Miró fijamente a Brady—. Jayne ha utilizado un pasaporte a mi nombre —le dijo.

Él la miró confundido.

—Tiene el suyo. ¿Por qué iba a utilizar el tuyo?

—Esa es la pregunta que llevo haciéndome toda la vida.

Zander carraspeó.

—¿Se te ocurre por qué pudo elegir San Diego? —le preguntó.

—David, nuestro padre, vive ahí. Es el único motivo que se me ocurre.

Le planteó la cuestión a Brady, que encogió un hombro y negó con la cabeza.

—Bueno, ya lo investigaré.

—Maldita sea. Será mejor que eche un vistazo a mi informe crediticio.

—Creía que recibías alertas automáticas cuando se producía una actividad nueva —dijo Zander.

—Sí, pero, aun así, prefiero asegurarme. ¿He viajado a algún lugar más en los últimos meses? —le preguntó, impasible.

—Solo a Denver.

—Esa fui yo.

—Lo sé —afirmó Zander con una sonrisa—. Lo típico de Jayne, ¿no?

—Sí. Es casi un alivio. Pero ¿dónde se ha escondido durante las últimas dos semanas?

—Me gustaría saber por qué me dejó —dijo Brady en voz baja, trazando con el dedo un dibujo invisible en la encimera.

Ava sintió compasión por el chico que se había visto arrastrado por el ciclón Jayne McLane.

—Te sugiero que regreses con tu familia y te olvides de mi hermana —dijo.

Él la miró afligido.

—No puedo. Somos almas gemelas.

«Mierda».

Zander soltó una palabrota por el teléfono sin alzar la voz. Lo había oído.

—Su única alma gemela es ella misma —replicó Ava, consciente de que debía ofrecerle la verdad sin paños calientes si quería que abriera los ojos—. La encontraremos, pero debes prepararte para lo peor.

—¿Que esté muerta? —preguntó. Estaba pálido.

—No. Que ya no le importe lo que te pase.

Capítulo 4

Mason y Ray entraron en el garaje de la casa de Reuben y se quedaron sin habla.

No fue un silencio horrorizado, sino de asombro.

«¿Es esto lo que ocurre cuando trabajas en Home Depot durante ocho años? ¿Y no te casas?».

El garaje estaba lleno de mesas de trabajo y armarios; había suficientes cajas de herramientas metálicas para montar un taller mecánico. En la pared, un muestrario de herramientas perfectamente alineadas. El suelo estaba inmaculado, cubierto con una mano de pintura texturizada y refulgente que casi transformaba el garaje en una habitación más de la casa. Mason se preguntó si habían aparcado jamás un vehículo dentro. Ray le dio un codazo y señaló el televisor gigante que había en una pared.

—No está mal —dijo con un hilo de voz.

—Tal vez el mazo de goma salió de aquí —sugirió Mason.

—Podría ser, pero ¿habría alguna forma de saberlo? —preguntó Ray, examinando los cientos de herramientas que colgaban de los tableros.

Mason buscó un espacio vacío en ellos, pero no encontró ninguno. Todo parecía en un orden perfecto. Abrió el armario que tenía más cerca. Colas para madera, tintes y pintura. Los botes estaban inmaculados, nada que ver con su colección de latas manchadas de pintura reseca. A continuación, examinó un armario alto. Herramientas de jardinería. Azadas, rastrillos, palas. Sin tierra.

—¿Las han usado alguna vez? —murmuró Ray.

Los rasguños en el metal eran la prueba de que sí los habían utilizado.

—El interior de la casa no está tan limpio y organizado — señaló Mason.

Ray se encogió de hombros.

—Prioridades.

Un agente uniformado apareció en la puerta del garaje.

—Hemos traído a la vecina. Cuando quieran pueden hablar con ella.

—¿Está bien? —preguntó Mason.

—Algo alterada, pero puede hablar. La he dejado en el banco que hay en la parte delantera.

Mason echó un último vistazo al garaje inmaculado. El sentimiento de asombro se había desvanecido. El hecho de saber que el creador de ese lugar no volvería a disfrutar de su particular refugio lo había echado a perder.

Fuera, Gillian Wood sujetaba un cigarrillo con dedos temblorosos. Se levantó y les estrechó la mano con una sonrisa asqueada. Tenía el rostro moteado de pecas y sus ojos eran de un verde intenso. Llevaba una camiseta con la palabra PINK estampada delante, y unos pantalones cortos vaqueros. Mason pensó que estaba demasiado delgada. Como si fumara en lugar de comer.

Ray le hizo un gesto para que se sentara e hizo lo propio frente a ella. Estaban en el amplio porche de la casa. Mason retrocedió y se apoyó en un poste, intentando fundirse con la madera y pasar desapercibido. Las mujeres solían sentirse más cómodas con Ray, que no perdió el tiempo y empezó con las preguntas.

Gillian lanzó una mirada de nerviosismo a Mason y se volvió hacia Ray en busca de un gesto que la tranquilizara.

«Siempre igual».

Al principio Mason se molestaba. Ava le decía que las mujeres se comportaban con mayor cautela con él porque nunca sonreía. Hizo un gran esfuerzo y esbozó una sonrisa forzada.

Gillian parpadeó varias veces y enseguida apartó la mirada, dándole una larga calada al cigarrillo.

«Al menos lo he intentado».

La vecina les dijo que tenía treinta y dos años y que hacía casi un año que vivía en la casa de al lado. La tenía alquilada.

—¿Conocía bien a Reuben? —preguntó Ray.

—Lo suficiente para saludarnos en la calle… y poco más. Era un hombre muy discreto. —Exhaló el humo—. Una vez tuve un pequeño escape en el fregadero de la cocina y me echó una mano. Fue todo un detalle.

—Tiene muchas herramientas en el garaje —añadió Ray.

—Las he visto. Un montón, ¿verdad? Pero como trabaja en Home Depot, imagino que es comprensible. —Ray se fijó en el leve temblor de sus labios—. Debía de dejarse la nómina en la misma tienda. La maldición de trabajar de vendedor. Yo trabajé un año en Macy's y apenas llevaba algo de dinero a casa… Siempre había una cosa u otra que quería tener.

Más humo.

Mason la observó. Gillian estaba nerviosa y alterada, algo normal dadas las circunstancias. Había visto la sangre y sabía que su vecino había muerto. Pero aquel desasosiego parecía ocultar algo más. Escuchó con atención mientras Ray le preguntaba por las visitas y los vehículos en casa de Reuben. Gillian respondió que no había visto nada. Cada vez que le formulaba una pregunta, ella apartaba la mirada de Mason y la dirigía hacia la calle.

Más nervios.

Ray siguió haciéndole preguntas sobre su relación con Reuben. Gillian solo había estado esa vez en su casa, cuando fue a pedirle una llave para reparar el fregadero. No sabía si tenía algún familiar que viviera cerca. Apenas hablaban.

—El agente me dijo que había muerto —afirmó al final—. Vi la sangre, pero no quiso decirme si había sido un asesinato. —Al final miró a Mason a los ojos—. ¿Lo mataron?

—Sí.

Gillian respiró hondo. Se llevó la colilla a los labios con una mano temblorosa.

—Lo sabía —murmuró.

Mason esperó a que preguntara si estaba segura viviendo junto a una casa donde se había cometido un asesinato. Pero no lo hizo.

—Gillian —dijo Ray—, viste los cristales rotos fuera y la sangre del suelo.

La mujer asintió.

—Entonces tenías que estar por fuerza en el jardín posterior de Reuben. La valla que separa ambas casas no permite ver la suya.

La mujer palideció.

«¿Acaso esperaba que nadie se diera cuenta?».

—Estoy seguro de que solo querías comprobar que tu vecino estaba bien —afirmó Ray—. Debías de estar preocupada.

Mason pensó que el razonamiento de Ray tenía tantas lagunas que era un auténtico colador.

Gillian guardó silencio.

—¿O tal vez tuviste que entrar en su jardín por algún motivo? —prosiguió Ray.

La mujer se encogió de hombros una vez, respiró hondo y miró a Ray a los ojos.

—Bueno, tal vez no se lo he contado todo.

«Más fácil de lo que esperaba», pensó Mason.

—Había quedado con Reuben y siempre uso la puerta posterior.

—¿Siempre? —preguntó Mason—. ¿Os veíais con frecuencia?

Gillian levantó el mentón.

—Sí. No queríamos que nos vieran los demás vecinos... Teníamos... una relación.

—Ya veo —concedió Ray—. Debía de ser alguien importante para ti.

Mason se habría limitado a decir «¿Os acostabais?». Ese era otro de los motivos por los que Ray tenía más mano izquierda para determinadas situaciones.

—Lo era. Era un buen hombre... A veces se obsesionaba más de la cuenta, pero era afectuoso.

—Eso es importante —afirmó Ray con amabilidad—. ¿Desde cuándo manteníais una relación?

—Desde hace un mes. —Frunció el ceño con un gesto distante—. Unas seis semanas, diría.

—¿A qué te referías cuando has dicho que «se obsesionaba»? —preguntó Mason.

Gillian ladeó la cabeza y lo miró. Sopesó la respuesta, pero sin atisbo del nerviosismo previo.

—¿Ha visto la película *Mentiras arriesgadas*?

—La de Schwarzenegger —afirmó Ray—. Interpreta a un agente del gobierno.

—Y Jamie Lee Curtis —añadió Mason.

—Esa. ¿Recuerda al idiota que intenta conquistar a Curtis? ¿Y le dice que es un espía? ¿Que afirma que la gente y los gobiernos están intentando matarlo? ¿Que tiene que pasar desapercibido todo el rato?

A Mason se le erizó el vello de la nuca.

—¿Me estás diciendo que Reuben era uno de esos?

—Siempre se comportaba así. —Gillian dejó caer la colilla y la pisó con la sandalia—. Las primeras semanas que estuvimos juntos no dijo nada, pero hace poco abrió las compuertas... Ya sabe, cuando estábamos en la cama se relajaba... —Soltó una risa—. Yo lo escuchaba, pero no le decía que lo que me contaba era un montón de estupideces. Trabajaba en Home Depot, por el amor de Dios. ¿Cómo diablos iba a importarle a alguien lo que hiciera o dejara de hacer?

—¿Qué te decía exactamente? —preguntó Mason.

Gillian se palpó los bolsillos de los pantalones y un gesto de contrariedad le ensombreció el rostro.

«No le quedan cigarrillos».

Empezó a darle vueltas al anillo de la mano derecha.

—No lo sé. Tampoco le prestaba tanta atención. Creía que se lo inventaba. —Un gesto de tristeza le demudó el rostro y miró hacia la puerta de la casa—. Tal vez no —añadió con un hilo de voz.

—¿Había variado su comportamiento a causa de las preocupaciones que había expresado? —preguntó Ray—. ¿Tenía algún motivo de inquietud en el trabajo? ¿Evitaba a alguien?

Gillian frunció el ceño.

—Siempre iba a trabajar. Nunca me dio la sensación de que fuera un motivo de preocupación para Reuben. Utilizaba un teléfono de prepago. Me decía que lo cambiaba cada pocos meses y me recomendó que hiciera lo mismo.

—¿Por qué tú?

Se encogió de hombros.

—Creía que era algo que debía hacer todo el mundo. No quería darle al gobierno más información de la estrictamente necesaria, lo cual es una estupidez porque también afirmaba que trabajaba justamente para el gobierno.

Ray frunció el ceño.

—¿Trabajaba para el gobierno?

Mason no entendía nada. No habían encontrado nada que lo confirmara.

—¿Para qué organismo del gobierno?

—Para el que le pagara mejor. FBI, CIA, NSA… Cuando se ponía a hablar así, yo sabía que era mentira. Decía que les vendía información. —Le dirigió una mirada de incredulidad a Mason—. ¿Qué información iba a comprarle la NSA a un empleado de Home Depot?

Los pensamientos se agolpaban en la cabeza de Mason. ¿Cabía la posibilidad de que Reuben fuera confidente? Todo parecía indicar que el asesinato había sido obra de alguien con un interés personal en el asunto. ¿O más bien Reuben era un peliculero cuyo único objetivo era impresionar a su novia en la cama?

«No podemos descartar nada», pensó Mason.

Sacó la pequeña libreta del bolsillo de la camisa y recordó que cabía la posibilidad de que la relación de Reuben con el gobierno fuera confidencial. Era un hilo del que tirar. No muy prometedor, pero era algo. Tal vez los superiores y compañeros de Reuben supieran algo más.

—¿Llegó a expresar su preocupación por algún asunto en concreto? —preguntó Ray—. ¿Se había enemistado con alguien del trabajo? ¿O se había peleado con algún amigo?

Gillian negó con la cabeza.

—No lo sé.

—¿Qué más te contó? —preguntó Mason, pensando en temas que pudieran estimularle la memoria—. ¿Hablaba de los viajes que había hecho o que estaba organizando? ¿Había planificado alguna compra importante? ¿Un vehículo o tal vez una casa? ¿Qué aficiones tenía en su tiempo libre?

—Le gustaba el sexo —afirmó Gillian, mirando fijamente a Mason—. Sé que había viajado por la zona central y oriental de Oregón. Me había enseñado fotografías del monte Bachelor de las Colinas Pintadas.

—¿Lo acompañó alguien? —preguntó Ray.

—¿Se refiere a otra mujer? —Gillian entornó los ojos.

—Cualquier persona —aclaró Mason.

—No lo sé. No se lo pregunté. Pero no vi a nadie más en sus fotografías. Siento no ser de gran ayuda. Si tenía intención de mudarse o de comprar una casa, no me dijo nada. —Parpadeó varias veces intentando contener las lágrimas que le anegaban los ojos—. Era un buen hombre. Cuando vi la sangre me derrumbé. Llamé a la puerta trasera y grité su nombre durante unos treinta segundos mientras llamaba al 911. También golpeé otras ventanas de atrás y al final me dirigí a la puerta delantera y llamé al timbre.

La mujer se estremeció.

—Una escena como esa alteraría a cualquiera —afirmó Ray.

—¿Cómo murió? —preguntó ella abiertamente.

Ambos agentes enmudecieron bajo la desesperada mirada de Gillian.

Al darse cuenta de las implicaciones de su silencio, se puso muy tensa.

—No me lo digan… O sea, sé que no pueden. Lo comprendo. Prefiero no saberlo.

Se palpó de nuevo los bolsillos de los pantalones, con la respiración cada vez más agitada.

—Detectives. —Un joven oficial había abierto la puerta—. La científica tiene algo que le gustaría que vieran. Dice que es de suma importancia. —El oficial contempló a la testigo, hecha un mar de lágrimas, y luego miró a Ray con preocupación.

—¿Podrías acompañar a la señora Wood a casa? —preguntó Ray.

Los inspectores se despidieron y le aseguraron que volverían a ponerse en contacto con ella. Gillian bajó las escaleras del porche y se volvió.

—Encuentren a ese hijo de puta —les soltó con la voz quebrada.

—Lo haremos —prometió Ray.

Mason prefirió guardar silencio. No le gustaba hacer promesas cuando no estaba seguro de poder mantenerlas. Menos aún cuando el único objetivo era consolar a alguien.

—¿Qué opinas? —preguntó Ray mientras observaban a Gillian, que se alejaba con el oficial.

—Creo que sentía algo especial por la víctima.

—¿Qué opinas de su historia?

—Creo que Reuben pretendía impresionarla. Como cualquier otro imbécil que quiere acostarse con alguien.

—Aún no sabemos si era un imbécil —afirmó Ray.

—La obligaba a entrar por la puerta de atrás para ocultar su relación a los vecinos. A mí me parece un comportamiento digno de un imbécil.

—A lo mejor era alguien muy celoso de su intimidad. Quizá quería protegerla de las habladurías.

—Hmmf.

De nada servía elucubrar sobre los posibles motivos de la víctima.

—¿Crees que asustó al asesino con el ruido? Parece como si hubiera dejado la faena a medias.

—Puede ser.

Era una casa de una planta. Los detectives habían pasado frente a dos dormitorios y el baño ensangrentado, recorriendo un largo y estrecho pasillo. La doctora Trask estaba inclinada sobre la bañera, examinando a la víctima. Mason siguió a Ray hasta el lugar donde los aguardaba impaciente la técnica.

—Aquí —dijo—. Tenéis que ver esto.

La agente de la científica los condujo a un tercer dormitorio donde había una mesa grande plegable y una silla de madera. También había un ordenador portátil bastante aparatoso y una impresora, así como una docena de estantes de plástico llenos de papeles.

Parecía simplemente un despacho desordenado, de no ser por las manchas de sangre del portátil, las carpetas y los papeles esparcidos sobre la mesa. Mason examinó la habitación buscando más rastros de sangre.

Las paredes estaban cubiertas de mapas de Oregón, Washington y Idaho. En una estantería baja y algo tosca había varios volúmenes que daban fe de la afición de Reuben por el senderismo y la acampada en la región del noroeste del Pacífico. En un rincón había dos grandes mochilas con soporte de aluminio, así como varias tarrinas vacías de comida para acampada. Cazos pequeños, toldos de lona y contenedores plegables.

Aquella estancia abigarrada no encajaba de ninguna manera con el organizado garaje.

Mason no vio más sangre, que parecía limitada a los objetos de la mesa.

«Mejor que el equipo de la policía científica lo decida».

—Me refería a esto que acabo de encontrar —dijo la técnica, señalando las páginas manchadas de sangre de una carpeta marrón que había junto al portátil. Le temblaba la mano.

—¿La carpeta estaba abierta? —preguntó Mason.

—No. Ya había procesado la habitación y fue entonces cuando la abrí. El calentador de taza de café estaba encima.

Había tres tazas en el escritorio. En cada una quedaba un dedo de café.

—Entiendo que la sangre es de la víctima —dijo Ray.

—Es lo más probable —afirmó Mason—. Pero me pregunto si procede directamente de la víctima, que tal vez huyó del agresor en algún momento y se refugió aquí, o de las manos sucias del asesino.

—Se encogió de hombros—. También podría ser sangre del asesino. Quizá se llevó lo suyo.

—Dudo que nuestra víctima viniera aquí a leer algo huyendo de un asesino —afirmó Ray.

—No des nada por supuesto —replicó Mason, que prefería no descartar ninguna hipótesis hasta tener las pruebas correspondientes.

—Dejaos de cháchara y leed —les pidió la agente de la científica, presa de la frustración.

Mason examinó el encabezado de la página. Lo leyó en diagonal y pasó un par de páginas. Se le revolvieron las entrañas. Eran tres folios escritos a mano de desvaríos contra las fuerzas del orden.

—Pero qué coño… —murmuró.

Ray permanecía a su lado y enmudeció. La sangre ya no importaba.

Mason pasó a la última página. Era un plano con una única frase escrita a mano.

—Esto es un plano del juzgado del condado de Clackamas —dijo, haciendo un esfuerzo sobrehumano.

—Dice que esta tarde estallará una bomba ahí mismo —afirmó Ray con la voz entrecortada—. Esta tarde.

Mason ya había marcado un número de teléfono.

—Pero qué… Ya decía yo que me sonaba. —Ray volvió a la segunda página y señaló una línea.

El corazón de Mason latía desbocado mientras sonaba el teléfono y miró. Vio de inmediato el nombre de Ava.

—Dice que quería contarle lo de la bomba a Ava en una de sus reuniones —dijo Ray.

—¿Era confidente del FBI? ¿De Ava? —A Mason le daba vueltas la cabeza.

—Parece que no le contó ninguna mentira a Gillian.

CAPÍTULO 5

Cuando por fin llegó a su despacho, en el edificio que el FBI tenía cerca del aeropuerto de Portland, Ava guardó el bolso en el cajón del escritorio y encendió el ordenador. La revelación de Brady sobre Jayne había puesto su mundo patas arriba, pero ahora debía atender su exigente trabajo y tenía varios asuntos pendientes. Demasiados. No le quedaba tiempo para buscar a su hermana gemela en horario laboral.

Una mujer adulta desaparecida que se había ido por voluntad propia no constituía una prioridad para los cuerpos de seguridad. Menos aún si la persona en cuestión había desaparecido ya una docena de veces.

«Sé que está bien», pensó Ava.

Permaneció sentada en silencio y con los ojos cerrados, intentando encontrar algo, cualquier cosa fuera de lugar que le permitiera adivinar que su hermana había sido víctima de una tragedia. Como una súbita punzada de dolor en el corazón. Una abrumadora sensación de vacío y pérdida.

Nada.

«¿Cuántos miles de veces lo habré hecho a lo largo de los años?», pensó.

En el fondo no acababa de creer que fuera a sentir algo, pero el ritual la ayudaba a recuperar la serenidad. Un poco.

Zander iba a seguir con la búsqueda de Jayne y lo haría de forma muchísimo más eficiente que Ava. Los ordenadores y las bases de datos eran su pasión. Gracias a su rapidez y sus conocimientos, podía cumplir con su trabajo rutinario y buscar posibles huellas digitales de su hermana al mismo tiempo. Ava no tenía ni que pedírselo. Él sabía que ella lo necesitaba y ambos valoraban mucho la relación de amistad que habían forjado. Zander había sido testigo del nacimiento y consolidación de la relación de Ava con Mason, y ahora ella disfrutaba de la relación que su compañero mantenía con Emily. Al final se habían ido a vivir juntos y Ava estaba convencida de que los planes de boda asomaban ya en el horizonte, aunque dudaba que ellos lo supieran.

No había visto a Zander tan feliz desde… nunca.

Si alguien merecía ser feliz, ese era Zander, que ocho años antes tuvo que enfrentarse a la muerte de su mujer, por culpa de un cáncer, y de su hija no nata, demasiado pequeña para sobrevivir fuera del útero. Por entonces Ava aún no lo conocía, y Zander no había contado la historia a nadie cuando lo trasladaron a la oficina de Portland. Ella sospechaba que su compañero ocultaba un dolor oscuro en su pasado, que se mostraba en ocasiones en el destello oscuro de sus ojos, pero nunca se había atrevido a preguntárselo para no invadir su intimidad. El otoño anterior, cuando Zander tocó fondo, le reveló su desgarradora historia.

Emily había logrado eliminar el velo de tristeza de su mirada.

Concentrada ante la pantalla del ordenador, Ava tardó un poco en darse cuenta de que algo había ocurrido en la oficina. Pasos acelerados, gritos, gente en movimiento. Se acercó a la puerta del despacho y sintió el flujo de energía nerviosa que inundaba el pasillo.

—¿Qué ocurre? —le preguntó a un agente que pasó corriendo.

—Pregúntaselo a Ben —le dijo este sin volverse.

—Muchas gracias —murmuró ella.

Eso era lo que pensaba hacer y se dirigió al despacho de Ben, que se encontraba en la dirección opuesta.

Su supervisor estaba al teléfono y desprendía las mismas malas vibraciones que sus compañeros. Ben colgó en cuanto Ava entró y la miró a los ojos, pero se levantó como un resorte y hurgó entre los papeles que tenía en el escritorio.

«Oh, oh», pensó Ava, que se temía lo peor.

—¿Qué ha pasado?

Ben carraspeó.

—Tenemos una amenaza de bomba creíble en el juzgado de Clackamas. Lo están evacuando y han establecido un perímetro de varias manzanas. He enviado a todos los agentes disponibles.

Ava se quedó sin aliento y las imágenes del edificio federal de Oklahoma le inundaron la mente. Timothy McVeigh había matado a más de cien personas. El atentado había ocurrido hacía más de veinticinco años, pero ella lo había estudiado en la academia del FBI.

«¿Qué día es hoy?», pensó.

—Estamos en junio —dijo.

El atentado de Oklahoma se había producido en abril, y en ocasiones los terroristas nacionales aprovechaban la fecha para cometer sus crímenes.

—Es lo primero que he pensado —dijo Ben, y su rostro se demudó en un gesto sombrío—. Pero es 11 de junio, la fecha de la ejecución de McVeigh.

—Mierda. —«Un mártir». Ava se volvió para regresar a su despacho—. Voy a por mi bolsa.

—No, espera.

Se detuvo con una mano en el marco de la puerta. «Ha pasado algo más», pensó.

—Reuben Braswell —dijo Ben.

De inmediato le vino a la cabeza el rostro de aquel tipo. Era un auténtico pesado. Braswell sentía una fascinación por las fuerzas del orden y se consideraba una especie de fuente de información imprescindible del FBI. Ava siempre intentaba apaciguarlo, aunque tenía la impresión de que el principal objetivo de sus llamadas y visitas era hacerle perder el tiempo, en lugar de proporcionarle información.

—¿Qué le pasa?

—¿Cuándo fue la última vez que hablaste con él?

Ava se tocó una parte del hombro en la que no sentía nada.

—Antes del incidente de la costa.

«Antes de que me pegaran un tiro en primavera, en la costa», pensó.

—¿De qué hablasteis?

Se encogió de hombros, sin dejar de masajear la zona que tenía insensible.

—Tendría que consultar el informe. No recuerdo nada relevante. Creo que solo le gusta darse importancia.

—¿No habló de ningún atentado con bomba?

—No, claro. —Se puso tensa—. Crees que Braswell sabía algo sobre la amenaza de hoy. ¿No nos lo habría dicho?

—Está muerto. Lo han asesinado en su casa esta noche.

Ava parpadeó varias veces, incapaz de articular palabra.

—Han encontrado los planos para el atentado de hoy en su casa. Son muy elaborados. Aún no los he visto, pero hay algo en ellos que sugiere que quería contártelo. ¿Alguna vez comentó algo?

Ava contuvo el aliento mientras intentaba recordar su último encuentro con el confidente.

«¿Había insinuado algo?».

Sin embargo, estaba convencida de que Reuben no había mencionado nada del asunto.

—Nunca me habló de una bomba ni de ningún otro episodio violento. Por lo general, toda su información era del estilo: «He oído el rumor de que fulano no paga impuestos porque es un ciudadano soberano».

—Quiero que te quedes aquí. Busca todas las notas que tengas de las reuniones con Braswell.

—Puedo ir…

—Quédate aquí. Las demás agencias nos están echando una mano. No necesitamos más efectivos.

Ava asintió, aturdida y frustrada, consciente de que tenía razón.

—De acuerdo. —Se volvió de nuevo para irse.

—Y Ava —añadió Ben—, sé que lo habrías sabido tarde o temprano, pero esta mañana Mason se ha hecho cargo de la investigación del asesinato de Braswell.

La miró fijamente a la espera de su reacción.

El corazón de Ava le dio un vuelco, pero pudo mantener la compostura.

—Ya veo.

«¿Ha descubierto Mason mi nombre en relación con el atentado?».

Quería consultar el teléfono, aunque sabía que no la había llamado. Mason nunca lo haría. Tenía que seguir el protocolo, y comunicarle a su prometida que su nombre había aparecido en el escenario de un asesinato no formaba parte de él.

«¿Qué le pasa por la cabeza?», pensó.

Ava estaba convencida de que no había mencionado el nombre de Braswell a Mason. Como mucho, cabía la posibilidad de que le hubiera dicho que tenía una reunión con un confidente. Los nombres y temas eran confidenciales.

—Voy a consultar mis notas. —Se fue, pero las ideas bullían en su cabeza.

«No mencionó ningún atentado. Jamás se me habría pasado por alto algo así».

Se sentó en la silla y tecleó la información que buscaba. Según sus archivos, en los últimos dieciocho meses se había reunido con Reuben Braswell cuatro veces y había recibido tres llamadas telefónicas. Su último encuentro había sido en enero, en el Starbucks del centro comercial, que estaba en la misma calle que su despacho.

Fue Reuben quien estableció contacto con ellos, cuando llamó a la oficina afirmando que tenía información sobre un robo de banco no resuelto. Se lo asignaron a Ava al azar para que se reuniera con él, y resultó que su chivatazo dio resultado. Uno de los atracadores era un amigo del confidente que se fue de la lengua una noche en que bebió más de la cuenta.

Al menos eso fue lo que le aseguró Reuben. Tras unas cuantas reuniones, Ava empezó a darle vueltas a la posibilidad de que su confidente hubiera estado al tanto del atraco desde la planificación del golpe. Siempre le había dejado muy claro que no le gustaba el FBI. Sentía un gran rencor hacia todas las fuerzas del orden, pero Ava ignoraba el motivo. Reuben no tenía antecedentes.

Ava sospechaba que había discutido con su amigo y que lo había delatado como venganza, aunque ello lo hubiera obligado a hablar con los cuerpos policiales.

Cuando se conocieron, era tal la desconfianza que mostraba Reuben hacia ella que rozaba lo cómico. Estaba muy tenso y le costó hablar a pesar de que era él quien se había puesto en contacto con el FBI. En la siguiente reunión se mostró algo más relajado y hasta le pidió consejo para obtener ayuda de las fuerzas del orden con respecto a una amiga que era víctima de violencia doméstica.

Ava suponía que no le había resultado nada fácil sacar el tema. Sus ojos brillaban de compasión cuando hablaba de ella. Le dijo que la policía había tenido una charla con su marido después de que la agrediera, pero que no había ocurrido nada. Ava le dijo con qué agente de la policía local debía contactar su amiga e hizo hincapié en que debía estar dispuesta a hacer lo que fuera necesario para no correr ningún peligro. Consultó varias páginas de violencia doméstica y le dio las direcciones a Reuben.

Sin embargo, en su encuentro de enero, Reuben volvió a mostrarse muy desconfiado.

Ava lo esperó durante diez minutos y estaba a punto de irse cuando por fin apareció en la cafetería abarrotada y la buscó con la mirada. Establecieron contacto visual y él asintió, pero siguió examinando el lugar. Reuben era alto y delgado, pero desprendía un aura de energía que transmitía su firme convencimiento de que podía aguantar lo que le echaran en cualquier combate a puñetazos. Caminaba y se movía como un luchador. Era un tipo de persona muy poco habitual en el Starbucks. Dada su ubicación, la mayoría de los clientes eran empleados de oficinas y amas de casa que iban de compras al centro comercial.

Reuben no pidió nada para beber y se sentó a su izquierda para tener un buen ángulo de visión del local. Como había hecho ella.

—Buenos días, Reuben. —Ava tomó un sorbo del café preguntándose por dónde iba a salirle ese día. Era una persona impredecible. ¿Sería el tipo que quería ayudar a una amiga o el que creía que las fuerzas del orden lo tenían sometido a una vigilancia constante?

—¿Cuántos policías hay en la tienda, agente McLane? —Observó a varios clientes con sus ojos oscuros, pero se detuvo en un hombre de negocios con un portátil que estaba a unos seis metros de ellos.

—Ninguno.

—¿Nos está grabando? —preguntó señalando con la cabeza al hombre del portátil.

Ava lanzó un suspiro. Por lo visto, tocaba la versión paranoica.

—No. ¿Crees que el FBI sería tan descarado?

—A lo mejor se comportan del modo opuesto. —La miró fijamente, evaluándola.

—Creo que será mejor que me vaya —dijo Ava, que hizo el ademán de levantarse.

—¡Espere! —La agarró del brazo con un gesto feroz—. Olvídelo. Ya sabe cómo soy.

Ella lo fulminó con la mirada.

—No. Me. Toques.

Reuben la soltó de inmediato.

—Lo siento.

Ava se frotó el antebrazo con un gesto exagerado, presa de la ira.

—Como vuelvas a tocarme, se acabó. Para siempre.

—Le dije dónde podían encontrar al tipo que estaba violando la condicional.

—Y yo me encargué de avisar a la agencia competente. No era necesario que te pusieras en contacto con el FBI.

—Usted me escucha. Es la única.

—Si necesitas a alguien que te escuche, cómprate un perro. — Aún estaba furiosa por el modo en que la había agarrado del brazo, pero se sentó—. Tengo mucho trabajo.

—Espere. —Le miró la mano izquierda—. ¿Y eso? No está casada.

—Eso no es asunto tuyo. —Escondió bajo la mesa la mano donde llevaba el anillo de compromiso. No quería compartir ningún tipo de información personal con aquel tipo.

—No está casada —insistió, como si a base de repetirlo pudiera cambiar la realidad.

—Lo estaré dentro de poco —admitió Ava a regañadientes—. Ahora dime por qué me has citado.

Un gesto de preocupación le demudó el rostro.

—¿Con quién se va a casar? ¿Lo conoce bien? Ya sabe que muchos matrimonios pueden degenerar en comportamientos violentos. Soy testigo de ello. —Le dirigió una mirada tranquilizadora—. Yo jamás le haría daño.

Ava se levantó.

—No vuelvas a llamarme, Reuben. Esto se acabó.

—Pero tengo que contarle…

—Cuéntaselo a un perro. O a un gato.

Salió de la cafetería agarrando la taza con fuerza, sin dejar de preguntarse por qué había accedido a reunirse con él.

Ava leyó las notas. Había escrito que la reunión había sido una pérdida de tiempo, que la había agarrado del brazo y que había hecho comentarios inadecuados. Al final recomendaba que fuera otro agente el que se reuniera con Reuben Braswell en persona.

Repasando las notas de reuniones anteriores, confirmó que no le había ofrecido más información que fuera relevante para el FBI. Podría haber dado los chivatazos a la policía de Portland. Sospechaba que se sentía atraído por ella. Era algo que se traslucía tanto en su mirada y en su lenguaje corporal como en su preocupación por que ella pudiera verse envuelta en una situación violenta, pero ella lo había ignorado porque él les había ofrecido un caso importante y tenía la esperanza de que volviera a proporcionarles información útil. Le dejó entrever que tenía contactos con movimientos antigubernamentales, pero que evitaba involucrarse en nada que fuera ilegal. Aquello bastó para que Ava siguiera reuniéndose con él.

Frunció el ceño mientras examinaba las notas de las reuniones. En dos ocasiones la había sondeado sobre actividades del FBI, y había hecho lo mismo en las tres llamadas telefónicas que habían mantenido. En sus informes, Ava recogía las preguntas que le había hecho sobre el FBI.

«¿Lo hizo con el objetivo de sonsacarme información?», se preguntó.

Sabía que no había obtenido nada relevante, pero se arrepentía de no haber apuntado sus palabras literales.

Aquello era de primero de Tomar Notas: escribirlo todo, por intrascendente que parezca.

«¿Quería decirme algo en la última reunión, pero me fui?».

Algo como la posibilidad de que alguien estuviera planeando un atentado con bomba en junio.

—Mierda.

Se estaba precipitando. Lo que debía averiguar era qué vínculo lo unía con la amenaza de bomba. Reenvió a Ben todas sus notas sobre Reuben Braswell y se preguntó si cabía la posibilidad de que la fase inicial de la planificación del atentado hubiera empezado en enero.

Tuvo que reprimir la necesidad de llamar a Mason, convencida de que a esas alturas ya debía de saber que la habían informado de su conexión con lo ocurrido. Al final decidió buscar en su ordenador información sobre actividad policial en el juzgado y encontró las imágenes en directo de la evacuación captadas por el helicóptero de un canal de noticias. Había varios coches patrulla aparcados frente a los edificios más próximos al juzgado.

Era un edificio histórico de ladrillos, separado del río Willamette por una autopista de cuatro carriles. Estaba aislado de la ciudad de Oregón. La zona solo tenía dos manzanas de largo y cinco de ancho, construidas junto a una colina que la separaba del resto de la ciudad. Una hilera de vinaterías, tiendas y pequeños restaurantes ocupaba el estrecho espacio entre el río Willamette y las colinas.

Un flujo intermitente de gente abandonaba el edificio principal y las tiendas de los alrededores. Varios policías de uniforme los guiaban para que abandonaran la zona acordonada. Las imágenes que ofrecía el helicóptero de la cadena de noticias le permitió ver el gesto de preocupación y la angustia de los civiles. El perímetro de seguridad se fue reforzando a medida que llegaban más agentes y vehículos. La autopista estaba cortada en ambos sentidos. En unos minutos no quedaría nadie en varias manzanas a la redonda del juzgado.

«¿Estará ahí Mason?».

Estaba investigando un asesinato, pero no le sorprendería que se hubiera desplazado al centro neurálgico de la acción tras descubrir el posible complot para perpetrar un atentado. De nuevo tuvo que resistir la tentación de llamarlo. No era el momento adecuado para interrumpirlo.

El reportero del helicóptero se esforzaba para hacerse oír por encima del estruendo de las hélices. Ava lo ignoró mientras describía lo que ella misma podía ver. El aparato sobrevolaba el juzgado en círculos. Gracias a las potentes cámaras parecía que estaba muy cerca. No era más que una ilusión óptica, ya que debía de encontrarse muy alejado, pero ello no mitigaba su preocupación por los ocupantes en caso de que estallara una bomba potente.

«La mayoría de las amenazas son falsas. Seguro que esta también lo es».

Observó a los agentes de las fuerzas del orden desplegados, en busca de una señal de que hubieran llegado los artificieros. El tribunal era enorme. Tardarían una eternidad en registrarlo.

De momento no iba a obtener ninguna respuesta a sus preguntas. Se apartó de la pantalla. Sabía que había llegado el momento de concentrarse en los casos que tenía en el escritorio. No podía postergarlos más.

De repente oyó un par de detonaciones en la televisión.

—¿Han sido disparos? —preguntó el reportero con voz aguda—. ¡Tenemos que apartarnos!

Ava volvió a mirar la pantalla del ordenador con el corazón en un puño.

El juzgado desapareció de su pantalla cuando el helicóptero viró bruscamente y le mostró un barrido mareante del río Willamette.

«Maldita sea, Mason, ¿dónde estás?», se preguntó.

CAPÍTULO 6

Mason aparcó a manzana y media del juzgado y respiró hondo.

—Menudo caos —dijo Ray.

No le faltaba razón. El vehículo de Mason no tardó en quedar rodeado de gente que se alejaba del edificio. Los agentes intentaban dirigir a la multitud y reforzar el perímetro. Aún no había una unidad de mando móvil, pero a juzgar por el gran grupo de fuerzas del orden que había en uno de los extremos, ese era el lugar elegido para dirigir la operación.

La tensión se apoderó de él. Estaba en vilo desde que habían descubierto la amenaza de bomba, pero ahora se hallaba cara a cara con la realidad. La policía debía registrar un edificio entero. Los planos no especificaban el lugar en el que habían colocado la bomba, pero el terrorista tenía una copia del plano del juzgado.

Podía estar en cualquier parte.

Salieron del vehículo y se acercaron al maletero para ponerse los chalecos antibalas.

—¿Otra amenaza de bomba? —le dijo una mujer a otra al pasar junto a ellos con gesto de enfado—. ¿Cómo esperan que saquemos adelante el trabajo del juzgado?

«¿En serio? ¿Esa es la actitud?».

Mason echó un vistazo a su alrededor. La mayoría de los trabajadores se alejaban del lugar con cara de aburrimiento. Había

también compradores cargados con bolsas y niños, que abandona-
ban la zona mucho más rápido que los empleados. Cazó al vuelo
varios fragmentos de las conversaciones.

—¿Alguien ha visto a Diane? Se estaba tomando un descanso.

—… el caso del asesino del niño aún está abierto. Alguien debe
de haberse puesto nervioso.

—Tengo el coche aparcado justo en el otro extremo.

—… en mitad de una declaración.

—Qué incordio.

Ray miró a este último y negó con la cabeza. Sacó dos chalecos
del maletero y le dio uno a Mason.

Una madre que cargaba con un niño en la cadera se detuvo
junto a Ray.

—¿Adónde se supone que tenemos que ir? —le preguntó algo
alterada, y el agente señaló el lugar al que debía dirigirse mientras le
daba las instrucciones.

Mason se abrochó el chaleco y fijó la vista en el gran edificio de
tres plantas que había al final de la calle. Hacía ya unos segundos
que no salía nadie. Quizá ya lo habían desalojado…

Ray gruñó y dos disparos surcaron el aire.

Mason se agachó, se dio la vuelta y vio que Ray se desplomaba
sobre la mujer y el niño. Los derribó y cayó junto al chaleco.

«Le han disparado».

—¡Ray! —Mason se abalanzó sobre su compañero y le gritó a
la mujer—: ¡Agáchese!

La mujer gateó junto al todoterreno, agarrando a su hijo contra
el pecho.

Alguien golpeó a Mason por la espalda y cayó de rodillas. Se
apoyó en las manos, sin aliento e incapaz de tomar aire. Sintió una
oleada de dolor que le subía por la columna y cerró los ojos para
evadirse de aquella punzada. No podía respirar.

«No me han golpeado. Me han disparado».

Entre náuseas y con el estómago revuelto, logró recuperar el aliento.

«El chaleco».

Cuando pudo pensar con claridad, se dio cuenta de que el chaleco había parado la bala. Respiró hondo, intentando dejar a un lado el dolor que lo bloqueaba, y miró a Ray, tendido en el suelo. Quieto como un muerto.

«No. Ray no».

Oyó gritos y ruido de pasos a su alrededor, pero Mason los ignoró. Solo tenía ojos para su compañero, que se estaba desangrando por dos heridas, una en el costado y otra en el muslo. Ray tenía la mirada perdida, un gesto que volvió a dejar a Mason sin aliento.

Otros dos disparos. Más gritos.

«Ponte a cubierto».

Decidió hacer caso omiso del dolor de la espalda; agarró a Ray de los hombros y lo arrastró junto a la mujer, que estaba hecha un ovillo con su hijo. Sujetaba la cara del pequeño contra el hombro, para que no viera sangrar al compañero de Mason.

—¿Está muerto? —preguntó.

—¡No!

«No lo permitiré».

Arrodillado en la grava, Mason le tomó el pulso en el cuello con dedos temblorosos. Tras lo que le pareció una eternidad, lo encontró y lanzó un leve suspiro de alivio.

—Aguanta —le ordenó. Ray todavía tenía la mirada vacía clavada en el horizonte.

Mason le desgarró la camisa a la altura del orificio de bala. Cerca de la axila tenía una herida que sangraba, pero no a borbotones. Lo puso de costado para mirarle la espalda y oyó el leve gemido de su compañero. Buena señal.

No tenía orificio de salida. «Mierda». La bala aún estaba dentro.

«Debe de haber impactado con una costilla y cambiado de dirección».

—No te puedes morir en mis brazos, cabrón.

Ray tosió y miró fijamente a Mason.

«Se está riendo».

Mason sintió una mezcla de alivio y pánico.

—Joder, Ray.

Se oyeron tres disparos rápidos. Mason se agachó y miró a su alrededor. Sabía que tenían que huir de ahí.

«¿Dónde está el tirador?».

Tras los primeros disparos, la zona se despejó de inmediato. La mayoría de la gente se había resguardado en tiendas o arrodillado junto a otros vehículos del aparcamiento.

—¡Necesito un médico! —gritó Mason—. ¡Agente abatido! ¡Agente abatido! —Su grito llegó a oídos de otros compañeros. No necesitaba llamar al 911.

«Llegarán enseguida».

Mason examinó el muslo de Ray. Incapaz de desgarrar la pernera, sacó su herramienta multiusos e intentó abrir la navaja con manos temblorosas.

—Tenga.

La mujer que llevaba al niño le tapó la herida del pecho con un pañal de tela.

El gruñido de dolor de Ray resonó en todos los huesos de Mason, que tiró sin querer la navaja.

—Mierda.

Al final logró abrirla y le cortó la pernera a su compañero.

La mayoría de los orificios de entrada tenían un aspecto muy discreto. En nada se parecían a la herida desgarradora que uno podría esperar. El orificio de salida ya era otro cantar.

—Pero ¿qué…?

La herida del muslo tenía casi cinco centímetros de diámetro y sangraba profusamente, pero no palpitaba.

«No ha alcanzado la arteria». Aliviado, Mason le dio la vuelta para examinarle la parte posterior de la pierna y vio un pequeño agujero.

—¿Cómo coño te han disparado por delante y por detrás?

«Dos tiradores».

—Después del primer disparo se ha vuelto hacia mí para intentar protegernos —dijo la mujer. El pañal que sujetaba contra el pecho de Ray ya estaba empapado de sangre—. Primero le han disparado por delante. —Las lágrimas le surcaban las mejillas, pero su voz y sus manos mantenían la firmeza.

El niño estaba en el suelo, apoyado contra un neumático, con gesto inexpresivo. Miró fijamente a Mason.

«Está tan asustado que se ha quedado mudo».

—¿Tiene otro pañal? —preguntó Mason.

La mujer señaló una bolsa de pañales abierta.

—Sí, y también hay una manta.

Se oyeron más disparos.

Mason sacó el pañal y la manta de la bolsa y en ese instante se oyeron varios gritos de «¡Oficial abatido!» procedentes de diversas direcciones.

«No es solo Ray», pensó.

Estaban en el epicentro de una matanza. Y su mejor amigo tenía muchos números para no salir con vida.

Le dio otro pañal a la mujer, que tiró a un lado el primero. El «plaf» chorreante que oyó le heló la sangre. Mason le tapó el pecho a su compañero con una manta azul muy suave. No era demasiado grande, pero algo de calor le daría. A Ray le castañeteaban los dientes.

«Tengo que evitar que entre en estado de shock», pensó.

Empezó a oír el tictac de un reloj en la cabeza. Apremiaba el tiempo.

Mason le taponó la herida de la pierna con otro pañal y pidió ayuda a gritos.

De repente le vino un pensamiento a la cabeza y se quedó helado.

«No hay ninguna bomba».

El pulso le martilleaba en las sienes.

«Era una estratagema para atraer a la policía».

Capítulo 7

Mason no soportaba la multitud de gente que abarrotaba la sala de espera del hospital. Abrumado y preso de una sensación claustrofóbica, salió de allí y buscó una ventana en el pasillo. Apoyó la cabeza en el cristal sin apenas fijarse en el jardín inmaculado que se extendía a sus pies.

«Tiene que vivir».

Ray ya estaba inconsciente cuando lo subieron a la ambulancia en dirección al Oregon Health & Science University Hospital. En ese momento estaba en el quirófano y Mason no sabía cuál era su estado.

Ray había tenido suerte: tres compañeros habían muerto y otros cuatro se encontraban en estado crítico.

Nadie había encontrado al tirador. O tiradores.

Aún.

Mason no descansaría hasta dar con él. Le había prometido a Ray que atraparía al culpable mientras se desangraba en el aparcamiento. Ray no le había respondido, pero le estrechó la mano con fuerza.

«Nunca he pasado tanto miedo», pensó Mason.

El tiroteo finalizó de forma tan brusca como empezó. Las sirenas aullaron durante veinte minutos mientras los agentes peinaban la zona en busca del francotirador. Mason, como la mayoría de sus compañeros, creía que los disparos provenían de lo alto de la colina. Allí, una densa arboleda abarcaba una zona equivalente a unas tres manzanas, lo que proporcionaba el escondite perfecto.

Casi todos los policías de las comisarías locales se habían desplazado al lugar para ayudar en las tareas de evacuación y acordonamiento de la zona ante la posible amenaza de una bomba. Eran los blancos perfectos, aguardando el cruel destino.

La teoría había empezado a propagarse entre los medios de comunicación, pero los portavoces de las fuerzas de seguridad no estaban dispuestos a especular ante las cámaras.

Mason había visto sus propios pensamientos reflejados en los ojos de los agentes.

«Querían matarnos».

Unos pasos apresurados resonaron en el pasillo.

«Ava».

Reconocía el ruido que hacía al andar. Se volvió justo a tiempo de ver cómo agarraba el tirador de la puerta de la sala de espera.

—Ava —dijo con la voz entrecortada. La única palabra que podía pronunciar, su nombre.

Ella lo miró fijamente. Aun estando a quince metros, notó su preocupación y su miedo. Ava se abalanzó sobre él y se fundieron en un abrazo. Mason la besó en la frente y se sumió en su aroma familiar, tan sedante como el olor del océano. Cerró los ojos y sintió que se aliviaba una parte de la tensión que lo atenazaba.

—¿Está bien? ¿Saldrá adelante? —preguntó ella con la voz quebrada—. ¿Qué te han dicho?

—Está en quirófano. Aún no sé nada.

—¿Cómo es posible que haya ocurrido algo así? —Ava no apartó la cabeza de su pecho y Mason le deslizó la mano por la espalda.

Él se estremeció de dolor y reprimió un quejido.

Ava se apartó con los ojos muy abiertos.

KENDRA ELLIOT

—¿Qué pasa?

—Me duele la espalda —logró decir—. No sé cómo, pero me he hecho un tirón.

—Y una mierda. —Ava retrocedió un paso y le levantó la camisa—. Pero ¿qué...? —Lo obligó a volverse para mirarlo a los ojos—. Dios mío. El chaleco ha parado una bala —susurró—. Tienes la espalda como si alguien te hubiera golpeado con un mazo.

—Solo hacía diez segundos que me lo había puesto. El imbécil de Ray estaba ayudando a alguien en lugar de ponérselo. —Se sorbió la nariz, con los ojos empañados en lágrimas.

Ava deslizó las manos temblorosas por sus brazos y luego por el pecho.

—¿Estás bien? —le preguntó con voz temblorosa—. Nadie me había dicho que te habían...

—Porque no lo saben.

—¡Mason! Podrías tener alguna costilla rota.

—Los demás heridos tenían prioridad. Mis costillas pueden esperar. Además, poco podrían hacer.

—¿Y si tienes una hemorragia interna?

—Estoy bien.

Ava lo miró fijamente, con los ojos encendidos.

—Quiero que me avises de inmediato si te mareas o si algo va mal. Lo que sea. Y quiero que te vea un médico antes de irnos.

Se sentía mareado y aturdido. Pero sabía que no era por culpa del disparo.

—¿Aún está aquí Jill? —preguntó Ava.

Mason se estremeció. Había llamado a la mujer de Ray de camino al hospital.

—Está en Boise. Creo que ya ha tomado un avión. —Mason respiró hondo—. Ha sido uno de los momentos más duros de mi vida. Toda esposa teme esa fatídica llamada.

—Bien que lo sé.

Cuando Jill se puso al teléfono, Mason percibió perfectamente el temor en su voz. Recibir la llamada inesperada del compañero de tu marido nunca presagiaba nada bueno.

—Ray está bien. —Mason prefirió empezar con una mentira piadosa—. Pero le han disparado y ahora lo están trasladando al hospital.

—¿Qué ha pasado? —le preguntó ella con voz calmada, aunque Mason sabía que estaba muerta de miedo.

Le contó que habían recibido una amenaza de bomba y las heridas que había sufrido Ray. Y que no había tenido tiempo de ponerse el chaleco.

—¿Quién es capaz de algo así? ¿De atacar a policías? —preguntó Jill—. No respondas... Lo sé de sobra. Hace años que me rondan en sueños. —Empezaba a respirar con dificultad.

—¿Dónde están Kirstin y Ben? —le preguntó él. Eran los dos hijos adolescentes de Ray y los quería como si fueran carne de su carne.

—En casa de mi hermana. La llamaré de inmediato. No quiero que se enteren hasta que pueda decírselo yo misma.

—La información corre como la pólvora —le advirtió Mason—. Sabrán que ha pasado algo, ya sea por las redes sociales o a través de algún amigo. Al menos aún no se ha revelado ningún nombre.

—Tengo que intentarlo. Tomaré el primer avión de vuelta. —Hizo una pausa—. ¿Mason?

—¿Sí?

—No lo dejes solo, ¿vale? Sé que el instinto te dice que vayas a por el francotirador, pero quiero que haya alguien ahí cuando salga del quirófano. Y no se me ocurre nadie mejor que tú. Estoy convencida de que lo logrará siempre que haya alguien a su lado —dijo con voz firme.

«Pero ahora no estamos a su lado».

—Lo entiendo —le aseguró, decidido a no decepcionarla, ni a ella ni a Ray.

En el vestíbulo, con Ava, tuvo una sensación de *déjà vu* y le agarró las manos. Las tenía frías como el hielo.

—Hace unos meses ya estuvimos en un hospital, en una situación muy parecida.

Ava asintió con un gesto tenso.

Él le acarició la mejilla, incapaz de articular palabra. «Tampoco quiere pensar en ello».

Ava tuvo que ser sometida a una intervención de urgencia por una herida de bala y a Mason le había tocado esperar fuera. Recorrió el trayecto de Portland hasta la costa, donde le habían disparado en el transcurso de una investigación, fuera de sí. La sensación de impotencia al no poder hacer nada por ella lo había desquiciado. La compasión que sentía por Jill se multiplicó por diez.

—Sigo aquí —le susurró Ava, que le acarició la mano con una sonrisa cálida.

«Es tan importante para mí que no sé qué haría si…», pensó Mason.

—No voy a irme a ningún lado —le aseguró—. Y tampoco dejaré que tú te vayas.

Un gélido escalofrío le recorrió los hombros y le provocó una punzada de dolor en la espalda magullada. Era muy consciente de lo cerca que había estado de pasar por quirófano. O de estar muerto.

Ninguno de los dos podía controlar el destino.

***

Ava abrió la puerta entre el garaje y su casa mientras Mason aparcaba el coche junto al suyo. El agotamiento la obligaba a moverse con pesadez, las piernas apenas le respondían.

Ambos habían permanecido cinco horas en el hospital. Jill, la mujer de Ray, llegó al final junto con sus dos hijos adolescentes. La chica estaba muy pálida y tenía los ojos enrojecidos e hinchados. El chaval no tenía mucho mejor aspecto. A Ava se le cayó el alma a los pies por ellos.

Y por Mason, que alternaba un semblante desorientado y furioso.

Ava no podía evitar preguntarse qué haría cuando encontraran al asesino.

Incapaz de concentrarse, no dejaba de pensar en las películas y los libros en los que el asesino del policía acababa muerto en su celda. No le cabía la menor duda de que Mason era capaz de estrangularlo con sus propias manos si se le presentaba la oportunidad.

«Ray debe sobrevivir».

Un grupo de cirujanos de gesto circunspecto les había comunicado que la intervención había sido un éxito, pero se mostraban cautos con el pronóstico. Habían insistido en hablar a solas con Jill, pero ella prefirió que la acompañaran Mason y Ava.

—Las próximas veinticuatro horas son vitales. Vamos a tenerlo sedado para que pueda destinar toda la energía a su recuperación.

Jill se mostraba muy afectada.

—¿Sedado? ¿Cuánto tiempo? ¿No puedo hablar con él?

A Ava se le hizo un nudo en la garganta. «Tiene miedo de que muera antes de poder despedirse».

Mason puso cara de enfado al oír las palabras de los médicos, pero no dijo nada. Uno de ellos cruzó la mirada con él y volvió a mirarlo al ver su semblante.

—Puede hablar con él —le aseguró el doctor a Jill—. Dentro de unos minutos la acompañarán. Estoy convencido de que va a oírle.

—Pero no puede responderme —susurró la mujer, con los nudillos blancos de apretar con tanta fuerza.

—No, señora. Aún no. Lo siento.

Los médicos también dejaron entrar a Ava y a Mason un momento. Ver a aquel grandullón inconsciente, rodeado de aparatos médicos y entubado la había afectado mucho. Ray Lusco era uno de los hombres más buenos que conocía y esa bondad era lo que lo había postrado en la cama.

«No es justo», pensó Ava.

Mason le cogió la mano a Ray y se agachó para susurrarle algo al oído. Ava no distinguió las palabras, pero a juzgar por el fiero gesto de su prometido, fueron: «Tú recupérate, joder, y yo encontraré a ese hijo de puta».

No pudo quitarse de la cabeza la expresión de Mason en todo el trayecto de vuelta a casa. Ni la de Jill, sus hijos o la de Ray.

Ava dejó el bolso en una silla de la cocina e intentó disfrutar del silencio de su hogar después del flujo constante de voces y el zumbido de los dispositivos médicos.

«Demasiado silencio».

—¿Bingo? —Por lo general, el perro los esperaba en la puerta del garaje cuando llegaba alguno de los dos. Aunque estuviera en el jardín trasero, atravesaba como una exhalación la puerta gatera en cuanto oía el ruido familiar de un vehículo—. ¿Bingo? —llamó de nuevo, levantando la voz, con la esperanza de oír sus uñas en el suelo de parqué.

Un ladrido le hizo volver la mirada hacia la puerta del jardín trasero. Estaba sentado pacientemente y la observaba con ojos de súplica.

Tenía la puerta cerrada.

—¡Mierda! —Ava la abrió y el perro la atravesó de inmediato—. Lo siento mucho. No entiendo cómo he podido hacerte algo así.

Bingo se detuvo junto al cuenco de comida para tomar un par de bocados y se fue corriendo hacia la puerta del garaje para dar la bienvenida a Mason.

—¿Qué te pasa? —le preguntó a Ava, y se arrodilló para rascarle la cabeza y las orejas al perro.

—Lo he dejado cerrado fuera. Debe de estar muerto de hambre.

—No le hará ningún mal comer un poco más tarde.

—Lo sé, pero aun así me siento fatal.

No les quedaba más remedio que cerrar la puerta gatera. Cuando solo llevaban un mes en la casa, la habían dejado abierta por la noche para que el perro pudiera salir al jardín si lo necesitaba. Y todo fue bien hasta que un mapache decidió entrar en casa en mitad de la noche.

Al oír los ladridos de Bingo, Mason bajó corriendo las escaleras y encontró al mapache en el fregadero de la cocina, mirando como si nada al perro, que estaba desquiciado por causa del peludo intruso.

Ava tuvo que encerrar a Bingo en el baño, abrió la puerta trasera y luego los dos se echaron unas buenas risas mientras intentaban sacar al mapache, persiguiéndolo de una habitación a otra. A partir de entonces decidieron cerrar la portezuela de noche.

Sacó una botella de rosado de la nevera para vinos. Le gustaban más los tintos, pero cuando apretaba más el calor estival prefería los blancos o los rosados. Mientras descorchaba la botella, observó a Mason, que estaba acariciando al perro. Parecía agotado. Bingo no tardó en cansarse de las carantoñas de Mason y regresó al cuenco de comida para darse un festín.

«Pobrecillo», pensó Ava.

A ella tampoco le gustaba saltarse ninguna comida. Sacó dos copas de la alacena.

—Prefiero una cerveza —dijo Mason, que abrió la nevera y sacó una IPA.

Ava parpadeó. Por lo general, Mason prefería cervezas más suaves. O estaba demasiado cansado para darse cuenta de la que había cogido, o necesitaba el amargor de una *ale* para aliviar el dolor del día. Prefirió no decirle nada, llevada por la curiosidad de ver su reacción al tomar el primer sorbo. Las IPA las tenían solo para cuando venía Ray de visita.

Sintió una punzada en el corazón al pensar en aquella botella marrón en la mano del grandullón.

Bingo levantó la cabeza del cuenco y miró fijamente a Mason. De repente se alejó, dejándolo aún medio lleno, y se sentó a los pies de su dueño, una reacción que sorprendió a Ava. No le pidió nada, tan solo se sentó junto a él.

Mason le dio una palmada en la cabeza y siguió a Ava hasta el jardín para disfrutar de la cálida brisa. Bingo no se apartó de él.

Mason y su hijo, Jake, habían construido un elegante tejado sobre la terraza para convertir el espacio en un porche. Había un ventilador de techo, calefactores y una preciosa chimenea de piedra con un televisor montado encima. Gracias a los cómodos muebles de jardín que habían comprado, se había convertido en su espacio favorito de la casa… o de fuera de la casa. Ava ya tenía ganas de que nevara para verlo rodeado de blanco.

Mason estaba sentado en el sofá, apoyado en el cojín, y dio un par de palmadas junto a él para que se sentara a su lado.

«Como si fuera a sentarme en otro sitio», pensó Ava.

Se acurrucó contra a él, sus cuerpos pegados desde el hombro hasta las rodillas. Mason le cogió la mano y se la puso en el regazo. Tendrían que haberse cambiado de ropa para ponerse algo más fresco, pero ambos estaban derrotados.

Bingo se sentó casi encima del pie izquierdo de Mason y apoyó la cabeza en su rodilla, sin apartar los ojos oscuros de su amo.

«Sabe que no está bien».

Ava parpadeó varias veces.

Sonó el teléfono de Mason, que acababa de recibir un mensaje.

—Jake —dijo mientras desbloqueaba la pantalla.

Ava ya sabía qué quería su hijo. Le enviaba la misma pregunta cada vez que fallecía algún agente o que se producía algún altercado violento. Miró la pantalla.

He oído las noticias. ¿Estás bien?

Estoy bien

Era lo único que necesitaba saber su hijo adolescente para tranquilizarse. No le hizo más preguntas. No necesitaba más explicaciones. Mason dejó el móvil en el borde de la mesa con un suspiro.

—Debería haberle escrito.

—Tenías otras cosas en la cabeza.

—Ha sido un día de mierda —murmuró Mason, que tomó un sorbo lento de la cerveza y miró el televisor apagado.

Ava no le quitó ojo de encima cuando tragó y se sintió una pizca decepcionada al no haber reacción.

—Y que lo digas. Pero podría haber sido infinitamente peor.

«Será mejor que deje de pensar en ello».

Había logrado arrastrarlo a Urgencias antes de abandonar el hospital y le pidió a un médico que le examinara la espalda. El doctor se estremeció al ver la magulladura. La radiografía le permitió descartar heridas internas y se ofreció a hacerle una receta de analgésicos que Mason rechazó.

—Avíseme si cambia de opinión. Sentirá dolor durante unos cuantos días.

A Ava le pareció ver que articulaba:

—Eso espero.

«Vaquero testarudo».

Pero era su vaquero testarudo.

—Cuéntame qué has averiguado esta mañana —le pidió tras unos instantes de silencio.

Ninguno de los dos había hecho referencia a la aparición de su nombre en el mismo documento que la amenaza de bomba. En el hospital le rondaba la extraña sensación de que la pregunta se interponía entre ambos, pero en ese momento había que centrarse en Ray. Ninguno de los dos quería mencionar el asunto.

Mason lanzó un suspiro y tomó un largo sorbo de la botella.

—Reuben Braswell, cincuenta y dos años. Hallado muerto en su bañera por un agente de policía después de que una vecina avisara de que había visto sangre en el suelo de la cocina.

—Un momento, ¿cómo...?

—Te cuento luego, no es muy relevante. —Frunció el ceño y un mar de arrugas le surcó la frente—. Creo.

Ava confiaba en él, pero tomó nota mental de la pregunta.

—A Braswell le golpearon en la cabeza, en la cocina, y lo arrastraron hasta el baño, donde lo golpearon de nuevo en la cara y la boca. —Se llevó la cerveza a los labios, pero la devolvió a la mesa sin probarla—. El asesino le cortó ocho dedos en la bañera.

Ava tomó un sorbo de vino, sin saborearlo. Solo podía pensar en el hombre alto. Se había ensañado con la víctima, pero había visto cosas peores. Mucho peores.

—Puede que falte un dedo. Mañana le preguntaré a la doctora Trask si encontró el octavo dedo.

—¿Le han asignado el caso a Gianna? —Ava había hecho muy buenas migas con la patóloga forense.

—Sí. No tuve mucho tiempo para cambiar impresiones con ella porque uno de los técnicos de la científica encontró los planes del atentado.

—Donde aparecía mi nombre.

Mason asintió y le estrechó la mano.

—¿Braswell te mencionó alguna vez una posible amenaza de bomba?

—No.

Mason asintió de nuevo.

—Me lo imaginaba.

—En nuestro último encuentro lo dejé a medias. No me había ofrecido información relevante y había hecho comentarios inapropiados.

—¿En qué sentido? —le preguntó sin quitarle sus ojos oscuros de encima.

—No te pongas en plan macho. —Lo miró enarcando una ceja—. Hizo una serie de comentarios sobre mi boda. No era asunto suyo. —Mason no necesitaba saber que la había agarrado del brazo; de eso ya se había encargado ella misma.

—Espero que se lo dejaras bien claro.

—Por supuesto, y luego me fui. Es el único momento que se me ocurre que tal vez quisiera decirme algo y no tuvo la oportunidad.

—Creíamos que la amenaza era verosímil. —Le recorrió el cuerpo un escalofrío tan intenso que hasta Ava lo sintió—. Tal vez nos precipitamos con las conclusiones.

Ava se incorporó y se volvió para mirarlo.

—Ni se te ocurra culparte por lo que ha ocurrido hoy. Ni en broma. Aquí el único culpable es el que apretó el gatillo.

—Puede que hubiera más de un tirador.

—Ahora mismo no importa. —Con la mano con la que sujetaba la copa hizo un gesto para restar importancia al asunto—. ¿Qué encontrasteis en casa de Reuben?

Mason se rascó la cabeza.

—Un plano muy detallado de los juzgados. Y también había una diatriba escrita a mano. —Tomó un sorbo de cerveza—. He visto y oído todo tipo de insultos dirigidos a las fuerzas del orden, pero esto era algo brutal. —Negó lentamente con la cabeza—. Se palpaba la ira que desprendía la página. Aquel tipo odiaba a los policías y a todo aquel que formara parte de su entorno.

Ava ladeó la cabeza.

—Era un conspiranoico. Siempre imaginaba que lo estaban observando. Cuando nos reuníamos creía que había otros agentes en el local vigilándolo. —Frunció el ceño en un intento por recordar todos los detalles—. Creo que incluso me comentó sus sospechas de que lo espiaban en su propia casa, pero ahora mismo no estoy segura de ello. —Exhaló el aliento en un gesto de frustración por no recordar nada más—. Tenía ideas muy raras, pero en general me parecía inofensivo.

—Esos son los que más te sorprenden.

—Sí, muchas veces ocurre eso.

—En fin, tu nombre aparecía en la diatriba. A pesar del odio que sentía hacia las fuerzas del orden, decía que tú eras distinta, que eras de los buenos.

Ava no sabía qué decir.

—Afirmaba que eras una agente única. Que te preocupabas por la gente normal y tus compañeros del FBI.

—No tengo ni idea de lo que hice para ser merecedora de sus elogios, tan solo me limité a reunirme con él unas cuantas veces e intentar no perder la paciencia. —Guardó silencio durante unos segundos, absorta en sus pensamientos—. Le di información para una amiga que se encontraba inmersa en una situación de violencia doméstica. Nada del otro mundo. Podría haberla encontrado en internet.

—Describía con todo lujo de detalle sus planes para poner una bomba en los juzgados. Pensaba hacerlo después de comer, cuando hubiera vuelto todo el mundo. Quería que estuvieran llenos de gente.

—Vaya. ¿Estás seguro de que era la letra de Reuben? —Le costaba creer que el hombre con el que se había reunido en Starbucks fuera un asesino.

—Coincidía con las notas adhesivas pegadas en los mapas de las paredes y las copias carbón de los cheques que había en un cajón del escritorio.

—Ya veo. —No paraba de darle vueltas a la cabeza, buscando cualquier posibilidad que pudiera explicar que aquel paranoico llevado por la ira y su confidente fueran la misma persona—. O tiene alguna enfermedad mental o es un actor excelente.

—Afirmaba que no era el único que pensaba así. Hacía referencia a algún grupo de mentalidad similar. Su tono cambiaba cuando escribía sobre ellos… Adoptaba un lenguaje más respetuoso y admirativo.

—Me dijo que era amigo de gente de varios grupos antigubernamentales. Ese era uno de los motivos por los que seguía reuniéndome con él. Muchos grupos azuzan el odio hacia los cuerpos policiales. Demasiados.

—Pero si Reuben murió antes de llevar a cabo sus planes, ¿quién más estaba al corriente de ellos? ¿Y decidieron disparar cuando nos vieron aparecer en los juzgados? —Miró a Ava a los ojos—. ¿O lo tenían planeado de antemano?

—Me estás diciendo que dejaron los planos ahí para que los encontrarais.

—Cabe esa posibilidad.

—¿Hallar el cuerpo sin vida de Reuben era la mejor forma de conducir a la policía a su casa para asegurarse de que encontrarían los planes del atentado? —A Ava le parecía una teoría arriesgada. Mucho—. Eso implica que alguien tuvo que denunciar la muerte a tiempo para que la policía respondiera, que encontraran los planes y que se evacuaran los juzgados… y todo ello antes de la supuesta hora de la detonación de la bomba. Me parece que son demasiadas las piezas que deberían encajar.

—Reuben tenía algo con una vecina —dijo Mason.

—¿Una relación?

—Creo que era solo sexo. Fue ella quien llamó a la policía para avisar de la sangre que había en la casa.

—¿Había quedado con Reuben a una hora determinada?

Mason se estremeció.

—No se lo pregunté.

—Para que encajen todas las piezas de tu rompecabezas, alguien tenía que saber que iba a ir a la casa.

Mason se acercó la botella fría a la frente.

—Este caso me da dolor de cabeza.

—A mí también. He oído que no han encontrado ninguna bomba en los juzgados. Han usado perros artificieros para registrar el edificio y la zona colindante.

—Creo que los dos sabíamos ya que no iban a encontrar nada.

Se hizo el silencio entre ambos. La matanza los había tocado muy de cerca. El mero hecho de pensar que la habían planeado de forma tan minuciosa para acabar con tantas vidas inocentes le provocaba un dolor indecible.

«¿Por qué hay tanto odio?», pensó Ava.

—¿Quién llevará la investigación del tiroteo? —preguntó.

—Bueno, el sheriff del condado de Clackamas estaba al frente de la evacuación por la amenaza de bomba, pero supongo que ya tenía en cuenta que el FBI le echaría una mano con la investigación en algún momento.

—¿En un caso de atentado con bomba en un juzgado de condado? No te quepa duda.

—Pero ahora que todas las miradas están centradas en el tiroteo, creo que el FBI se pondrá al frente de la investigación y que será el departamento del sheriff el que les eche una mano a ellos. Y la policía de Oregón también querrá involucrarse... por Ray, digo.

Frunció los labios con una mirada feroz. Sabía que Mason quería participar en el caso de Ray, pero tenía una relación demasiado estrecha con la víctima. La policía del estado lo asignaría a otro agente.

Y Mason no le quitaría el ojo de encima.

—El asesinato de Braswell es mío. Nadie me lo va a quitar —afirmó rotundo.

—Claro que no.

Ava lo vio rendido, sin energía. Prefirió no decirle que había muchas posibilidades de que su investigación de asesinato pasara a formar parte de la investigación por el tiroteo, lo que implicaría que quedaría al margen del caso Braswell.

Seguro que él lo sabía, pero se obstinaba en ignorar la lógica de los acontecimientos.

—Ambos estamos agotados —dijo Ava—. Esta conversación que estamos teniendo es para gente vivaracha que ha disfrutado de una noche de sueño.

—¿Vivaracha? A mí nadie me llama eso —gruñó él.

Y no le faltaba razón.

—Creo que ha llegado la hora de irse a dormir, Vivaracho —dijo Ava, que intentó mantener un gesto serio al ver la mueca de Mason.

—Ni se te ocurra —le advirtió él.

—¿No te gusta el apodo?

—Ni hablar. Pero te doy la razón con lo de irse a dormir —añadió en voz baja.

Agachó la mirada y Ava se dio cuenta de que no podía dejar de pensar en su compañero. Mason sentía un dolor indecible, y no solo físico.

Ava le quitó la botella de cerveza de la mano y la dejó en la mesa, junto a la copa de vino. Se sentó en su regazo, le acarició la cara con ambas manos y le dio un dulce beso en la mejilla. Se inclinó hacia delante y le besó en la frente y en la otra mejilla. Fueron gestos muy dulces, que pretendían ofrecer consuelo y comprensión. Mason cerró los ojos y apoyó la cara en ella, abrazándola con fuerza.

—Estoy agotado. —El deje triste de su voz le partió el corazón.

—Ya somos dos. —Ava se levantó y lo ayudó a ponerse en pie—. Todo irá mejor mañana.

—¿De verdad? —susurró, atrayéndola con fuerza hacia sí.

Ava prefirió no decir nada, consciente de que era una pregunta retórica.

Mañana podía ser peor que hoy.

«¿Y si Ray no pasa de esta noche?», se preguntó Ava.

Capítulo 8

Mason no sabía cuánto había dormido, pero no podían haber sido más de tres horas. Se había despertado una docena de veces, ya fuera por el dolor de espalda o porque no podía dejar de pensar en Ray.

Cada vez que se despertaba consultaba el teléfono para comprobar si le había llegado algún mensaje sobre el estado de Ray.

Cuando veía que no había recibido ninguno, se tumbaba de nuevo, aliviado. La mejor noticia era que no había noticias. Pero entonces se ponía a pensar que a lo mejor Jill se había olvidado de su promesa de avisarlo. No quería escribirle de noche para preguntárselo porque confiaba en que pudiera dormir un poco en el hospital.

El mensaje de Jill llegó cuando se dirigía a la oficina de la forense.

Sin novedad durante la noche

El estado de Ray no evolucionaba negativamente y Mason lo interpretó como una buena señal.

Una vez dentro del edificio, lo acompañaron a una de las salas de autopsias. Había dos en marcha, pero Mason enseguida supo cuál era la suya. La doctora Gianna Trask estaba sentada en un pequeño taburete, cerca de la mesa de acero, inclinada sobre

Reuben Braswell. Su ayudante tomaba notas mientras ella hablaba en voz baja. Todas sus palabras eran recogidas por un micrófono que colgaba sobre la mesa.

Mason se puso los protectores para los pies y una visera facial que encontró en las estanterías que había junto a la puerta. Aunque hubiese cerrado los ojos, habría sabido dónde estaba solo por el olor. El sistema de filtrado de aire continuo hacía lo que podía, pero las salas de autopsia estaban impregnadas del olor metálico de la sangre, de desinfectantes y de carne refrigerada a punto de entrar en estado de descomposición. Según el caso, los olores podían ser mucho peores. La descomposición avanzada y la carne quemada eran dos de los que más odiaba Mason.

En la sala había una temperatura gélida y de fondo sonaba un antiguo éxito de los noventa. Mason no recordaba el nombre del grupo, pero conservaba una imagen clara: una banda de músicos ingleses y gesto huraño.

En el otro extremo de la sala se encontraba el doctor Seth Rutledge y dos ayudantes con bata. El doctor saludó con la mano a Mason, que hizo lo propio y se dirigió hacia la doctora Trask.

Las potentes luces de la mesa de autopsia teñían el cadáver de Reuben de un blanco intenso. Mason apartó la mirada de las manos mutiladas, recordando los dedos repartidos por el suelo del baño. La cabeza se encontraba en peor estado.

—Buenos días, Mason.

A Gianna se le formaron unas leves arrugas en las comisuras de los ojos cuando sonrió. No se le veía el resto de la cara, oculta tras la mascarilla y la pantalla facial. La doctora iba ataviada con el equipo protector habitual y tenía un órgano en las manos que Mason no pudo identificar. Lo dejó en una báscula y el ayudante tomó nota.

Mason no soportaba llegar tarde a las citas, pero había pasado tan mala noche que cuando sonó la alarma la apagó en lugar de pulsar el botón de cinco minutos más. Tuvo que despertarlo Ava.

—Siento el retraso.

—No te preocupes, enseguida te pongo al día. —Se irguió y arqueó la espalda con un gesto de dolor—. Llevaba demasiado rato en la misma postura.

Mason se fijó en el vientre que asomaba bajo la bata.

—Estás embarazada —balbuceó—. Esto… quiero decir… Hum. —Se ruborizó.

«¿Y si no lo está?».

La doctora Trask lo miró a los ojos, pero no dijo nada.

«Mierda. Ahora le contará a Ava que la he cagado».

—Gianna —murmuró su ayudante, meneando la cabeza—. Sé amable.

Al final entornó los ojos y soltó una carcajada tras la mascarilla.

—Sí, estoy embarazada. Pero deberías ser más cauto, Mason.

—Es que no me lo esperaba, eso es todo. —Intentó refrenar el ritmo desbocado del corazón que le martilleaba el pecho.

«¿Cómo es posible que no me fijara en que estaba embarazada ayer en la escena del crimen?», pensó Mason.

Menudo detective estaba hecho. Su trabajo consistía en ver aquello que los demás pasaban por alto. El único consuelo era que Ray tampoco se había fijado en ello.

—Enhorabuena a los dos —dijo Mason—. Y Violet, ¿qué piensa? —preguntó en referencia a la hija adolescente de Gianna.

—Está encantada.

—Qué bien.

Mason se preguntó si Ava sabía que estaba embarazada. Tal vez había preferido no decirle nada. Apretó los dientes. Habían hablado de tener hijos y era un asunto pendiente. Sin embargo, ninguno de los dos parecía muy dispuesto a retomarlo.

Él ya era padre. Jake estaba en la universidad y no se imaginaba teniendo un bebé de nuevo a los cincuenta años. O más tarde. No obstante, Ava tenía doce años menos que él y pensaba distinto. A veces. Hacía ya varios meses que no le decía nada.

«Concéntrate en el caso».

—¿Qué sabemos del señor Braswell? —preguntó.

—Ayer no pude decirte que calculaba que su muerte se había producido entre la medianoche y las cuatro de la madrugada.

Se le había olvidado preguntar la hora de la muerte.

La doctora Trask ladeó la cabeza y lo observó.

—Estabas muy ocupado y angustiado. Supongo que has pasado la mitad de la noche en vela. No seas muy duro contigo.

«No le falta razón».

—Sigue.

—La causa de la muerte fue un traumatismo craneoencefálico, pero no puedo asegurar cuál de los golpes fue el mortal… porque tiene demasiados.

El inspector dirigió una mirada fugaz a la cabeza. Uno de los lados estaba hundido y el pómulo y la órbita derecha no se distinguían. El equipo forense había limpiado la sangre que le cubría la cara, lo que dejaba al descubierto varias heridas superficiales y los pocos dientes que le quedaban, así como la mandíbula inferior.

Reuben Braswell parecía un extra de una película de miedo.

—El examen visual revela varias abrasiones y magulladuras por todo el cuerpo. Le habían amputado ocho dedos, pero solo tengo siete. —Señaló una pequeña bandeja plateada.

Una bandeja de atrezo de una película de terror.

—¿Dónde diablos está el octavo? —murmuró Mason.

—Tal vez se lo quedó de recuerdo —sugirió la doctora Trask.

—Es probable. —«¿Qué hará con él?»—. ¿Qué más has averiguado?

La doctora palpó el lugar de la contusión craneal, que se hundió aún más. Mason tuvo que apartar la mirada y notó la bilis que le quemaba el esófago.

—No creo que pueda reconstruir el cráneo, pero lo haré lo mejor que pueda.

Mason examinó el rostro desfigurado. El funeral de Reuben no podría ser con el féretro abierto.

—No creo que sea necesario que te esfuerces tanto.

—Tendrá familia, como todo el mundo.

—Sus padres murieron. No se casó... No he comprobado si tenía hijos. Tiene un hermano y una hermana, pero viven en Nevada. Intentaré ponerme en contacto con ellos hoy mismo.

—¿Mason?

Al darse la vuelta vio a una mujer alta vestida con todo el equipo protector. Estaba en la otra mesa de autopsias. Reconoció su mirada.

«Detective Hawes».

—Nora... ¿qué haces...? —Dejó la frase a medias. Solo había un motivo que justificara la presencia de la inspectora de la policía del estado ahí. Dirigió la mirada hacia el cuerpo del hombre que había en la otra mesa—. ¿Es uno de...? —No pudo acabarla.

—Oficial Tims. De los juzgados.

«Uno de los compañeros asesinados».

Lo invadió una leve sensación de mareo y la visión del cadáver se difuminó.

«Podría haber sido Ray. Aún puede serlo».

—No sabía que te habían asignado al tiroteo —dijo Mason sin apenas convicción.

—Fue anoche. Voy a colaborar con el grupo especial que ha creado el sheriff del condado de Clackamas.

Mason respiró hondo y recuperó la visión normal. La detective Hawes y él trabajaban en la oficina de Portland. Ella llevaba poco tiempo, pero le había causado una buena impresión gracias a su meticulosidad y su ética de trabajo. Habría sido su principal candidata para encontrar a quien había disparado a Ray.

Hawes lo miró con preocupación.

—Ray saldrá adelante. Y atraparemos al asesino o asesinos.

—No me cabe la menor duda.

—¿Has oído que hay cuatro víctimas? —preguntó Nora con mirada triste.

Mason se horrorizó y negó con la cabeza, incapaz de articular palabra.

«Esto es una pesadilla interminable».

—El agente herido de la policía de la ciudad de Oregón no ha sobrevivido —le comunicó Hawes.

Mason vio una imagen fugaz de su rostro.

—Young.

«¿Cuántos más morirán?».

—Veinticinco años. Casado y con un hijo de dos meses.

La ira se apoderó de él y tuvo que morderse la lengua. Nada de lo que pudiera decir le permitiría reparar lo ocurrido.

—¿Mason? —llamó su atención la doctora Trask—. Me gustaría que vieras esto.

—Te dejo, ambos estamos ocupados —dijo Nora.

Observó a la inspectora, que volvió a la mesa de autopsias del doctor Rutledge, y rezó para que no hubiera más muertos.

Sobre todo Ray.

CAPÍTULO 9

Ava se frotó el rímel corrido bajo el ojo derecho. Se había dado un vistazo en el espejo del recibidor cuando estaba a punto de salir para el trabajo y tuvo que mirarse dos veces.

—¿Cómo diablos me lo he hecho? —Solo hacía media hora que se había maquillado, antes de que Mason se fuera a ver a la forense—. Si Mason lo hubiera visto, me lo habría dicho —murmuró—. Creo.

A veces los hombres no se fijaban en esas cosas.

Sonó su teléfono y sonrió al ver el nombre de la bodega que habían reservado para la boda. Estaba enamorada del lugar. Era un edificio de estilo toscano que coronaba una colina del condado de Yamhill. Las vistas eran espectaculares, pero no era un sitio pretencioso, sino pequeño y acogedor. Iba a ser una boda íntima, con solo cuarenta invitados.

—¿Diga?

—Hola, soy Erin. Me alegro de localizarte.

Ava habría reconocido el acento británico de la joven en cualquier lugar. Había pasado varias horas hablando con la dueña del local. Las conversaciones sobre los planes de boda habían dado pie a charlas sobre el vino y estas, a su vez, sobre Italia, país donde Erin había vivido dos años y que le recomendaba como destino para la luna de miel.

—Hola, Erin, ¿qué tal?

—¿Va todo bien? Cuando mi ayudante me ha dicho que habíais cancelado la reserva he pensado que debía llamarte. Estaba muy preocupada.

Ava se quedó helada.

—¿Cómo?

—Que habéis anulado la reserva. Monica me ha dicho que habías llamado hace diez minutos.

Sintió un escalofrío de pánico que le recorrió la columna.

—¡No! ¡No he llamado! Oh, Dios mío, dime que no le has dado nuestra fecha a nadie…

—¡Ni hablar, claro que no! Quería que me lo confirmaras tú misma. —Bajó la voz—. Me preguntaba si habíais tenido algún problema Mason y tú. Son cosas que pasan.

—Pero ¿quién…? ¿Quién sería capaz de…?

Se le cayó el alma a los pies. «Jayne».

Su hermana había vuelto a Estados Unidos y, al parecer, había recuperado sus juegos de antaño.

—Siento haberte asustado. ¿Quién querría haceros algo así? ¿Tenéis Mason o tú algún ex capaz de llamarnos?

—No es un ex. —Ava se acarició la ceja derecha con dos dedos para mitigar un dolor de cabeza incipiente—. Creo que alguien ha querido gastarnos una broma.

—Pues vaya gracia —dijo Erin con un acento más marcado—. Bueno, dejo el tema de la bronca en tus manos, pero me parece horrible. Mira que si Monica llega a darle la fecha a otra pareja…

—Pues tendrías que haberla anulado, porque sabes que es mi fecha… nuestra fecha —se corrigió.

—Desde luego.

Ava colgó al cabo de un minuto.

«¿Se lo cuento a Mason?».

Mejor no hacerlo de momento, porque bastante tenía con lo suyo. Y aún no le había dicho nada de la visita de Brady Shurr y la desaparición de Jayne. Tenía la sensación de que hacía mucho tiempo que sabía que su hermana se había esfumado, cuando en realidad no se había enterado hasta el día anterior. Un día que había sido una auténtica pesadilla.

Era normal que se hubiera olvidado de hablarle de Jayne.

Le envió un mensaje de texto a Cheryl, su vecina y organizadora de la boda, para preguntarle si estaba en casa.

Sí. ¿Qué necesitas?

¿Puedo pasar a verte un momento?

Mi puerta siempre está abierta

Presa de una ira cada vez más intensa, Ava le rascó la cabeza a Bingo y se fue a casa de Cheryl. La puerta estaba literalmente abierta y entró sin llamar.

—¿Cheryl?

—En la cocina.

La casa de Cheryl siempre le transmitía la sensación de que acababa de adentrarse en un estudio de arte ecléctico. Predominaban los colores brillantes, que creaban un ambiente opulento y exuberante. Si Ava hubiera intentado decorar la suya con los mismos colores, el resultado habría sido más parecido a una sala de juegos para niños.

Jamás se le había pasado por la cabeza contratar los servicios de una organizadora de bodas. ¿Tan difícil era hacer las reservas y tomar un par de decisiones? Sin embargo, ahora daba gracias de haberse dejado convencer por su vecina para que recurriera a sus servicios. Ava no tenía tiempo para pensar en todos los detalles;

estaba demasiado ocupada con el trabajo. Contratar a alguien para que pensara por ella había sido una de las decisiones más acertadas que había tomado jamás.

Encontró a Cheryl en la cocina, sirviéndose algo de beber con mucho hielo. Notó el olor del expreso recién hecho y lanzó un suspiro.

—Este es para ti. —Cheryl se lo puso en la mano sin esperar a oír su respuesta.

—No puedo. Tengo que conducir.

La rubia alta puso los ojos en blanco.

—No tiene alcohol.

—Menuda novedad. —Ava tomó un sorbo de un delicioso *latte* con vainilla y hielo—. Qué rico. Gracias.

Cheryl puso una cápsula en la cafetera y la miró a los ojos.

—Mucho mejor. Has entrado con cara de querer matar a alguien.

Pulsó un botón; la pequeña máquina hizo un ruido mecánico y el café empezó a llenar la taza.

Ava esperó a que acabara.

—Quería matar a alguien. A mi gemela.

En pocas palabras resumió a Cheryl la llamada que había recibido de la bodega y de lo que le había dicho Brady sobre Jayne.

Cheryl se quedó boquiabierta mientras se preparaba su propio café helado.

—Caray, ¿seguro que sois familia?

—Sin duda —afirmó Ava con resignación.

—Suerte que Erin se ha tomado la molestia de llamarte.

—Esa es la cuestión. ¿Y si hay alguien más que no ha llamado para confirmar si queríamos cancelar alguno de los servicios contratados?

Cheryl puso los ojos como platos.

—Mierda.

—Eso mismo he pensado yo.

—Pero ¿cómo puede conocer tantos detalles? Supongo que cabe la posibilidad de que le mencionaras el local del banquete en algún momento, pero ¿le has dicho quién se encarga de las flores o del reportaje fotográfico?

—No, pero eso da igual. Sabe moverse. Si invirtiera en su propio bienestar la mitad de la energía que dedica a sembrar el caos, sería la presidenta de una empresa del Fortune 500.

Cheryl dejó el café en la mesa, tomó el iPad de la encimera y se puso a teclear.

—Llamaré a todas las empresas para confirmar todos los pedidos, por pequeños que sean. Suerte que ya habías elegido el vestido porque necesita varios meses de preparación. —Cheryl se estremeció—. Tendrías que elegir uno de confección.

Ava sabía que no habría sido el fin del mundo.

—Todo se puede cambiar excepto las vistas desde la bodega. Sé que hay otros locales, pero cualquiera que estuviera a la altura llevaría reservado varios meses.

—Y que lo digas. —Cheryl la miró—. ¿Te he contado la historia de una novia que quería que le organizara el banquete en el Museo de Arte de Portland con solo tres semanas de antelación? —Resopló—. Milagros no hago.

—Pues para mí has hecho más de uno. El de mi vestido, por ejemplo.

—Eres la primera clienta que pide que le tiñan el vestido de novia de turquesa. Si se enterara la diseñadora, le daría un infarto.

—No es turquesa.

—Llámalo como quieras, pero es un color único. —Miró de reojo a Ava—. Además, me sorprendió mucho el vestido que elegiste. No era lo que esperaba.

—Me encantó. —Había guardado el vestido en casa de Cheryl porque no quería que Mason lo viera sin querer.

—Y a mí. —Cheryl suspiró—. Bueno, tengo que hacer varias llamadas. Les pediré que se pongan en contacto con nosotras si se ha producido alguna cancelación por teléfono.

Ava se estremeció.

—Deberían llamarte para confirmar aunque hubiese ido yo en persona a hacer un cambio.

—¡Venga ya! ¡¿Sería capaz de hacerse pasar por ti?!

—Ya lo creo.

Cheryl soltó una maldición.

—Siento que tengas que pasar por eso.

—Bienvenida a mi realidad. Al menos es un alivio que haya dado señales de vida. Llevaba mucho tiempo preocupada, esperando a ver cuál sería su siguiente paso, siempre mirando hacia atrás.

—Es una situación en la que no puedes ganar. O hace una de las suyas o esperas a que la haga.

Esa era una descripción perfecta de la vida de Ava.

—¿Has hablado con Jill para que sea tu dama de honor? —le preguntó Cheryl, que seguía tecleando en la tableta.

—Aún no. —«¿Podrá Ray ser el padrino de Mason?»—. Creo que no debería pedírselo después de lo que ha pasado.

A Ava se le revolvió el estómago y, de repente, sus planes de boda le parecían un asunto trivial y frívolo.

—¿Qué otras opciones barajabas? ¿La agente del FBI de Bend? ¿O la mujer de ese periodista macizo? Tienes que tomar una decisión ya. Necesitan saberlo porque quedan pocas semanas.

—Lo sé.

Cheryl dejó el iPad y miró fijamente a Ava.

«Me conoce demasiado».

Ava tomó un sorbo de café, fingiendo que no se había dado cuenta.

—Es tu hermana, ¿verdad? —dijo Cheryl con voz suave, acariciándole el brazo—. Una parte de ti querría que asistiera a la boda.

A Ava se le anegaron los ojos.

—Es absurdo. Ha convertido mi vida en un infierno.

—Pero es tu hermana.

—Es la peor idea que he tenido jamás. Hará todo lo posible por arruinarme el día… Intentaría seducir a Mason en el guardarropa, se ofrecería a chupársela al pastor o tiraría «sin querer» el pastel de boda.

Ava tosió entre risas. No era una idea graciosa, sino la verdad.

—Lo siento. Yo cuidaré de ti —le aseguró Cheryl con determinación—. No permitiré que nadie sabotee tu día más importante.

—Es un día como otro cualquiera. No cambia gran cosa, solo la situación legal.

Todos los detalles de la boda le parecían insignificantes. El hecho de pensar en Jayne la había envuelto en una niebla oscura.

«¿Qué sentido tienen todos los planes y decisiones?».

—Ni te atrevas a restarle importancia al día de tu boda. Es importante. Estás anunciando tu compromiso al mundo y sé que tu relación será distinta a partir de entonces.

—Es imposible. No podemos querernos más de lo que nos amamos ahora.

Ava sabía que su amor era muy profundo, que alcanzaba unas simas cuya existencia hasta entonces desconocía.

—Oh, cielo. —Cheryl le estrechó el brazo—. Debería apostarme algo contigo porque vas a llevarte una buena sorpresa. Y no me mires así. Aquí la experta soy yo. El amor es mi negociado. —Miró la hora—. ¿No deberías irte al trabajo? Ponte en marcha y deja que me encargue de todos los detalles.

Cheryl tenía razón, iba a llegar tarde. Le estaba muy agradecida por la charla que habían tenido, pero Ava era una mujer práctica. El amor no era más que eso, amor, y Mason y ella no podían quererse más.

«Esto no puede ir a mejor».

***

Al cabo de una hora, Ava levantó la mirada y vio a Zander en la puerta de su despacho.

—Me han asignado al grupo de trabajo del tiroteo del juzgado —le comunicó—, que estará formado por la oficina del sheriff del condado de Clackamas, la policía del estado de Oregón, la policía de la ciudad de Oregón, la ATF y nosotros. Le he pedido a Ben que te dejara participar, pero me ha dicho que era mejor que no te involucraras ya que eras amiga de una de las víctimas. He insistido en que eso no importaba, que eras la mejor para el trabajo.

Ava se sintió conmovida.

—Te lo agradezco, pero entiendo los motivos de Ben. Tú serás un gran activo para el grupo.

«Pagaría lo que fuera por formar parte de él», pensó Ava.

El pronóstico de Ray era reservado. Ava le había enviado un par de mensajes a Jill al salir de casa de Cheryl. Y aunque le había respondido con mensajes de texto, la mujer de Ray transmitía la sensación de estar agotada.

Zander sonrió.

—He convencido a Ben para que te enviara.

Ava se quedó paralizada.

—¿En serio? ¿Me lo dices de verdad? ¿Ha cedido?

Ben apareció detrás de Zander.

—No he cedido. —Le dio un puñetazo en el brazo—. He tomado mis propias decisiones a partir de la información de la que disponía, sin tener en cuenta la opinión de los demás. —Lanzó una mirada circunspecta a Ava—. Debes respetar los límites de la investigación.

«Dicho de otro modo, Mason no puede ser mi sombra».

—Por supuesto, pero en estos momentos estoy hasta arriba de casos.

—Este es prioritario. Anoche el tiroteo salió en todos los noticiarios del país y en internet. La gente está furiosa.

—Una parte de la gente —añadió Zander—. Los típicos comentaristas antipolicías campan a sus anchas por la red. Lo ocurrido les parece algo digno de celebrar.

—Es horrible —añadió Ava—, pero no me sorprende lo más mínimo.

—A mí tampoco —dijo Ben—. El departamento del sheriff ha organizado una reunión del grupo de trabajo a mediodía, en Oregon City. Les he dicho que iríais ambos. —Los señaló con la cabeza y se fue por el pasillo.

Ava exhaló el aire contenido.

—Esto es importante.

La embargó la mareante magnitud del crimen. Que la obligaran a permanecer al margen de una investigación en curso la sometía a una gran tensión, pero el hecho de que la hubieran metido en el caso de golpe y porrazo la sometía a un estrés considerable y a una intensa presión para solucionarlo. Al oír las palabras de Ben su nivel de estrés aumentó de inmediato, pero no rehuyó la situación. La presión la obligaría a seguir adelante y a concentrarse.

Se movía llevada por un interés personal y profesional. Alguien le había tendido una emboscada a un buen amigo, a su prometido y a varios compañeros de las fuerzas del orden. Era lógico que estuviera furiosa y disgustada.

—Tienes razón. Ha sido algo grande —afirmó Zander—. Y tú ya tenías muchos asuntos entre manos.

Su tono llamó la atención de Ava.

—¿Has averiguado algo sobre Jayne?

—Aún no.

—Ya verás qué cara pones cuando sepas la última.

Le contó a Zander que su hermana había cancelado la reserva de la bodega.

—No puedes estar segura de que fuera ella —le advirtió.

—¿Quién más iba a hacerme algo así? Es un ataque personal.

—No te afecta solo a ti —afirmó Zander—, también a Mason. Lo miró fijamente. Tenía razón.

—No lo soporto cuando te pones tan lógico.

—A decir verdad, puede que la persona responsable quisiera perjudicar a la organizadora de la boda. A lo mejor hay alguien que intenta hacerla quedar mal para acabar con su negocio. Para ella sería un gran error.

Ava meditó lo que acababa de decirle su compañero.

—No creo que sea eso… pero tienes razón, no podemos descartar que el objetivo sea Mason también. —Se dejó caer en la silla—. Ahora dudo que sea Jayne.

—No quiero que descartes ninguna opción. Me parece revelador que no pueda encontrar ninguna transacción económica o el alquiler de un vehículo a su nombre… o el tuyo. Debe de estar utilizando la identidad de otra persona.

—Brady me dijo que tenía acceso a una gran cantidad de dinero.

—Aun así, necesita una tarjeta de crédito para alquilar un vehículo o una habitación de hotel.

—A lo mejor le robó la documentación a alguien del centro de rehabilitación de Costa Rica.

—Llamaré para comprobar si han denunciado algún robo.

—No tienes tiempo para esto. Ninguno de los dos lo tenemos… y ahora menos aún.

—Puedo hacer una llamada rápida de camino a la reunión de Oregon City. Antes de que Ben me asignara al grupo de trabajo, había estado investigando en San Diego, pero no encontré ni rastro de ella, ni de ti, por ningún lado. Sin embargo, averigüé que en estos momentos tu padre se encuentra en la costa de Oregón. ¿Lo sabías?

—Sí —admitió Ava a regañadientes—. Es un viaje familiar. Se ha llevado a sus hijos y nietos. David me invitó.

Aún no podía llamarlo «papá», ni «padre». Era David. El hecho de usar su nombre de pila le proporcionaba seguridad y la ayudaba a levantar un muro entre ambos. Jayne había aceptado sin reservas al padre que nunca había conocido, pero Ava aún no se veía con ánimos.

Paso a paso.

—¿Es posible que Jayne esté con él? ¿La invitó?

—No lo sé.

Ava se imaginó a su hermana jugando en la playa con los nietos de David. Era la típica oportunidad que no dejaría escapar de ninguna de las maneras. La ocasión perfecta para convencerse de que tenía una familia real.

«Es su familia real».

—¿Puedes llamarlo? —preguntó Zander con impaciencia.

—Le enviaré un mensaje.

Ava cogió el teléfono.

«No será necesario que le dé conversación».

—Ya no llama nadie —se lamentó Zander—. Al final nos olvidaremos de cómo se hace.

Ava le envió un mensaje a David para preguntarle si Jayne estaba con ellos.

—¿Por qué no has ido con ellos a la playa? —le preguntó Zander—. Podrías haberte dejado caer un día.

—¿Te parece que soy de las que se «dejan caer» en los sitios?

—No, me parece que eres una persona que siente pavor ante las situaciones que no le resultan familiares… o que podrían acabar convirtiéndose en algo muy bueno.

—No siento pavor. Tan solo soy cauta.

—Conoces a esta familia desde hace casi nueve meses ¿y aún dudas? Podrían haber sido unos imbéciles, pero todos se han preocupado por ti.

—Kacey me cae bien. A veces hablamos. —Le habría gustado trabar amistad con la hija de David, pero los lazos de sangre la hacían dudar.

Esperó unos segundos sin apartar la mirada de la pantalla.

—No me parece que David sea uno de esos que nunca se despegan del teléfono. Puede que tarde un rato en responder.

—Cuánto envidio a esa gente.

—Yo también. Pero si alguna vez he salido de casa sin el móvil, siempre me he sentido como si me hubieran amputado una extremidad.

—Venga, vamos a la reunión —le sugirió Zander.

Ava asintió y echó un último vistazo al teléfono. No había recibido ningún mensaje. Se lo guardó en el bolsillo, agarró el bolso y siguió a su compañero.

«¿Por qué tengo la extraña sensación de que el día solo puede empeorar?».

CAPÍTULO 10

Mason agradeció recibir la calidez del sol cuando salió de la oficina forense. Había pasado frío hasta en la sala de espera. Miró al cielo, deleitándose con el calor que sentía, y se dio cuenta de lo cansado que estaba. Apenas era mediodía y quería irse a casa, echarse una siesta y no despertarse hasta que alguien le dijera que Ray iba a recuperarse.

Sin embargo, tenía que volver a casa de Reuben Braswell y retomar la investigación donde la habían dejado Ray y él el día anterior. Al menos ya no estarían los de la policía científica. Nadie podría distraerlo.

«¿Por qué tengo tan pocas ganas de ir?».

Volvieron a embargarlo las ganas de dormir. A pesar de lo importante que era para él el caso del asesinato de Braswell, necesitaba saber cómo iba la investigación del tiroteo. Aún le rondaba la imagen del cadáver del agente en el depósito del forense.

«Podría haber sido Ray».

Ray y él se conocían desde hacía más de una década. Mason ya era un oficial experimentado cuando destinaron a su compañero como novato a la división de grandes crímenes, después de varios años trabajando como policía del estado. Al principio Mason no soportaba su locuacidad ni su elegancia al vestir, pero no tardó en descubrir que el antiguo jugador de fútbol universitario tenía un corazón que no le cabía en el pecho y un cerebro prodigioso. Acabaron trabando una gran amistad y Ray y Jill lo habían acogido en sus vidas cuando la suya se convirtió en un yermo helado tras su divorcio de la madre de Jake. Al principio se resistió, pues no quería contagiar su funesto estado de ánimo a la alegre familia de su compañero.

Ray logró convencerlo, gracias a los ánimos de Jill.

Mason era un hombre mejor gracias a haberlos conocido.

—Callahan.

Mason se puso tenso al oír la voz familiar. Michael Brody estaba apoyado en un todoterreno aparcado a cinco metros de la acera.

«Ahora no».

No estaba dispuesto a admitirlo, pero admiraba, muy a su pesar, al periodista de investigación. Por lo general, los periodistas lo sacaban de quicio, algo que no había hecho sino empeorar tras la aparición de cientos de sitios de «noticias» en internet. Los hechos y la verdad no figuraban entre las prioridades de esa gente cuando andaban a la caza de una exclusiva.

Sin embargo, Brody era uno de los buenos. Habían tenido algún que otro encontronazo, pero compartían el objetivo de encontrar respuestas. Por algún motivo, Ava adoraba al periodista. Seguramente por su don para sacarlo de quicio. Brody nunca se andaba con rodeos y no sentía un gran respeto por la autoridad. Mason sospechaba que Ava manejaba los hilos a sus espaldas para que pasaran el máximo tiempo posible juntos y analizarlos como experimento sociológico.

El joven periodista era muy gallito, pero se lo tomaba todo con calma y siempre iba por ahí como si acabara de llegar de la playa. En ese momento vestía unos pantalones cortos, con un agujero en cada pernera, y una camiseta desteñida. No parecía un tipo con dos másteres. El Range Rover y el reloj caro solo eran una prueba de que le sobraba el dinero. Fortuna familiar. Su madre había sido una cirujana de renombre; su padre, senador del estado, y su tío, gobernador de Oregón.

Mason se cubrió los ojos para protegerse del sol y miró hacia el vehículo. Era azul marino. La última vez que lo había visto era negro.

—¿Rover nuevo?

—Sí.

—¿Qué quieres, Brody? —le preguntó Mason. Las muestras descaradas de riqueza siempre sacaban lo peor de él.

—¿Cuál es la relación entre la muerte de Reuben Braswell y el tiroteo de ayer?

«¿Cómo lo ha averiguado?».

Esa era otra de las cosas que lo sacaban de quicio. Brody tenía fuentes demasiado buenas y se negaba a revelarlas. El periodista tenía amigos en altas y bajas instancias.

—¿Qué te hace pensar que hay un vínculo? —replicó Mason con un deje de enfado. No estaba dispuesto a reconocer nada—. Si tienes preguntas, nuestros representantes de prensa estarán dispuestos a ayudarte.

Brody le mostró su sonrisa inmaculada y blanca, que contrastaba con su tez bronceada.

—Te prefiero a ti. No tienes pelos en la lengua.

—Y una mierda. Lárgate.

—¿Lo ves?

Mason se puso el sombrero de vaquero y se dirigió a su vehículo.

—Estoy agotado. Que te den.

—Eh, Mason… Siento lo de Ray.

Se detuvo y lo miró. El tono de Brody era sincero, así como su gesto.

«Sabe cuándo dejarse de chorradas».

Por perverso que pareciera, Mason disfrutaba de sus discusiones.

—Gracias.

—Si encontrasteis algo en la escena del asesinato de Braswell que os llevó a pensar que había una amenaza de bomba en el juzgado, tal vez conozca una vía de investigación que podría interesarte para encontrar al francotirador.

—¿Estás hablando en serio?

—Muy en serio.

—No formo parte de la investigación del tiroteo. Mi trabajo consiste en averiguar quién mató a Reuben Braswell.

—Creo que podría ofreceros algunas pistas relacionadas también con ese crimen.

—Usas el condicional más de lo que me gustaría, lo cual no me inspira gran confianza.

Brody se encogió de hombros.

—Sabes que tengo mis fuentes.

«¿Me conviene abrir la caja de Pandora?».

—No me vendría mal un café —concedió Mason. No le importaba dedicarle veinte minutos a Brody si con ello podía avanzar en su investigación.

—Te invito —dijo Brody.

—Solo faltaría.

Al cabo de diez minutos, ambos estaban sentados a la mesa de una cafetería en la que daba la sombra. Mason pidió un café solo con hielo y Brody un café gigante con cuatro dosis de expreso, nata montada y extra de caramelo.

—Eso no es un café —le dijo Mason al darse cuenta de que quería probar ese brebaje almibarado.

—Pero tiene cafeína y es lo que me importa.

Mason se inclinó hacia delante.

—¿Qué puedes ofrecerme?

Brody dibujó una cara sonriente en el agua condensada de la taza de plástico.

—Hace un par de meses estaba trabajando en un artículo sobre teorías conspiranoicas. Cuáles son sus orígenes, por qué atraen a tanta gente, cómo logran perpetuarse, etc.

—Ava me dijo que Braswell era un teórico de la conspiración.

—Déjame acabar —le pidió Brody enarcando una ceja—. Encontré varios foros de internet dedicados al análisis de estas teorías. Fue muy ilustrativo. Sobre todo cuando la gente presentaba pruebas. Fotografías borrosas, enlaces a páginas sin ninguna credibilidad, testimonios de familiares. Material de primera. Fue uno de mis proyectos de investigación más fascinantes.

—Te dedicaste a investigar lo que escriben los chalados. —Mason lamentó que su trabajo no fuera tan relajado.

—Algunos de los usuarios eran tan normales como tú y yo, pero sienten una atracción especial por los temas más singulares.

—O sea, que les falta un tornillo.

Michael ignoró el comentario.

—Al cabo de un tiempo, uno de los miembros del foro empezó a llamarme la atención. Defendía una serie de teorías de lo más variopintas sobre nuestro gobierno, y también del resto del mundo. Creía que se estaba creando un gobierno mundial a nuestras espaldas. Afirmaba que las fuerzas del orden eran un arma del gobierno para someternos, creadas con el objetivo de forjar una clase obrera permanente con la única finalidad de mantener a los ricos. Un estrato de personas sin ninguna posibilidad de prosperar. Pretendían detener al hombre de clase media que a duras penas logra mantener a su familia e hincharlo a multas que no pueda pagar, o meterlo entre rejas el tiempo suficiente para que pierda el trabajo y tenga que subsistir gracias a la limosna del gobierno. Esos cuerpos de seguridad solo estaban para ayudar a los estamentos públicos e ignoraban a la gente normal que tenía problemas de verdad.

—Parece como si la persona en cuestión lo hubiera vivido en carne propia.

—Por eso me llamó tanto la atención. Pero luego sus diatribas tenían que ver con matar a policías. Propuso acabar con las armas humanas del gobierno para que este no pudiera seguir sometiéndonos.

Mason agarró la taza de café con fuerza.

—¿En serio?

—Sí. Recibió muchas críticas de otros usuarios, pero eso no pareció afectarle demasiado. Estaba a la altura de los mejores para discutir con ellos, pero también tenía muchos partidarios. Me dio la impresión de que frecuentaba otros foros en los que se aceptaba con más naturalidad esta teoría de la conspiración, sobre que las fuerzas del orden solo servían para someter al ciudadano corriente. Busqué, pero no encontré otro en el que participara. Es probable que usara un apodo distinto.

—¿Quién era este tipo?

—Después de investigar, averigüé que el correo electrónico de ese usuario pertenecía a Reuben Braswell.

El café de Mason se convirtió en bilis al llegar al estómago.

—¿Crees que uno de sus palmeros podría estar involucrado en su asesinato? —preguntó Brody.

—No tiene sentido. Si compartían ideología, ¿por qué habría de matarlo?

—A lo mejor cambió de parecer… Quizá el tiroteo formaba parte de un gran plan y quería echarse atrás. Una decisión como esa podría haber enfurecido a uno de sus partidarios. —Brody miró a Mason impertérrito.

—De lo que encontrasteis en la escena del homicidio de Braswell, ¿qué os alertó sobre la amenaza de bomba de los juzgados?

«No puedo decirle nada».

—Teniendo en cuenta tu gran número de fuentes, me sorprende que aún no lo hayas averiguado.

—He oído rumores, pero no he podido verificarlos. Sé que se dio la alarma cuando Ray y tú estabais en la casa y que os fuisteis al cabo de unos minutos.

—Todo el mundo reaccionó ante la amenaza. La ciudad, el condado, los agentes del estado, los federales…

—Pero no había nadie más investigando el asesinato de un conspirador que odiaba a los policías y que luego acabó envuelto en una matanza.

«No lo soporto cuando hace eso».

Brody tenía un don especial para resolver rompecabezas cuando le faltaba alguna pieza. Mason tomó un sorbo largo del café, intentando encontrar la respuesta más adecuada.

El periodista se reclinó en la silla y asintió con la cabeza.

—Me lo imaginaba. Se te da muy mal ocultar tus pensamientos. ¿Qué pasó? ¿Encontrasteis algo en el ordenador? ¿Un diario? —Brody se cruzó de brazos, intentando dar con la respuesta correcta—. El ordenador no se habría examinado hasta que lo recibieran los del laboratorio, a menos que hubiera un indicio claro en la pantalla. Y no me parece que Braswell fuera de los que llevan un diario. —Miró a Mason a la expectativa.

—Sabes de sobra que no puedo decirte nada.

—¿Cuál es la relación de Ava en todo esto?

«Mierda».

Brody resopló.

—Deberías haber visto la cara de sorpresa que has puesto. —De repente se le ensombreció el rostro—. No correrá ningún peligro, ¿verdad?

A Mason no le había pasado por la cabeza la posibilidad de que Ava pudiera ser un objetivo debido a que su nombre aparecía en la diatriba de Braswell.

—Joder.

«Si Braswell puso a Ava como ejemplo de buena policía, ¿la convierte eso en objetivo del asesino de Braswell?».

—¿Qué diablos encontrasteis en esa casa? —Brody se inclinó hacia delante, mirándolo fijamente.

—Dame los sitios web y el nombre de usuario de Reuben Braswell.

—Te los he enviado por correo electrónico antes de que nos sentáramos.

«Será chulo».

—Había alguien cabreado con Braswell —prosiguió Brody—. ¿Quién y por qué?

—Cuando lo sepa, habré averiguado quién lo mató.

«Y probablemente quién disparó a Ray».

Capítulo 11

—No debería estar aquí —le dijo el agente del condado de Clackamas a Zander, en referencia a Ava. El joven policía se levantó como una exhalación al verla entrar en la sala donde el grupo de trabajo iba a recibir toda la información sobre el caso.

—Estoy aquí delante —dijo Ava manteniendo la calma—. Puedes decírmelo a la cara.

Se fijó en el leve temblor de un músculo en la mejilla de Zander.

«Está intentando contener la risa».

Para ella, la situación no tenía nada de divertido. Como su nombre aparecía en las notas de Braswell, se había mentalizado para hacer frente a la oposición de sus colegas a que participase en el caso.

—Si no quieres hablarlo conmigo, llama al agente especial al mando del FBI de Portland. Es él quien me ha asignado al caso a pesar de que mi nombre apareció, sin ningún motivo, en la casa de ese hombre, y lo ha hecho porque sabe que soy la mejor para el caso. —Sabía que contaba con el apoyo de su jefe.

—Debe de haber más de cien agentes en esa oficina —dijo el policía—. El agente especial al mando de la investigación podría enviar a cualquier otro.

—Pues llámalo. Pero que sepas que ya hemos hablado del tema y que no le importan lo más mínimo tus preocupaciones. Lo que él quiere es encontrar al responsable del asesinato de cuatro miembros de la policía —dijo Ava mirándolo fijamente.

Rezó en silencio por enésima vez para que Ray se recuperase cuanto antes.

Tras un largo silencio, el agente dio media vuelta.

—Siéntate donde quieras —le dijo sin volverse.

Ava exhaló el aire que había contenido sin darse cuenta.

—Idiota —murmuró.

—Hace su trabajo —señaló Zander, y tomaron asiento en primera fila—. Tampoco habría sido normal que no protestara. No tenía ninguna intención de enviarte a casa.

—¿Me lo dices de verdad? —Ava miró al agente con escepticismo y un leve aire de respeto mientras él se sentaba con otros dos policías de uniforme.

—Sí. Y se ha dirigido a mí para ver cómo reaccionabas. Creo que has pasado la prueba.

«La verdad es que se ha rendido enseguida», pensó Ava.

—Es muy joven —afirmó enfadada consigo misma por no haber sabido interpretar la táctica.

Barrió la sala con la mirada y reconoció uniformes de policía de media docena de agencias, grandes y pequeñas. También había varias personas de paisano. Agentes también, supuso. Ella era una de las seis mujeres del total de veinticinco personas. Vio a una mujer alta y rubia, vestida con traje pantalón, y Ava la saludó con la mano. Nora Hawes le caía bien. Trabajaba en el departamento de Mason. Ava había pensado varias veces en la posibilidad de reclutarla para el FBI, pero Nora parecía disfrutar más con el amplio abanico de casos que podía ofrecerle la división de grandes crímenes de la policía del estado de Oregón.

Estaba sentada en la fila de detrás y lucía una media sonrisa.

—Ya he visto cómo lo has puesto en su sitio.

—Nuestro colega solo hacía lo que era necesario —respondió Ava, sin hacer caso del leve temblor en la mejilla de Zander.

—Hoy por la mañana he coincidido con Mason en la oficina del forense. Tenía cara de estar agotado. ¿Lo lleváis bien?

—Tan bien como cabría esperar, dada la situación —afirmó Ava—. Es un caso muy personal.

—Lo es para muchos de nosotros —respondió Nora—. Ray es uno de los buenos. —Se reclinó en la silla cuando el sheriff del condado de Clackamas se situó tras la mesa que presidía la sala. Los demás no tardaron en encontrar asiento.

Ava observó al sheriff, quien examinaba un fajo de documentación, y lamentó que Mason no formara parte de la investigación. Un poco antes le había dejado un extraño mensaje en el teléfono, en el que le pedía que se anduviera con mucho cuidado. No tenía sentido.

«¿Le preocupa que se produzca otro tiroteo?», se preguntó.

Ava cerró los ojos un instante. Había demasiadas preguntas sin respuesta.

Había cinco filas de sillas de cara a la mesa y varios ordenadores llenaban uno de los lados de la sala. Unos cuantos técnicos se desplazaban de máquina en máquina, comprobando los cables y las conexiones. Cuatro agentes uniformados respondían llamadas de teléfono, tomando nota de las pistas que ofrecía la gente. Había oído que el flujo de llamadas era constante. También recibían muchas pistas por correo electrónico y por las redes sociales. Poner orden en aquel maremágnum de información les llevaría muchas horas. Los grupos especiales de trabajo carecían de glamur; tenían que invertir muchas horas de trabajo tedioso para cribar tantos datos.

Las paredes de la sala estaban cubiertas de pizarras y tablones. En ese momento solo usaban uno, pero Ava sabía que al cabo de pocos días estarían todos llenos. Había varias fotografías que mostraban imágenes de las calles en torno a los juzgados. En dos podían apreciarse sendos cuerpos uniformados tirados en la calle.

Apartó la mirada con el corazón en un puño. Si Ray no hubiera tenido el chaleco antibalas en las manos, ¿le habrían disparado? Las demás víctimas iban de uniforme. El eco de los disparos que oyó en los vídeos de las noticias resonó en su cabeza toda la noche. Mason dijo que Ray había sido uno de los primeros tiroteados. ¿Era posible que hubiera oído el disparo que lo había herido?

—Bueno, empecemos. —El sheriff se dirigió a la sala y procedió a presentarse a sí mismo y a los responsables de las demás agencias.

Ava no tardó en apreciar sus dotes de líder. Fue al grano y consiguió que todos se sintieran parte de un equipo. No todos los mandos tenían ese don.

Pulsó una tecla de un portátil y apareció un PowerPoint en la pantalla que tenía detrás.

—Esto es lo que sabemos hasta ahora. Se encontraron veintidós casquillos Blackout AAC del calibre .300 en la zona superior de las colinas. —Utilizó un puntero láser para señalar un área bajo los árboles.

—Gran calibre —murmuró Zander.

—¿No se han encontrado otras ubicaciones? —preguntó uno de los presentes.

—Hasta el momento no. —El sheriff carraspeó—. A juzgar por las entrevistas que hemos podido realizar a varios de los presentes en la escena, todo parece indicar que se trata de un único tirador, pero no podemos descartar que fueran dos o más. Aún no hemos acabado de analizar las imágenes de las cámaras de la zona. Hay un 7-Eleven que nos ha enviado un gran número de vídeos, y las tres iglesias de la zona también. Contamos con los datos de las cámaras de tráfico y todavía estamos procesando las entrevistas a los testigos.

Ava lanzó un suspiro. Era muy fácil pasar por alto detalles importantes cuando estaban sepultados bajo tanta información.

—El Canal 8 nos ha enviado las imágenes del helicóptero. Hay un par de barridos de la zona boscosa que estamos analizando segundo a segundo. —Hizo una pausa—. Algunos de los testigos grabaron el tiroteo.

Un leve murmullo de indignación recorrió la sala.

—No se quejen. Podrían ofrecernos algunas respuestas.

—¿Ya se han publicado en las redes sociales? —preguntó Nora con un deje de amargura.

—Sí. Y hemos iniciado acciones para que los eliminen. Que yo sepa, no se han publicado imágenes explícitas. La mayoría de las redes sociales disponen de algoritmos para impedir que eso ocurra.

—La mayoría —recalcó Ava con un susurro. El mero hecho de pensar que los hijos de Ray podían ver los vídeos del intento de asesinato de su padre le hacía hervir la sangre.

—He oído que hay agentes reacios a responder a determinadas llamadas o a mostrarse en público —dijo un hombre a la izquierda de Ava.

Un mar de murmullos recorrió el grupo.

«¿Quién puede culparlos?».

—Yo he oído lo mismo —afirmó el sheriff—. Haremos lo que haya que hacer. Esta amenaza no es nueva. Forma parte de nuestra vida desde que asumimos el cargo. Nuestra prioridad es la seguridad pública y no podemos ignorarlo.

—¿Se conoce el origen de la amenaza de bomba? —preguntó el mismo hombre.

Ava frunció los labios y vio que el jefe la imitaba mientras sopesaba la pregunta. «¿No van a comunicar dónde se descubrió la amenaza?», se preguntó. Zander se revolvió en la silla, esperando la respuesta del sheriff.

El jefe de policía miró fijamente a Ava, que asintió con un leve gesto. No tenía ningún sentido ocultar que su nombre estaba vinculado con lo ocurrido.

—Tendrán acceso a copias de la información que se encontró ayer en una investigación de asesinato. Se hallaron varias páginas manuscritas en casa de la víctima: un hombre de cincuenta y dos años identificado como Reuben Braswell. Fueron los documentos que nos advirtieron de una amenaza de bomba.

—Pero no había ningún explosivo —afirmó una mujer desde el fondo de la sala.

—No.

—De modo que el rumor de que la amenaza tenía el objetivo de atraer al máximo número de agentes de las fuerzas del orden a un punto concreto podría ser cierto —afirmó con un hilo de voz.

—Es una opción que no hemos descartado —anunció el sheriff—. No queremos excluir ninguna posibilidad a estas alturas de la investigación y confío en que todos serán razonables y no hablarán con ningún medio de comunicación. Si me entero de que lo han hecho, los expulsaré de inmediato del grupo de trabajo sin atender a excusas. Como verán, he asignado una serie de tareas, que encontrarán en la mesa posterior. Vamos a trabajar sin descanso hasta que atrapemos al asesino. Nuestra familia de azul merece lo mejor.

Recogió los documentos que tenía ante sí e hizo un gesto para señalar que la reunión había finalizado.

—Por un momento he pensado que iba a revelar tu nombre —dijo Zander en voz baja mientras se levantaba.

—No es ningún secreto —replicó Ava—. Tarde o temprano todos lo verán en los documentos.

Nora carraspeó detrás de ellos y ambos se volvieron.

—Me han asignado que investigue el pasado de Braswell —les comunicó mirando a Ava—. Tendremos que hablar.

—Por supuesto, pero, a decir verdad, me he devanado los sesos repasando todas las reuniones que tuve con él y no se me ha ocurrido nada que pueda servirnos.

—Tal vez pueda ayudarte a recuperar la memoria o vea algo que tú no has visto.

—Cierto. —Ava sabía que siempre resultaba útil contar con un par de ojos y oídos imparciales—. Sabes que trabajarás en paralelo a la investigación de asesinato que está realizando Mason.

—Sí. Creo que el sheriff me ha adjudicado esta tarea porque ambos pertenecemos a la policía del estado de Oregón. —Se echó el bolso al hombro para irse—. Nos vemos luego.

—Es lógico que le encarguen la tarea a otra agente de la policía del estado de Oregón —le dijo Zander a Ava—. He consultado lo que nos han asignado y tenemos que empezar con un empleado del 7-Eleven al que no pudieron entrevistar ayer. Se había ido a casa antes del tiroteo, pero hoy le ha dicho a su jefe que tiene algo que decirnos. También debemos ir a las tiendas de la zona con las que no pudimos contactar ayer y repasar las notas de las demás entrevistas.

—Tenemos para un día entero o dos —afirmó Ava, que se volvió y estuvo a punto de chocar con el sheriff.

—He expresado mis dudas sobre su presencia aquí, agente McLane —dijo el sheriff con un tono que solo podían oír Zander y ella.

—Usted y los demás compañeros.

—No me gusta la política cuando interfiere en el trabajo policial —afirmó el sheriff.

—Ni a usted ni a nadie.

—Pero creo que tener un interés personal en la investigación puede hacer que alguien se esfuerce más.

—Ojalá todos pensaran como usted —replicó Ava con fervor.

—Conozco su historial.

Ava no respondió y se limitó a mirarlo fijamente.

—En el pasado ya logró detener a un asesino de policías —afirmó.

—Así es —concedió ella.

También había sido un caso con tintes personales. El otoño anterior habían asesinado al superior de Mason y a varios agentes de las fuerzas del orden.

—¿Podrá atraparlo también esta vez?

—Por supuesto.

Ava no tenía la menor duda.

—Pues manos a la obra. —El sheriff señaló la puerta y se fue.

—¿Listo? —le preguntó a Zander. Sabía que acababa de recibir un cumplido y añadió la voluntad de no decepcionar al sheriff a su lista de motivaciones para encontrar al que había disparado a Ray.

«Un buen líder sabe inspirar a los demás».

En cuanto salió de la sala sonó su teléfono.

Era el número de David. Había olvidado que le había enviado un mensaje para preguntarle si Jayne estaba con él en la costa.

—¿Por qué diablos no puede limitarse a responder con un sí o no?

—Porque quiere hablar contigo.

Ava miró a Zander de soslayo.

—No estoy para charlar con la familia. Tenemos trabajo.

Al final respondió a la llamada.

—¿Ava? —dijo una voz femenina y grave como la suya.

—¿Kacey? —Ava frunció el ceño y notó que a su hermanastra le faltaba el aliento—. ¿Qué pasa?

—Es papá. —Los jadeos no cesaban—. Hoy por la mañana salió a correr y alguien lo ha atacado.

Ava se detuvo en mitad del aparcamiento y se le formó un nudo en la garganta cuando le vino a la cabeza una imagen de su padre.

—¿Se encuentra bien?

Kacey sollozó.

—Está muerto.

Capítulo 12

A mediodía, Mason estaba sentado en su todoterreno, frente a la casa de Braswell, intentando decidir cuál iba a ser su siguiente paso. Le había dejado un mensaje en el buzón de voz a Ava diciéndole que le preocupaba que la aparición de su nombre en el documento de Braswell pudiera ponerla en peligro. ¿Cabía la posibilidad de que alguien fuera a por ella tras la muerte de Braswell?

Ignoraba la respuesta, pero tenía que decir algo para sentir que había abordado el tema. Y quitárselo de la cabeza de una vez. Todas aquellas distracciones le impedían concentrarse en la investigación.

Ray era la prioridad número uno y Jill no había dicho nada en toda la mañana.

«Es buena noticia que no haya noticias».

Respiró hondo, intentando reprimir la necesidad de escribir a Jill, y se concentró en la casa.

«Si soluciono esto podría dar con el que disparó a Ray».

Mason había decidido registrar la casa a conciencia, pero también debía hacer un seguimiento de las notas de los agentes que habían hablado con los vecinos. Uno de ellos no estaba en casa cuando llamaron a su puerta, pero ahora había un vehículo aparcado en el camino de acceso. Mason sabía que debía hacerle las típicas preguntas de «¿Vio algo…?».

Aunque no le apetecía demasiado hablar con la gente.

Ya había hablado con Brody, más que de sobra para cualquier mortal en un solo día.

Según los informes de quienes habían entrevistado a los vecinos, ninguna de las casas tenía un timbre con cámara incorporada y solo una tenía una cámara de seguridad exterior, pero un compañero había examinado el vídeo y había comprobado que el ángulo de visión apenas alcanzaba la calle.

Tal vez la casa que faltaba por visitar contara con cámara de seguridad.

Sin embargo, primero prefería pasar por la de Braswell y luego ya hablaría con los vecinos. Una vez tomada la decisión, bajó del vehículo y sintió la implacable acometida del calor. Las elevadas temperaturas no eran habituales en absoluto. Junio acostumbraba a ser un mes con muchas precipitaciones, por lo que era muy probable que los medios de comunicación de la zona empezaran a preocuparse por la sequía en cualquier momento.

Entró en la casa, se quitó el sombrero y se detuvo junto a la puerta. El día anterior no le había prestado mucha atención a la sala de estar que tenía a la derecha. Había ido directo al cuerpo y luego había examinado la cocina y la «habitación del mapa». La sala de estar era bastante anodina. Muebles marrones. Una mesa de centro de roble y un par de mesas auxiliares. Había un póster del monte Bachelor y otro del desfiladero del río Columbia. Los cojines del sofá estaban algo torcidos, como si hubieran registrado la estancia. Había polvo negro de huellas en las mesas. Los técnicos de la científica habían examinado la estancia a pesar de la ausencia de señales de violencia.

A continuación, llegó el turno de la cocina. Más polvo negro. Mason sacó las fotografías que había tomado el día antes con su teléfono de trabajo y las comparó con la escena que tenía ante sí. La única novedad era el polvo negro. Los charcos de sangre se habían secado y eran más oscuros.

Le vino a la cabeza la imagen de la sangre de Ray en la grava. Se quedó sin aliento y tuvo que secarse el sudor de la frente. De repente el aire de la casa se enrareció.

«Tengo que salir», pensó.

Mason se dirigió al jardín. Respiró hondo y se apoyó en el mismo lugar del porche que había ocupado durante la entrevista a Gillian Wood. Dirigió la mirada al vehículo del vecino de enfrente y se encaminó hacia él. En ese momento le atraía más la idea de hablar con la gente. La casa podía esperar.

Era un rancho con una forma y un tamaño casi idénticos a la casa de Braswell, y el vehículo era una furgoneta Toyota roja que había visto épocas mejores, tal vez diez años antes. Mason llamó al timbre y retrocedió unos pasos, con la tarjeta profesional en la mano y la placa bien visible en el cinturón.

Abrió la puerta un adolescente que vestía pantalones cortos de deporte y una camiseta sin mangas. Tenía un peinado inverosímil y un mando de videojuegos en una mano.

Mason se presentó.

—¿Están tus padres en casa?

—Vivo con mi padre y ha salido de la ciudad. —El adolescente examinó la tarjeta que le había dado Mason—. ¿Es por lo de Reuben?

—¿Ya se ha acabado la escuela? —Jake, el hijo de Mason, siempre tenía clase hasta mediados de junio.

—Estudio en el colegio universitario. Hoy no tengo clase. ¿Qué le pasó a Reuben? O sea, sé que murió, pero ¿cómo ocurrió?

—¿Cuántos años tienes? —El hecho de que estudiara en el colegio universitario no significaba que hubiera cumplido los dieciocho. Mason no quería hablar con un menor sin la presencia de sus padres.

El adolescente frunció el ceño.

—Veintidós.

Mason no lo creyó.

—¿Tienes algún documento que lo acredite?

—¿Va a detenerme? No puede venir aquí y pedirme un documento de identificación sin más.

—¿Quieres que hablemos de Reuben? Pues necesito comprobar que eres mayor de edad.

El joven desapareció y volvió al cabo de unos instantes con un permiso de conducir. Kaden Schroeder tenía veintidós años.

—He oído que fue muy desagradable —dijo Kaden en cuanto Mason examinó el permiso. Al principio se preguntó si no sería falso para comprar alcohol, pero parecía auténtico.

Mason le devolvió el documento.

—¿Quién te lo ha dicho?

Kaden se encogió de hombros.

—No lo sé.

Aquel gesto y la respuesta le recordaron mucho a Jake, tanto como el pelo alborotado y el mando de la consola.

«Cuando yo tenía veintidós años, vivía en mi apartamento y tenía un trabajo a tiempo completo».

—¿Qué estudias?

—¿Y eso qué importa?

—En realidad nada, pero siento curiosidad por saber hacia dónde te encaminas en la vida.

El joven lo miró entornando los ojos.

—Vaya. Creo que la charla se ha acabado. —Hizo el gesto de cerrar la puerta.

—¿Tenéis cámaras de seguridad que enfoquen hacia la calle?

La puerta se abrió de nuevo y tras ella asomó el brillo de interés de los ojos de Kaden.

—No. ¿Hay algún sospechoso?

—¿Conocías bien a Reuben Braswell? —Mason ignoró la pregunta de Kaden.

Volvió a encogerse de hombros.

—No demasiado. Ayudó a mi padre a reparar la verja. Parecía un tío guay. Era un gran fan de *La dimensión desconocida*. Coincidíamos en varios de nuestros episodios favoritos.

—¿La serie original?

—Claro. Las versiones modernas no valen nada.

—¿De qué más hablabais aparte de la serie de televisión?

—No lo sé.

—¿Ayudaste a tu padre a arreglar la verja?

—¿Eso importa?

«Significa que no».

—¿Has visto a alguien en su casa o por los alrededores últimamente?

—¿Se refiere a un desconocido? La semana pasada vi un Mustang aparcado en el camino de acceso un par de veces. Era la primera vez.

Mason tomó nota en la libreta.

—¿Color?

—Plateado. No estaba nada mal.

—¿No podría ser de Reuben?

—No, el otro día lo vi con su furgoneta y no estaba el Mustang.

Mason se quedó paralizado, con el bolígrafo a escasos centímetros de la libreta.

«¿Dónde está la furgoneta de Reuben?».

Tomó nota para conseguir el modelo y la matrícula del vehículo y emitir un aviso. Cabía la posibilidad de que el asesino hubiera huido con la furgoneta... pero entonces ¿cómo había llegado a la casa?

«¿Podían ser dos personas?».

No se había confirmado que el responsable del tiroteo del juzgado fuera una única persona.

Necesitaba el informe del equipo de la policía científica para comprobar si su examen indicaba que el homicidio podía ser obra de más de una persona.

—¿Quién conducía el Mustang?

—No vi a nadie, solo que estaba aparcado.

—¿Por la noche? ¿O durante el día? ¿Fueron períodos cortos o largos?

El joven se limpió la nariz con el dorso de la mano.

—No estoy seguro. Sé que estaba ahí cuando llegué a casa a eso de las dos de la madrugada del sábado pasado. Pero no sé si se quedó toda la noche. Digamos que no estaba acostumbrado a verlo. Pensé que a lo mejor era de una novia nueva.

A Mason le llamaron la atención sus palabras.

—¿Conoces a Gillian, la que vive al lado?

—Sí. —Kaden apartó la mirada—. La conozco un poco. No está mal.

El gesto que adoptó le recordó al de Gillian cuando mintió sobre su relación con Reuben. Mason bajó la libreta y miró fijamente a Kaden.

—¿Estás liado con ella?

Kaden lo miró sorprendido.

—Qué va. O sea… no me importaría…, pero no hay nada.

Retorció el mando con ambas manos.

Mason lo creyó.

—¿La viste alguna vez en casa de Reuben?

Otra vez el gesto de sorpresa.

—¿Me está diciendo que es sospechosa? ¿Que lo mató ella? Hostia…

Mason levantó ambas manos.

—¡Frena un poco! No he dicho nada de eso.

—Entonces, ¿por qué coño me pregunta por ella? Es muy maja. No sería capaz de algo así —afirmó con un deje de preocupación, pero un velo de duda le empañó la mirada.

—Te lo volveré a preguntar. ¿Alguna vez los viste hablar? Y no es porque crea que lo matase ella.

«Aunque tampoco lo descarto».

Gillian era delgada. Tendría que haberlo pillado por sorpresa y asestarle un golpe muy fuerte con el martillo para dominarlo.

«Podría haber sucedido. Tendré que hacerle más preguntas», pensó.

Mason recordó la actitud dialogante de Ray con ella y apretó los dientes.

«No pienses en Ray ahora».

—No recuerdo haberlos visto juntos —afirmó Kaden—. Pero eran vecinos puerta con puerta, por lo que imagino que debían de hablar a menudo.

El teléfono de Mason vibró. Consultó la pantalla y vio que había recibido un mensaje de Jill.

Llámame cuanto antes

Se apoderó de él una sensación de pánico.

—Tengo que hacer una llamada. Gracias por tu ayuda —dijo atropelladamente—. Llámame si recuerdas algo más. —Señaló la tarjeta que Kaden tenía en la mano, se volvió y se dirigió a toda velocidad al todoterreno.

«He de sentarme. Podrían ser malas noticias. Mierda, Ray».

Se sentó en el vehículo y pulsó la pantalla con dedos temblorosos.

—¿Mason? —respondió Jill.

—¿Qué ha pasado? —Tenía todos los músculos del cuerpo en tensión.

—Ray tenía dificultades para respirar y han saltado las alarmas —anunció con voz trémula—. Se lo llevan al quirófano.

«Mierda».

—Oh, Mason, aún estaba sedado. Ni tan siquiera he podido hablar con él, y ahora...

Mason cerró los ojos.

—Estoy convencido de que saldrá adelante.

—Nadie me dice nada. Los niños... ¿Puedes...? —preguntó entre sollozos.

—Voy para ahí.

CAPÍTULO 13

Ava había ocupado el asiento del acompañante del todoterreno de Zander. Su hermanastra Kacey seguía al teléfono entre sollozos y balbuceando sobre la muerte de su padre.

«Esto no puede ser real».

—Cálmate —repetía Ava para intentar contener el torrente de palabras inconexas de Kacey—. Respira hondo. ¿Hay alguien contigo?

—Sí. —Kacey tomó aire entre lamentos desconsolados—. Kevin y su mujer. Mi marido tuvo que volver a San Diego ayer por trabajo.

—¿También están ahí los niños?

—Sí, aún no saben nada. —Se le quebró la voz—. ¿Cómo voy a decirles que su abuelo ha muerto? Los niños de Kevin son demasiado pequeños para comprenderlo.

Ava pensó que era una suerte, pero prefirió no decir nada. Los hijos de su hermanastro eran adorables y los de Kacey tenían ocho y diez años. Iba a ser un golpe muy duro para ambos.

—¿Qué te ha dicho la policía? —preguntó Ava—. ¿Cómo te han encontrado?

—Llevamos dos semanas aquí. Conocemos a todo el mundo y ya sabes cómo es papá. No le cuesta nada entablar amistad con la gente. La pareja que lo encontró lo reconoció de inmediato.

Respiró hondo estremecida.

—¿Cómo ha muerto? —preguntó Ava con tacto.

—Le han disparado… en la cabeza —susurró.

Ava se hundió en el asiento.

«¿Por qué él? ¿Por qué alguien tan bueno?».

—Lo siento mucho, Kacey.

—No sé qué hacer.

—No te separes de la familia. Y no es necesario que hagas nada. La policía te aconsejará. ¿Lo lleva la policía de Seaside?

—Sí, pero el agente era del condado de Clatsop.

Ava sabía que el departamento de policía de la pequeña localidad pediría ayuda a la policía del condado o a la del estado para investigar el asesinato, ya que estaban más acostumbrados a tratar con turistas borrachos y adolescentes que infringían el límite de velocidad.

—Conozco al sheriff del condado de Clatsop —dijo Ava—. Hace unos meses colaboré con él en la investigación de un caso. Lo llamaré para que me ponga al día. —Hizo una pausa—. ¿Necesitas que vaya? —preguntó titubeante, aunque sabía que no era el mejor momento, ya que acababan de asignarla a uno de los grupos de trabajo especiales más importantes de los últimos años.

Pero era su familia.

Más o menos.

—No —afirmó Kacey—; tendrías que quedarte sentada con nosotros, esperando a que llegaran novedades. Debes de tener mucho trabajo.

Ava se sintió culpable. Solo hacía nueve meses que conocía a Kacey, pero a su hermanastra le había bastado ese tiempo para darse cuenta de lo importante que era para ella su trabajo. Ava había recurrido a esa excusa varias veces cuando David o Kacey la habían invitado a San Diego.

«¿Acaso importa más mi trabajo que esto?», pensó.

Miró a los ojos a Zander, que estaba en el asiento del conductor, observándola con compasión.

—¿Qué hago? —articuló Ava en silencio. En su mente, la confusión que se había apoderado de ella libraba una dura batalla con la responsabilidad.

—¿Qué quieres hacer?

«Eso no me ayuda», pensó Ava.

—No lo sé —dijo tapando el micrófono del teléfono—. Me siento como si estuviera en la obligación de estar a su lado, pero tenemos un caso muy importante entre manos. —La imagen de Ray se apoderó de su pensamiento. Quería atrapar al asesino—. Tampoco podría hacer gran cosa por el caso de Seaside. Me limitaría a hacerles compañía.

—Me has dicho una docena de veces que no sientes un vínculo especial con esta familia.

Se lo había dicho. Y era verdad. Más o menos.

«¿Qué me pasa?».

—Ahora mismo lo que quiero es encontrar al tipo que disparó a Ray —admitió.

—Es lógico, porque está herido y aún no sabemos cómo evolucionará. En los últimos años has tenido una relación estrecha con él. —Zander señaló el anillo de compromiso—. Y Mason también está muy implicado en el caso.

Que mencionara a Mason fue un factor decisivo. Ava se dio cuenta de que tenía que quedarse, pero no sabía cómo explicárselo a su desconsolada hermanastra.

—¿Kacey? Te llamaré en cuanto haya hablado con el sheriff y sepa qué ha averiguado hasta ahora. Así podré decidir si debo desplazarme o no.

Era una excusa lamentable y se estremeció de vergüenza nada más pronunciar las palabras, porque se centraba en el asesinato, no en la familia.

—De acuerdo.

—Te llamo en cuanto pueda —le prometió—. Ah, Kacey…, ¿sabes algo de Jayne? Pensaba que a lo mejor había aceptado la invitación para pasar unos días con vosotros en la playa.

«Casi me olvido».

—No, hace semanas que no tengo noticias suyas. No respondió a la invitación.

—Lo siento, Kacey. Ya… ya sabes cómo es.

—Lo voy descubriendo. Sois muy distintas —dijo con un hilo de voz—. Pero papá os quería a las dos. No sabes lo feliz que fue cuando os encontró. Siempre se había sentido un hombre incompleto. —Volvieron los sollozos contenidos—. Llámame cuando puedas. —Kacey colgó.

Ava bajó el teléfono lentamente.

—No sé si estoy haciendo lo correcto. Me siento fatal. —Estaba aturdida, agotada.

«Poco podría hacer por esa familia… Mi familia».

—Lo siento mucho, Ava —afirmó Zander—. Sé que tienes sentimientos encontrados sobre David y su familia, pero también sé que te hacía ilusión el cuento de hadas.

Su cuento de hadas.

«Una familia grande y feliz. Con padre y madre».

Miró a Zander con los ojos anegados en lágrimas. Su perspicacia no conocía límites.

—Es verdad —concedió—. Era una estupidez.

—No lo era. Es normal que una niña que no conoció a sus padres albergara la esperanza de que aparecieran en su vida algún día y que fueran felices para siempre.

—Debería haberme esforzado más —se recriminó Ava—. Debería haber aceptado sus invitaciones y enviado regalos de Navidad. ¿Sabías que David nos mandó una caja de vino tinto italiano carísimo y unas copas preciosas? Te juro que nunca había visto unas iguales. —Aquel regalo no hizo sino exacerbar su sentimiento de culpa por empeñarse en mantener las distancias, pero no bastó para obligarla a pasar a la acción—. Soy una persona horrible.

—Teniendo en cuenta el entorno en que creciste y tu hermana gemela, diría que te has convertido en una persona maravillosa. Eres una mujer resolutiva y bondadosa. Has ayudado mucho a muchas personas… incluida Jayne.

—No necesito que me levantes la moral.

—Lo sé. Pero yo sí necesitaba decírtelo.

«¿Dónde coño estás, Jayne?».

Ava se frotó las sienes, agobiada y nerviosa. Los acontecimientos se sucedían de golpe. Era la tormenta perfecta.

Ray, David, Jayne.

—¿Alguna vez te he contado cuando Jayne le dijo a mi gran amor del instituto que yo tenía herpes? —Aquel recuerdo había salido de detrás de una puerta de su cabeza que Ava había cerrado a cal y canto durante años.

Zander le lanzó una mirada de incredulidad.

—No, me habías contado que se había hecho pasar por ti para acostarse con alguno y que te robaba el permiso de conducir porque ella había suspendido el examen… Y que amenazó con autolesionarse cortándose si no hacías el examen de historia por ella y…

—Sí, ya veo —lo interrumpió Ava. Su lista de agravios con Jayne era larga y dolorosa. Lo último que le apetecía era repasarla.

—¿Qué pasó con tu gran amor?

—Que acabó saliendo con Jayne, cómo no. —Frunció la nariz—. Y se acostaron. Siempre he deseado que se pusiera preservativo porque si alguien tenía herpes, era ella.

—¿En el instituto?

—Si te dijera el número de compañeros, y hombres, con los que se acostó, no me creerías.

—¿Hombres con una chica de instituto? Hay que estar enfermo. Y es ilegal. —Hizo una pausa—. Jayne necesitaba ayuda psicológica.

—Lo sé. Bueno, lo sé ahora. Por entonces creía que era malvada sin más.

«¿Habría sido distinta la vida de Jayne si hubiera recibido la ayuda que necesitaba?».

—Lo siento, Ava.

No respondió. En circunstancias normales no soportaba que la gente se compadeciera de ella, pero Zander era una excepción, porque su compasión se dirigía al pasado, no al presente.

—Vamos a hacerle una visita al empleado del 7-Eleven —propuso Ava—. Aprovecharé para llamar al sheriff del condado de Clatsop de camino.

Zander arrancó el motor y metió la marcha.

—Vámonos.

***

Ava estuvo en espera durante cinco minutos hasta que el sheriff Greer respondió a la llamada.

—¡Agente especial McLane! —La alegría del sheriff era sincera—. Justo estaba pensando en usted. Espero que se recuperara sin más complicaciones.

—Sí, gracias.

A decir verdad, aún sentía dolor en el hombro y la clavícula, excepto en las zonas en las que había perdido la sensibilidad. Y en ocasiones sentía un escalofrío cuando pasaba junto a un hombre que observaba el tráfico desde el arcén. Ava se encontraba en el condado de Clatsop e iba en el asiento del acompañante cuando un hombre disparó contra su coche. Si la bala le hubiera alcanzado unos centímetros más arriba, habría muerto.

—¿Y el agente Wells? ¿Cómo le va desde que convenció a Emily Mills de que abandonara la costa? Su relación todavía es la comidilla del condado.

Ava miró a Zander al volante.

—Está bien. Pero no creo que nadie convenciera a Emily; la considero muy capaz de decidir lo que más le conviene.

Zander asintió con un gesto enérgico sin apartar los ojos de la carretera.

—Le llamo por el crimen que se ha producido en Seaside hoy por la mañana. —Le costó horrores mantener la compostura.

—Ha sido un homicidio muy triste —dijo el sheriff—. La víctima tenía una familia muy grande y todo el mundo dice que era un tipo excepcional.

Ava se estremeció y le costó dar con las palabras adecuadas.

—Lo sé. Era mi… padre. Pero no supe de su existencia hasta el otoño pasado. Mi madre nunca nos habló de él.

El sheriff se quedó mudo durante unos segundos.

—Vaya, es horrible. Lo siento muchísimo, agente McLane. No tenía ni idea de que era su padre.

—Mi madre siempre creyó que hacía lo correcto. —Ava carraspeó para intentar deshacer el nudo que tenía en la garganta—. ¿Qué puede decirme sobre… lo ocurrido? —No se veía con ánimos de pronunciar la palabra «asesinato». Aún no.

—Acabo de hablar con el oficial que lleva el caso. David Dressler salió a correr en torno a las ocho de la mañana. Su familia no sabe qué ruta tomó, pero creen que se dirigió hacia el sur por la playa, desde el paseo.

Ava sabía que el paseo era uno de los lugares más concurridos de Seaside, el punto donde Broadway Street se unía con la playa.

—Lo encontró una pareja de turistas entre la vegetación.

—¿Se podía ver su cuerpo desde las casas que hay junto a la playa? ¿O había dejado atrás el campo de golf?

—La vegetación impedía que pudieran verlo desde las casas. Y el campo de golf quedaba más al sur.

—¿Sabe algo del arma?

—Hemos encontrado un casquillo de nueve milímetros. Conoceremos más detalles cuando lo haya analizado el laboratorio.

—¿Y la herida? —preguntó con voz áspera.

—Un disparo en la sien. Sin salpicaduras. Y sin herida de salida.

«Espero que la muerte fuera instantánea».

—¿Testigos?

—De momento ninguno. Solo la gente que lo encontró. El forense dice que solo llevaba muerto un par de horas. Hemos preguntado a los vecinos de la zona, pero no hemos encontrado a nadie que oyera el disparo.

«¿Usaron un silenciador?», se preguntó Ava.

El rugido del océano podía ser intenso, pero no lo suficiente como para silenciar la detonación de un disparo.

—¿Algo más?

—Tenemos constancia de la agresión a una mujer a primera hora de la mañana cerca de una panadería de los alrededores. Ya hemos pedido las imágenes de las cámaras del local.

Ava sintió un atisbo de esperanza.

—¿Ha podido proporcionar una descripción del agresor?

El sheriff lanzó un suspiro.

—No lo ha denunciado. Lo hemos sabido gracias a uno de los empleados de la panadería, que nos lo dijo mientras preguntábamos a los vecinos y trabajadores de la zona. Los vio frente al local en torno a las ocho de la mañana. Nos ha dicho que el hombre la golpeó en la cara y la tiró al suelo.

—¿Por qué no lo denunció antes?

—Nos ha dicho que tenía el teléfono en la mano, a punto de llamarnos, cuando el hombre ayudó a la mujer a levantarse, le rodeó los hombros con el brazo y se fueron juntos. Nos dijo que la mujer no parecía coaccionada, no se resistió. Por eso no dio parte.

—Debía de estar petrificada y aterrorizada por si volvía a pegarle si intentaba resistirse.

—Tal vez —concedió el sheriff—. La intuición me dice que ambos hechos no están relacionados, pero de momento no sabemos más. Dos actos violentos tan seguidos pueden dar pie a todo tipo de especulaciones en un pueblo pequeño.

—Tiene razón —afirmó Ava, que intentaba encajar todas las piezas del rompecabezas, sin éxito.

—También se ha producido un robo en una casa a un par de manzanas del lugar donde encontraron a su padre.

—¿Alguna cámara?

—No hay imágenes. La casa de alquiler estaba vacía y la alarma se activó tras la rotura del cristal de una ventana. Cuando llegó la policía, los agentes no vieron nada. Al parecer, la alarma ahuyentó a los asaltantes. Tiene toda la pinta de que fueron unos adolescentes... o tal vez un vagabundo que buscaba un lugar para dormir.

Ava no sabía cómo interpretar aquel allanamiento, aunque el incidente que no parecía relacionado con la muerte de su padre.

—Hum... ¿Dónde están examinando a la víctima del tiroteo?

—Enviamos el cuerpo al laboratorio forense de Portland. Lo siento de nuevo, agente McLane —dijo el sheriff con un tono más afectuoso—. Aunque no tuvieran un vínculo muy estrecho, es un golpe muy duro.

—Gracias, así es.

—Le llamaré en cuanto sepa algo más. Salude al agente Wells de mi parte.

Ava le prometió que así lo haría y colgó. Guardó silencio durante unos minutos mientras Zander conducía.

—Saludos de parte del sheriff Greer —dijo al cabo de un rato.

—Es un buen tipo. ¿Qué te ha dicho sobre otra agresión?

Le contó el relato del sheriff de ambos incidentes.

—¿El camarero no vio que el hombre fuera armado? ¿Ni la mujer? —preguntó Zander.

—No ha comentado nada al respecto.

—Desde luego, los dos hechos han ocurrido en un espacio de tiempo tan breve que no deja de resultar extraño. Es una ciudad pequeña y tranquila.

—No en esta época del año —apuntó Ava—. Estoy convencida de que Seaside está llena de veraneantes.

—Pero nadie oyó un disparo.

—O aún no han podido localizar a quien lo haya oído.

Ambos guardaron silencio durante un minuto que se hizo eterno.

—¿Tienes que desplazarte a la costa? —preguntó Zander—. ¿Has cambiado de opinión?

Ava respiró hondo por la nariz.

—No, me quedaré aquí. El sheriff me mantendrá informada. —Visualizó el rostro amable de Kacey y a sus dos hijos—. La llamaré varias veces al día.

—¿Y cuando finalice nuestra investigación? —preguntó Zander—. ¿Qué harás?

—Seguro que por entonces ya habrán vuelto a San Diego.

—¿No asistirán a la boda?

—Mierda. Tienes razón. Se me había olvidado de que vienen. —Se frotó la frente—. ¿Debería posponer la ceremonia? No me parecería adecuado…

—¡No! —respondió Zander con firmeza—. Ya has esperado suficiente y es probable que una boda sea precisamente lo que necesita la familia. Un poco de alegría después de este infierno. —Entró en el aparcamiento de un 7-Eleven, estacionó el vehículo y miró seriamente a Ava—. Como pospongas la boda te pego un tiro. Y ten en cuenta que será después de que lo hayan hecho también Mason y Cheryl.

—No sé si «pegar un tiro» es la expresión más acertada para un día como hoy —dijo en voz baja.

—Mierda. —Zander inclinó la cabeza hacia atrás y se golpeó con el reposacabezas—. Tienes razón. Lo siento.

—No te preocupes. Yo también me siento algo aturdida después de lo que ha pasado en los últimos dos días.

—Y que lo digas.

—Lo último en lo que me apetece pensar es una boda.

—Te entiendo. —Ladeó la cabeza y la miró a los ojos—. ¿Lista?

Ava dirigió la mirada al 7-Eleven. Había tres adolescentes con monopatines matando el tiempo en la parte de delante, cada uno con un refresco de cafeína en la mano. Los habituales carteles de ofertas cubrían la fachada y les impedían ver el interior, pero logró atisbar a un hombre mayor y alto en una caja registradora.

—Sí.

Le pidieron al cajero que saliera para hablar y este dejó a un compañero al mando de la situación. El hombre se apoyó en el vehículo de Zander y los miró a ambos.

—¿Les importa que fume?

El tipo, que se llamaba Todd, ya había sacado un paquete de tabaco arrugado; se llevó un cigarrillo a la boca y lo encendió antes de que Zander o Ava tuvieran tiempo de responder. Ava nunca había visto unos dedos tan largos. Casaban a la perfección con las piernas flacas que asomaban bajo los pantalones cortos y los brazos huesudos. Calculó que debía de tener cincuenta y muchos.

Todd respiró hondo y se volvió para mirar a los tres *skaters*.

—¡Eh! —les gritó—. ¿Cuántas veces tengo que deciros que os larguéis? ¿Es que no sabéis leer? —Señaló el cartel que rezaba PROHIBIDO MERODEAR y que estaba justo detrás de los adolescentes.

Los jóvenes se rieron.

—¿Por qué está mojada la alfombra, Todd? —preguntó el joven de pelo oscuro mientras sus amigos estallaban en carcajadas.

—No lo sé, Margo —respondió uno que iba rapado, cuyas palabras arrancaron las risas descontroladas de los demás.

Dejaron caer los patinetes al suelo y se fueron. Dos de ellos se despidieron sacándole el dedo corazón.

—Como si no hubiera oído esas frases un millón de veces desde los ochenta —murmuró Todd dando una calada.

—¿Cómo? —preguntó Zander, confundido.

—Es de *¡Socorro! Ya es Navidad* —le aclaró Ava—. La película de Chevy Chase.

—Aaah. —A Zander se le iluminaron los ojos—. Nunca he visto ninguna de sus películas de vacaciones.

—¿En serio? —preguntó Todd con un deje de escepticismo, ladeando la cabeza—. ¿Se crio en el extranjero?

—No miro mucho la tele. Y no me entusiasma el cine.

—Ya veo. —Todd lo observó como si fuera un bicho raro.

—Le dijo a su supervisor que ayer, antes del tiroteo, vio algo que podría interesar a la policía. —Ava se apresuró a cambiar de tema—. ¿A qué hora acabó su turno?

—A mediodía.

—Una hora antes del tiroteo. Más o menos.

—Sí, cuando se produjo yo ya estaba en casa echando una siesta. Ayer entré a las tres de la madrugada, por eso tenía sueño.

—¿Cuándo se enteró de lo ocurrido en el juzgado?

—A la hora de cenar. Lo vi en Twitter.

—¿Qué hizo?

—Llamé a Paula porque sabía que a esa hora estaba trabajando y en internet todo el mundo decía que el tirador disparó desde algún lugar no muy lejos de aquí.

—¿Paula había hablado con la policía?

—Me dijo que justo acababan de irse, pero que se habían llevado copias de las imágenes de las cámaras de seguridad y que le habían hecho algunas preguntas, pero ella no había visto nada. Oyó las sirenas, y entraron varios clientes algo alterados por la actividad policial, pero durante una buena media hora nadie supo qué había ocurrido a ciencia cierta.

Ava asintió. Hasta el momento el relato de Todd coincidía con las notas que había tomado el agente que había hablado con Paula.

—¿Aún no saben quién fue? —preguntó Todd mirándolos a ambos.

Ava captó el olor corporal del hombre y lo miró fijamente. No parecía nervioso, más bien aparentaba un interés sincero. Hasta cierto punto era comprensible que oliera dado el calor, pero trabajaba en una tienda con aire acondicionado.

A lo mejor no usaba desodorante.

—Estamos siguiendo varias pistas —le aseguró Zander—. Nos está llegando mucha información.

Todd asintió.

—Vamos, que no tienen nada. Por eso han venido a hablar conmigo.

—Estamos hablando con usted porque su supervisor nos dijo que tenía algo que compartir.

—Sí. Otro imbécil. Es algo inherente al cargo —soltó sin un deje de amargura, tan solo resignación—. Seguro que están acostumbrados a tratar con gente como él.

—Y que lo diga —admitió Zander—. ¿Qué ocurrió? —le preguntó para intentar reconducir la conversación.

—Fue cuando acabé mi turno. Salí por la puerta trasera porque es ahí donde aparcamos y un imbécil había utilizado uno de los espacios reservados para los trabajadores. No es la primera vez que pasa. A la hora del almuerzo cuesta encontrar aparcamiento en la calle.

—¿Qué hizo? —inquirió Ava.

—Le dije que moviera el coche. —Se rio—. El tipo ya estaba en la acera, así que lo seguí y lo amenacé con que llamaría a la grúa si no me hacía caso.

—¿Puede mostrarnos dónde ocurrió? —preguntó Zander.

Todd asintió, les hizo un gesto con la cabeza para que lo siguieran y se dirigieron a la parte posterior. Había cuatro plazas de aparcamiento. Las líneas amarillas que las separaban estaban muy gastadas y Ava no vio ningún cartel que advirtiera que se trataba de sitios reservados para empleados.

El dependiente señaló la plaza que estaba más cerca de la calle.

—Justo ahí. Como seguí dándole la vara para que moviese el coche, al final dio media vuelta y regresó. —Todd enarcó las cejas—. Estaba cabreado. No dijo ni mu, pero me lanzó una mirada tan asesina que retrocedí varios pasos. A pesar de que llevaba gafas de sol, se notaba que estaba enfadado. Por el modo en que se movía, ya saben. —Se pasó una mano por el pelo—. Cuando oí lo del tiroteo, enseguida pensé en él. Sin duda tenía suficiente ira acumulada como para disparar a alguien.

Ava lanzó un suspiro en silencio. Un hombre enfadado no era una gran pista. ¿Estaban perdiendo el tiempo?

—¿Cámaras? —preguntó Zander, examinando la parte posterior del edificio.

—Había una aquí, sobre la puerta —dijo Todd—, pero la robaron la semana pasada. Seguramente para venderla y conseguir algo de dinero rápido. Debían de tener una escalera para subir ahí y desatornillarla. Se llevaron todo el dispositivo.

«¿La semana pasada? ¿La quitaron en previsión del tiroteo de ayer?».

—¿No hay imágenes del robo?

—No, lo comprobamos. No se ve a nadie. Se acercaron pegados al edificio para quedar fuera del ángulo de visión. La cámara tiembla durante unos minutos y luego fundido a negro. —Tiró la colilla al suelo y la apagó con el zapato—. No puede valer gran cosa.

—¿Qué ocurrió con el tipo enfadado? —preguntó Zander—. Imagino que lo vio bien.

—Salió de la plaza a toda velocidad, quemando rueda, y se fue. Claro que lo vi bien. Ya le he dicho que hablé con él. —Miró a Zander con recelo, como si creyera que al agente le faltaban un par de tornillos.

—¿Qué aspecto tenía? —preguntó Ava, a quien le hizo gracia el malentendido—. ¿Llevaba algo? ¿Cómo vestía?

—Ah…, pues llevaba una gorra de béisbol negra, gafas de sol. Pantalones oscuros. Una camiseta de manga larga negra. Era bastante corpulento…

—¿Más alto que usted? —preguntó Zander.

—Para nada.

—¿Edad?

Todd meditó antes de responder.

—No sé, se movía como un joven, y se comportaba como tal, pero tenía el rostro muy curtido…, tal vez de trabajar a la intemperie. Supongo que podría tener entre treinta y cincuenta años. Si le hubiera visto los ojos, podría afinar más.

—¿Calzado?

—Pues… ¿zapatillas de deporte? —afirmó titubeante—. No me fijé en sus pies.

—¿Y el pelo?

—Rubio sucio. Lo llevaba recogido en una coleta que sobresalía por debajo de la gorra. —Todd frunció la nariz—. Llevaba una mochila a un hombro.

Ava se irguió. La camiseta y los pantalones negros en uno de los días más calurosos del año y una mochila donde podía llevar un arma.

«Una posibilidad».

KENDRA ELLIOT

—¿Qué vehículo tenía?

—No lo sé. —Todd se encogió de hombros—. Era blanco. Una berlina anodina. Supongo que no era muy viejo porque la pintura aún brillaba. Solo lo recuerdo porque me pareció divertido que se fuera derrapando con un coche tan triste como ese.

—¿Hacia dónde se fue?

—Hacia la izquierda.

«En dirección opuesta al lugar desde donde se realizaron los disparos», pensó Ava.

Le hicieron varias preguntas más a Todd para intentar estimular su memoria, pero no pudo aportar más detalles de interés. Ava le dio una tarjeta y Zander y ella regresaron al aparcamiento delantero.

—¿Qué opinas? —preguntó Ava cuando llegaron al vehículo.

—Tenemos una descripción. A ver si coincide con la de otras pistas que hayamos recibido. Tal vez alguna otra cámara capta su imagen. Podríamos comprobar las que haya en la dirección que tomó —dijo Zander en un tono que no inspiraba gran confianza.

—¿Por qué aparcaría detrás de un 7-Eleven? Es una forma ideal de que se te lo lleve la grúa.

—No sé cómo podría entrar una grúa en un espacio tan reducido —afirmó Zander en voz baja—. Creo que es una tarea casi imposible, así que no parece tan mala opción si sabía que no había cámara. —Levantó las manos en un gesto de resignación—. No podemos descartarlo. Estamos hablando de una persona que disparó contra una multitud de agentes de policía. No le da miedo asumir riesgos.

Ava no tenía argumentos para llevarle la contraria.

Consultó el móvil justo cuando estaba a punto de entrar en el todoterreno de Zander. Había vibrado tres veces mientras hablaban con el empleado del 7-Eleven, pero había preferido ignorarlo.

Los tres mensajes de Mason la dejaron sin aliento.

124

Llámame

Llámame

Ray está en quirófano. Ha empeorado. Voy para allí

—¿Qué ocurre? —preguntó Zander.

Estaba paralizada, con la mano en la manija, incapaz de despegar los ojos del teléfono.

—Es Ray. Ha empeorado y se lo han llevado al quirófano. —El corazón le latía tan fuerte que oía el pulso.

—¿Quieres que vayamos?

La indecisión se apoderó de ella.

«¿Qué hago?».

—No lo sé.

Le envió un mensaje a Mason preguntándole qué había pasado.

Por segunda vez ese mismo día, se debatía entre dos opciones. Desolada, miró a Zander, incapaz de tomar una decisión.

«¿Trabajo o familia?».

Su compañero interpretó su gesto de inmediato.

—Sube. Te acompaño a la oficina para que puedas ir en tu coche. Yo me encargo de nuestro caso.

La invadió una gran sensación de alivio.

—¿Estás seguro?

—Sé perfectamente que no estás para andar investigando.

—Es cierto, no puedo concentrarme.

Ambos subieron al todoterreno y Ava agarró con fuerza el teléfono, esperando con ansia el mensaje de Mason.

Pero el teléfono guardaba un silencio angustioso.

«Aguanta, Ray».

«Esto destruirá a Mason».

—Es increíble que se acumule todo hoy —susurró—. No puedo perder a dos seres queridos en un día.

De repente sintió una intensa punzada de dolor en el corazón. La muerte de David la había afectado más de lo que creía; había perdido toda posibilidad de enmendar su relación. Cuando él vivía, siempre había existido la opción de que ella bajara las defensas y hubieran podido conocerse más a fondo. Ahora, por mucho que las bajara, ya no serviría de nada.

—Nunca lo sabré —murmuró con la vista fija al frente.

—Tienes razón —afirmó Zander—. Nunca sabrás qué podría haber ocurrido si David hubiera formado parte de tu vida.

«Zander es demasiado perspicaz».

—Pero ¿sabes qué? —añadió su compañero.

—¿Qué? —preguntó ella con apatía.

—Que tienes dos hermanastros con unas familias encantadoras que se mueren de ganas de conocerte. No ha desaparecido del todo la posibilidad de que surja algo maravilloso entre vosotros. —Sus miradas se cruzaron—. No les des la espalda.

No lo soportaba cuando tenía razón.

«¿Qué puedo perder?», pensó.

Capítulo 14

Mason llamó cuando Ava estaba subiendo a su vehículo del FBI para dirigirse al hospital. El corazón le dio un vuelco al ver su nombre en la pantalla.

—¿Qué ha pasado? —preguntó ella.

—Ray se encuentra bien. Durante unos instantes su estado fue grave, pero ahora ya respira con normalidad.

Ava exhaló el aire contenido en los pulmones y se reclinó en el asiento del coche, agotada.

—¿Y Jill? ¿Cómo está?

—Destrozada de los nervios. Como los demás. Pero aliviada.

—¿Quieres que me acerque? —preguntó.

—No, ahora que parece que ya no está en peligro, me iré dentro de poco. —Mason hablaba con un tono como si llevara dos días sin pegar ojo.

«Apenas han pasado veinticuatro horas desde el tiroteo».

—Ava…

Ella aguardó en silencio.

—Hemos perdido a otro compañero. Un ayudante del sheriff —susurró Mason.

A Ava le escocían los ojos.

—Ya van cinco muertos.

—Lo sé. Y podrían haber sido seis.

Se hizo un silencio entre ambos.

«Ray saldrá adelante. Sobrevivirá».

Prefirió no expresar sus sentimientos en voz alta. Mason no era de los que se dejaban consolar por las típicas palabras de ánimo. Las consideraba un recurso huero y carente de significado. Ella sentía lo mismo.

—Han organizado un oficio religioso para mañana —dijo Mason al final.

—Asistiré. —De repente la embargó la sensación de que el oficio al que habían asistido en otoño había tenido lugar el día anterior.

Mason no respondió. Su supervisor había muerto asesinado en octubre y Ava sabía que no había podido quitarse de la cabeza los desagradables recuerdos. Ojalá pudiera estar a su lado.

—¿Qué haces? —le preguntó él en tono inexpresivo.

«Necesita distraerse de algún modo».

—A Zander y a mí nos han encargado que hagamos un par de entrevistas en Oregón. —Ojalá pudiera compartir con él alguna noticia que no tuviera nada que ver con el tiroteo. Aún no le había dicho que David había muerto. Simplemente no había tenido tiempo—. No me apetece contártelo ahora, pero tienes que saberlo. —Y, entre titubeos, logró referirle todo lo que sabía sobre la muerte de David con voz dubitativa.

—Ava…, lo siento mucho —le dijo él, afligido—. ¿Irás hasta allí?

—No. Me necesitan aquí, y el sheriff parece tenerlo todo bajo control.

—No me refería a eso.

Le estaba preguntando si tenía intención de ir a ver… a su familia.

—Lo sé —admitió en voz baja. Al igual que Zander, Mason estaba al tanto de sus inseguridades en lo que respectaba a los Dressler—. Me quedaré aquí. De momento.

—Vaya dos días de mierda —murmuró.

—Hay algo más. Anoche no me acordé de contártelo porque…, bueno, por lo que pasó —se disculpó Ava, incómoda. Le refirió lo ocurrido durante la visita de Brady Shurr y lo que había descubierto Zander: que Jayne había utilizado un pasaporte falso a nombre suyo para entrar en el país.

—¿Estás bien? —le preguntó él sin más.

Durante mucho tiempo, Mason había ejercido de dique de contención entre el proceso de rehabilitación de Jayne y Ava.

—¿Crees que está mal que me sienta casi aliviada de que haya vuelto a las andadas?

—Tiene cierto sentido. Ambos estábamos esperando a que su relación con Shurr estallara por los aires de un momento a otro. Esta es la Jayne que comprendemos.

—No sé si «comprender» es la palabra adecuada, yo diría que es la Jayne a la que nos tiene «acostumbrados». —Hizo una mueca—. Una cosa más.

Mason lanzó una ristra de improperios cuando le contó el intento de cancelación de la reserva en la bodega para el banquete de boda.

—Zander tiene razón y no podemos dar por sentado que fuera Jayne. Puede ser que el responsable quisiera vengarse de ti o del negocio de Cheryl.

—Ambos sabemos que no es cierto. ¿Jayne vuelve al país y de repente pasa eso? No es una coincidencia.

Ava detectó un movimiento con el rabillo del ojo. Zander estaba esperando en su todoterreno no muy lejos de ella, observándola mientras hablaba por teléfono.

«Menos mal que no se ha ido después de dejarme».

—Tengo que volver al trabajo, Zander me está esperando —le dijo a Mason, y levantó un dedo para avisar a su compañero—. Creo que no queda nada en el tintero.

—Y no era poco. David…, Jayne…, la boda.

—Lo sé. Han ocurrido muchas cosas en muy poco tiempo. Ambos necesitamos un respiro. Espero que dentro de poco nos den buenas noticias sobre Ray.

—No me vendrían nada mal esas buenas noticias —admitió Mason—. Lo de ayer y lo de hoy ha sido una mierda.

—Te quiero.

—Yo también te quiero. No bajes la guardia con Jayne. Y con cualquier otra cosa que te parezca rara.

Ava se irguió al recordar el mensaje que le había dejado en el buzón de voz.

—¿A qué venía tu mensaje de antes? Me decías que tuviera mucho cuidado. ¿Por qué?

—Según Brody, Reuben Braswell no era el único que odiaba a las fuerzas del orden. Por mucho que Braswell dijera que eres una de las buenas, cabe la posibilidad de que haya otros que no compartan su opinión.

—¿Michael se ha implicado en el caso? ¿Está escribiendo un artículo? —Ava se quedó quieta. Michael Brody tenía un excelente instinto y ella había aprendido a prestar especial atención cuando el periodista tenía algo que decir.

—Estaba trabajando en otro tema cuando se cruzó con Braswell. Me ha enviado varios enlaces que aún no he podido consultar, pero es posible que nuestro amigo fuera un miembro activo de varias organizaciones que aspiran a deshacerse de nosotros.

—Cuando dices «nosotros» te refieres a las fuerzas del orden. No a ti y a mí en concreto.

—Exacto.

Mason tardó unas décimas de segundo en responder, lo que bastó para incomodarla.

—Has oído algo sobre mí —afirmó ella sin más.

—No he oído nada. Solo quiero que tengas cuidado.

—Siempre lo tengo.

—Lo sé —concedió a regañadientes—. Pero quería decírtelo.

—Por eso te quiero tanto.

Había salido con otros hombres que intentaban entrometerse en su trabajo. Mason nunca lo hacía, y Ava sabía que no le resultaba nada fácil reprimir su instinto protector en todo lo relacionado con ella y su trabajo. A ella le ocurría lo mismo, pero con una profesión como la suya no les quedaba más remedio que confiar en el otro.

Y ambos lo hacían.

***

Mason estaba sentado a su escritorio. Era dolorosamente consciente de la ausencia de Ray en la mesa de enfrente. Reinaba un silencio casi absoluto en la sala ya que la mayoría de los agentes estaban fuera. Era un silencio inquietante.

Tuvo que hacer un gran esfuerzo para concentrarse y sacar adelante todo el trabajo que tenía entre manos.

Brody le había enviado a Mason su nombre de usuario y contraseña para que pudiera fisgonear en los sitios web de los que le había hablado. Tan solo le llevó unos minutos confirmar que todo lo que le había dicho el periodista aparecía en los foros.

El odio era abrumador.

—Hatajo de imbéciles —murmuró.

En uno de los sitios solo llevaba un minuto cuando lo embargó el deseo intenso de darse una ducha para limpiarse toda la mierda que lanzaban contra ellos. Todas las profesiones tenían sus ovejas negras, pero los agentes de la ley se encontraban constantemente bajo el foco de los medios de comunicación. El sitio que estaba viendo Mason alentaba los ataques contra esas ovejas negras. Pero también aparecían policías de buena reputación. Se alarmó al comprobar que aparecían las direcciones postales y números de teléfono de varios de ellos, y hasta fotografías de sus hijos. Los comentarios eran desalmados.

«… a la cárcel».

«… financiados por el estado profundo».

«… acabar con sus familias».

Se le heló el alma. El único fin de aquellos comentarios era incitar a la violencia. No le cabía duda de que la mayoría de los usuarios no se despegaban de la pantalla de su ordenador en todo el día, pero bastaba con que uno se dejara embriagar por el odio que destilaban todos los comentarios para que obrara en consecuencia. Examinó los mensajes en busca de nombres o fotografías de conocidos.

De él mismo. O de Ava.

El sitio web tenía pinta de ser obra de simples aficionados que echaba para atrás. No había herramienta de búsqueda. Era una lista larga e interminable de temas de discusión.

No había posibilidad de examinarlos todos y cada uno de ellos porque tardaría horas.

Respiró hondo varias veces. Aunque encontrara un nombre conocido, poco podía hacer al respecto. Ava y él ya tomaban una serie de precauciones en su vida cotidiana. No les quedaba más remedio si querían vivir con cierta tranquilidad y seguridad. Era inútil alterarse por lo que pudiera encontrar en un sitio como ese.

En el correo electrónico, Michael había incluido una lista de los temas en los que había encontrado los comentarios de Reuben. Mason sintió un escalofrío al ver uno titulado «FBI: el arma bien vestida del estado profundo».

«¿De verdad creen que existen los hombres de negro?».

Resopló. A Ava siempre le costaba encontrar ropa que le gustase y que se ajustara al código de vestuario de la agencia. Era la primera en denunciar que a las agentes les costaba ir bien vestidas. Se mostraba especialmente crítica con el calzado.

Para Mason los zapatos eran simplemente algo que le cubría los pies. Prefería sus botas de vaquero, una decisión que lo convertía en objeto de burla de muchos de sus compañeros, pero se la traía al pairo lo que pudieran decir. Él se sentía cómodo. Ray era más elegante. Podía llevar un simple polo y parecía un modelo salido de una revista de deportes.

«Ahora no».

Volvió a concentrarse en el sitio web, hizo clic en el tema del FBI y buscó el usuario de Reuben: ENCERRADME.

«Eso es tener clase».

Brody era BUGLEFAN. Mason analizó el apodo y llegó a la conclusión de que lo más probable era que Brody tirara de sátira para adelantar por la derecha a los demás miembros del foro. Supuso que era una referencia al *Daily Bugle*, el periódico de Spider-Man, lo cual no dejaba de tener su lógica para un periodista.

Aunque cabía la posibilidad de que simplemente le gustara el aperitivo de maíz ultraprocesado que también llevaba ese nombre.

Mason no tardó en encontrar los comentarios de Reuben. A diferencia de algunos de los comentaristas, los suyos no tenían errores de ortografía y usaba signos de puntuación. Mason no comprendía por qué tenían tan mala prensa los signos de puntuación y la buena gramática. Entonces recordó que Reuben era de su misma quinta e imaginó que compartía su opinión… o que tal vez simplemente no había reparado en el cambio.

Los comentarios defendían lo que Brody le había dicho. Reuben creía que el propósito de las fuerzas del orden, sobre todo de las federales, era subyugar y someter a la clase trabajadora.

Mason se apartó del escritorio, sometido a la ira incontrolable que bullía en su interior. Ray había arriesgado su vida para ayudar a la gente a huir de los juzgados. Ray amaba al prójimo…, a toda la gente. «Todo el mundo tiene una historia que contar —le había dicho en una ocasión—. Si haces las preguntas adecuadas, las respuestas te abrirán los ojos a la lucha y la alegría de las vidas de los demás. Es fascinante».

El grandullón tenía un corazón que no le cabía en el pecho. Generoso y empático a más no poder.

«¿Por qué ha tenido que tocarle a él?».

Mason se desconectó del foro. Ya había visto suficiente. Sentía náuseas.

Pero ¿quién llevó a cabo los planes de Reuben tras su asesinato? ¿Quién era su cómplice? ¿O cómplices? ¿Acaso su asesino era también el autor del tiroteo del juzgado?

¿O no existía relación entre ambos casos?

Mason lo dudaba, pero no podía descartarlo.

Ojeó sus notas y centró su atención en la familia de Reuben. Ray había escrito que en teoría se había distanciado de sus allegados, pero que tal vez alguno de ellos podía tener sospechas sobre la identidad del asesino.

Comprobó que los padres habían fallecido y que Reuben nunca se había casado. Recordó que se había preguntado por la posibilidad de que hubiera tenido hijos, de modo que consultó el registro del estado sobre pensiones y manutención infantil, pero no encontró nada.

«Eso no significa que no tenga hijos».

Reuben había muerto a los cincuenta y dos años, lo que significaba que sus posibles hijos podían rondar la treintena. Por lo que sabían, siempre había vivido en Oregón, pero podía tener un hijo en otro estado.

No había que descartarlo en absoluto.

El hermano de Reuben era dos años mayor que él: Shawn Braswell vivía en Reno, estado de Nevada. Mason empezó a investigar. Encontró un permiso de conducir en vigor de Nevada y descargó la foto. Shawn llevaba una barba muy tupida y miraba a la cámara. Consultó su altura y peso y sintió cierto alivio al comprobar que no era muy corpulento. A juzgar por su mirada, Shawn Braswell no era una persona con la que Mason quisiera enemistarse. La fotografía era de un hombre indignado.

«¿Es así siempre o solo puso esa cara para la cámara?», pensó.

Recordó la foto de los dos chicos con gesto de felicidad y el poni que había visto en casa de Reuben.

«¿Qué ocurrió para que se distanciaran?».

El hermano de Mason vivía al este de Oregón. Hablaban un par de veces al año, algo normal para ellos, pero tal vez no tanto para otras familias. Sabía que si necesitaba ayuda y llamaba, su hermano lo dejaría todo para estar a su lado.

Buscó el historial laboral de Shawn, pero no encontró información reciente. Había trabajado para varias empresas de construcción en un período de diez años. Tenía que estar trabajando en algún lado, pero tal vez le pagaban en negro. Su expediente policial estaba limpio, ni siquiera encontró una multa por exceso de velocidad.

Tampoco había ningún número de teléfono vinculado a su nombre y la última dirección conocida parecía de un edificio de apartamentos. Mason lo examinó en Google Maps. No detectó nada anormal. Llamó a la policía de Reno y les pidió que fueran a verlo para comunicarle el fallecimiento de su hermano y transmitirle la información de contacto de Mason.

No le entusiasmaba tener que recurrir a desconocidos para informar a la gente del fallecimiento de un familiar, pero no tenía ni el tiempo ni el presupuesto para desplazarse hasta Reno. Entonces centró su atención en la hermana de Reuben.

Veronica Lloyd era seis años más joven, estaba casada y vivía en Mosier, Oregón. Una pequeña población situada en la ribera del río Columbia, a una hora al este de Portland.

«Vaya, qué coincidencia», pensó.

Según las notas de Ray, se suponía que vivía en Nevada.

La fotografía de su permiso de conducir mostraba a una mujer de pelo oscuro, sonrisa tímida y mirada afable, pero detectó un leve parecido con Shawn y Reuben.

Tras un par de pesquisas, averiguó que su marido y ella habían comprado una casa en Mosier hacía menos de un año. Hasta entonces habían vivido en Reno.

Buscó en Google y vio que Mosier tenía menos de quinientos habitantes. Mason creía que él no podría vivir en un pueblo tan pequeño. Sin intimidad. Todo el mundo lo sabía todo sobre sus vecinos, y a él le gustaba vivir a su aire.

Veronica no tenía historial laboral, pero su marido trabajaba para el distrito escolar del condado de Hood River. Anteriormente había trabajado para el del condado de Washoe, en Reno.

«¿Necesitaban un cambio de aires?».

Si Veronica se había mudado a Oregón, era lógico pensar que había mantenido el contacto con su hermano. Mason se preguntó hasta dónde llegaba el distanciamiento entre ambos… La información sobre su domicilio estaba equivocada y tal vez lo que sabían sobre ellos dos también era erróneo.

Tamborileó con un lápiz recién afilado en el teclado, calculando mentalmente el tiempo que le llevaría ir hasta Mosier. Si el tráfico era fluido, llegaría en torno a las seis de la tarde. Podía pedir a la policía local que le notificara el fallecimiento de su hermano, pero Mason sentía la necesidad de hablar con ella. Prefería hacer las entrevistas en persona, en la medida de lo posible, y Veronica vivía relativamente cerca.

—Hola. —Nora Hawes se acercó a su escritorio, acompañada del taconeo de sus zapatos sobre el suelo de baldosas baratas—. El grupo de trabajo me ha asignado la investigación de Reuben Braswell.

—Gracias a Dios —afirmó Mason con sinceridad. Había dado por supuesto que alguien del grupo trabajaría en paralelo a su investigación y la fortuna le había sonreído. Era un placer trabajar con Nora, que era inteligente, divertida y se dejaba la piel en todos los casos.

—¿Puedes ponerme al día?

Le ofreció la carpeta de anillas, el expediente que había creado sobre el asesinato de Reuben Braswell. Hasta el momento no tenía muchas páginas, pero sabía que no tardaría en engordarlo.

—Puedes leerlo de camino a Mosier.

—¿Cómo?

—Mosier, el pueblo. Después de Hood River.

—¿Qué se nos ha perdido en Mosier?

—La hermana de Braswell.

Nora le mostró la carpeta.

—Se supone que esto no puede salir del edificio.

Mason no dijo nada y su compañera lo miró de soslayo.

—Creo que tenemos mucho trabajo entre manos. —Sujetó la carpeta bajo el brazo, con la clara intención de llevársela—. He visto a Ava en la reunión del grupo de trabajo.

—Pues ya la has visto más que yo hoy.

—Se han metido con ella por su relación con el caso. No le ha hecho ningún favor que su nombre aparezca en los documentos de Braswell.

Mason miró fijamente a Nora.

—No te preocupes. Sabrá llevarlo como la buena profesional que es.

—Son unos imbéciles. —Nora se encogió de hombros—. En cualquier caso, hoy había muchos compañeros motivados en esa sala. Se podía palpar la energía y la ira acumuladas. Sacaremos el caso adelante.

—Bien.

—Reuben es la clave del tiroteo —afirmó Nora—. Tal vez haya muerto, pero por lo que sé, es el origen de todo esto. ¿Has profundizado en su pasado?

—Un poco. Digamos que no se rodeaba de muy buenas compañías. —Mason se levantó y cogió el sombrero—. Te lo cuento de camino. ¿Lista?

Nora golpeó la carpeta con los nudillos.

—Sí. Por suerte no me mareo cuando leo mientras voy en coche.

—¿Qué vas a leer? Yo no veo que lleves ninguna carpeta.

—Si alguien me denuncia por sacarla del edificio, diré que es culpa tuya.

—Nadie dirá nada. Hoy no. —Tragó saliva.

«Cinco agentes muertos».

Nora contuvo el aliento.

—Es verdad. Vamos.

Capítulo 15

—Ahí está la cámara —afirmó Ava, señalando por el parabrisas del vehículo de Zander, que dobló a la izquierda y entró en el aparcamiento de una iglesia.

Habían estado hablando con los vecinos que vivían cerca del 7-Eleven, en la dirección que había tomado el coche blanco, según el dependiente. Zander había intentado convencer a Ava para que se tomara la tarde libre a pesar de que Ray ya estaba fuera de peligro, pero ella había insistido en que necesitaba distraerse.

Después del 7-Eleven, se sucedían las casas unifamiliares. Las carreteras eran estrechas, apenas con espacio suficiente para que pasaran dos vehículos. Era imposible aparcar en la calle. La mayoría de las casas tenían largos caminos de acceso que desembocaban en un aparcamiento situado en la parte posterior.

A dos manzanas del 7-Eleven Ava vio una cámara blanca en lo alto de una pequeña iglesia de piedra. El aparcamiento tenía unas diez plazas, pero en ese momento no había ninguna ocupada.

—Parece que no hay nadie. El aparcamiento está vacío —dijo Zander, que estacionó mientras Ava buscaba la dirección de la iglesia en el registro de las casas con las que ya habían hablado sus compañeros.

—Anoche vino un agente, pero nadie respondió a su llamada. Examinó el edificio y vio dos cámaras.

—Esa no cubre la calle. No sé si nos servirá de gran cosa —afirmó Zander, señalando la que había visto Ava—. Vamos a buscar la otra.

—Encárgate tú mientras yo compruebo si hay alguien dentro.

Se dirigió hacia los escalones que conducían a la entrada delantera del edificio. Zander hizo un gesto con la cabeza y se fue en la dirección opuesta.

—Es un edificio muy bonito —dijo Ava para sí, preguntándose por su antigüedad.

Estaba construido con piedras cuadradas y tenía unos campanarios bastante altos que le conferían un aire europeo. Las ventanas eran de medio punto, así como el amplio atrio que daba acceso a la puerta principal. Atravesó el arco y al llegar junto a la puerta doble notó un descenso de cinco grados en la temperatura. De repente le entraron las dudas.

«¿Llamo a la puerta? ¿Entro sin más?».

Decidió llamar.

Tras esperar unos segundos, probó suerte con la gran manija de latón y se sorprendió cuando se movió.

Notó un intenso olor a iglesia: alfombra vieja, madera pulida e historia. Y un atisbo de culpabilidad. Ava se había criado en la fe católica, pero abandonó la práctica en cuanto se fue de casa. Sin embargo, no había logrado dejar atrás por completo el típico sentimiento de culpa católico. Como en ese momento. No era una iglesia católica, pero la vergüenza se había apoderado de ella.

Los pasos rápidos de Zander resonaron en las losas a su espalda.

—He encontrado la cámara en la parte posterior. Solo cubre una entrada trasera y el aparcamiento. —Se detuvo junto a ella—. ¿Entramos? —preguntó tras una larga pausa.

—Por supuesto —se apresuró a añadir Ava—. Estaba esperando a ver si venía alguien.

Entró en la nave y Zander la siguió.

—Qué bonito —afirmó el agente.

Se había detenido frente al presbiterio. Los techos eran muy altos y se sustentaban en vigas muy anchas. En las paredes destacaban las ventanas de medio punto que Ava había visto desde fuera. Dirigió la mirada hacia el presbiterio, donde había tres escalones que conducían hasta el púlpito. De repente le vino a la cabeza la imagen de una boda. Mason y ella frente a los escalones. Sin embargo, habían tomado la decisión de no celebrar la boda en una la iglesia.

El sentimiento de culpa volvió a apoderarse de ella.

«Lo siento, mamá», pensó.

Se sobresaltó al oír el teléfono de Zander, que frunció el ceño.

—Es un número extranjero… ¡Ah! —Respondió de inmediato—. Wells.

«¿Un número extranjero?». Ava nunca respondía a esos números.

—Gracias por devolverme la llamada —dijo Zander, mirando fijamente a Ava—. ¿Qué ha averiguado?

—¿Quién es? —preguntó Ava articulando las palabras.

Zander tapó el micrófono.

—Costa Rica.

Había olvidado por completo que su compañero había llamado para comprobar si alguno de los pacientes de la clínica de rehabilitación había perdido el permiso de conducir o le habían robado la identidad.

—Ajá. ¿Le importaría deletrear el apellido? —pidió Zander, que empezó a mover los ojos muy rápido de un lado a otro.

Ava sabía que estaba almacenando la información. Tenía una memoria prodigiosa y podía recordar varias páginas en muy poco tiempo. En una ocasión ella le había preguntado cómo lo hacía, con la esperanza de que pudiera ofrecerle algún consejo. Pero Zander se limitó a encogerse de hombros y afirmó que simplemente veía la página en su cabeza y la leía, una respuesta que, claro está, no le sirvió de nada.

Al cabo de unos segundos, Zander colgó.

—Hace un tiempo le robaron la cartera a una de las pacientes, Camila Guerrero, de Los Ángeles. No ha aparecido. No le hicieron ningún cargo en las tarjetas, pero las anuló de inmediato.

—A Jayne le interesan los documentos, no las tarjetas. Menuda sorpresa —afirmó Ava con un deje irónico.

En el pasado, su hermana había demostrado en varias ocasiones que era capaz de robar tarjetas de crédito y ceder al instinto de compra compulsiva. A Ava siempre le decía que no hacía daño a nadie, ya que el banco se ocuparía de los cargos fraudulentos. Sin embargo, ahora que se había camelado a Brady Shurr, Jayne tenía acceso casi ilimitado a dinero en efectivo y a crédito.

—Voy a enviar un mensaje para que alguien compruebe si ha aparecido alguna «Camila Guerrero» en la zona. Tal vez en un hotel o una empresa de alquiler de vehículos.

—Aun así necesitaría una tarjeta de crédito —señaló Ava.

—Depende del sitio. —Zander enarcó una ceja.

Tenía razón. Algunas empresas aceptaban un gran depósito en efectivo. O sobornos. Según la cuantía del negocio.

—Es cierto —afirmó Ava con un suspiro—. En estos momentos Jayne es la última de mis preocupaciones.

Oyeron pasos, se volvió de inmediato y vio a un hombre que se dirigía hacia ellos.

—¿En qué puedo ayudarlos? —les preguntó.

Llevaba unos vaqueros agujereados y unas chanclas gastadas. Ava calculó que rondaba la treintena. Su camiseta descolorida era de la serie *Portlandia* y su pelo castaño rizado le cubría un ojo casi por completo. Sintió la necesidad irrefrenable de apartárselo de la cara.

Ava hizo las presentaciones intentando desviar la mirada del diente roto que tenía el hombre, que se llamaba Pat Arthur.

—¿Vienen por el tiroteo de ayer? —preguntó, al tiempo que introducía los pulgares en los bolsillos delanteros.

—Sí, nos gustaría revisar las imágenes de la cámara. Tal vez grabó algo que nos interese.

—¿Como por ejemplo? —preguntó Pat con unos ojos que rebosaban sincera curiosidad.

—¿Es usted empleado de la iglesia? —replicó Zander.

Pat se apartó el pelo de la cara, para solaz de Ava.

—Sí, digamos que soy el chico para todo. Me encargo del mantenimiento, de organizar los encuentros y de cuidar del lugar. Tengo una pequeña habitación en la parte posterior. Necesitaban a alguien que pasara la noche aquí después del robo que sufrieron hace unos meses. El invierno anterior también se les reventó una tubería y podrían haber evitado muchos daños si hubieran tenido a alguien aquí. —Levantó un hombro—. Mis padres vinieron a misa aquí durante años. Cuando me dijeron lo que necesitaba la iglesia pensé que yo era la persona ideal porque estoy estudiando.

—¿Le han ofrecido un sitio para vivir gratis a cambio de ejercer de vigilante? —preguntó Ava.

—También me pagan. No mucho. Pero no es que me importe demasiado. Me ahorro una barbaridad en el alquiler.

—¿Dónde estudia? —preguntó Zander.

—En Reed. En verano no tengo clase, pero trabajo en una tienda de delicatessen en Division. —Asintió con un gesto de satisfacción—. Así también como gratis.

Ava conocía la universidad de Reed en Portland. Era una escuela de artes liberales muy pequeña.

—Lo tiene todo controlado, ¿no? —preguntó Zander—. Alojamiento gratis, comida gratis y dos sueldos.

Pat sonrió.

—Sí.

—¿Sabe cómo podemos acceder a las imágenes de la cámara? —preguntó Ava.

—Fui yo quien les dijo que necesitaban una y también me encargué de la instalación. —Se volvió y les hizo un gesto para que lo siguieran—. Tenían que modernizarse un poco.

—¿Han servido de algo las cámaras? —preguntó Ava.

—Bueno, supongo que sí. No han vuelto a entrar, pero también instalé carteles avisando de las cámaras. La única vez que tuve que revisarlas fue cuando Joe Pender le dio un golpe a la furgoneta nueva de Samuel Owen. Por un momento pensé que iban a liarse a puñetazos. Ambos decían que era culpa del otro, pero cuando vieron las imágenes Joe admitió que no se había fijado bien antes de dar marcha atrás —afirmó Pat con satisfacción.

—Qué útil —afirmó Zander.

—Sí, pero ahora ya no se dirigen la palabra. Resulta algo incómodo ver cómo se evitan los domingos por la mañana.

Ava y Zander siguieron a Pat por un largo pasillo hasta que se detuvo junto a una puerta, sacó un gran juego de llaves del bolsillo y eligió la correcta sin mayor dificultad. Encendió el interruptor de la luz y los hizo pasar a un pequeño despacho. Ava parpadeó al ver una máquina de escribir polvorienta sobre un archivador y dedujo que el polvo significaba que ya no la usaban. Pat se dejó caer en la silla y abrió el ordenador de escritorio. Se puso a tararear mientras tecleaba y movía el ratón.

—¿Qué hora quieren comprobar? —les preguntó.

—Empecemos por las diez de la mañana —propuso Zander. Eso era dos horas antes del momento en que Todd había visto al hombre del sedán blanco en la parte posterior del 7-Eleven.

Pat asintió y siguió tarareando. La pantalla estaba dividida en cuadrantes y mostraba las imágenes en color de cuatro cámaras.

—¿Tienen cuatro cámaras? —preguntó Ava, avergonzada por el desliz que habían cometido al no ver las otras dos, aunque tampoco se habían esforzado demasiado.

—Sí, se necesitan cuatro para cubrir todos los ángulos.

Ava comprobó decepcionada que ninguna enfocaba hacia la calle. Cubrían una gran parte del aparcamiento y todos los lados de la iglesia, así como las puertas.

Pat encontró la hora solicitada y reprodujo los vídeos simultáneamente, a velocidad acelerada. Ava se acercó y vio una pareja mayor agarrada de la mano que cruzaba el aparcamiento a trompicones, pasando de una cámara a otra. Pasaron dos ciclistas a gran velocidad. Un camión utilizó el aparcamiento para hacer un cambio de sentido.

—Ahí —dijo Zander con un hilo de voz al ver una berlina blanca que entraba en el aparcamiento de forma algo imprudente—. Póngalo a cámara lenta. Tan despacio como sea posible —le pidió a Pat.

El reloj marcaba las 12:10. Poco después de la hora a la que había abandonado la tienda, según Todd.

—No se ve la matrícula —dijo Ava, observando cómo cruzaba el aparcamiento, que tenía dos entradas. Una en la calle por la que habían llegado Zander y ella, y otra en la calle perpendicular. La berlina había utilizado la misma que ellos. El vehículo aparecía en tres cámaras. Atravesaba el aparcamiento en forma de ele y se perdía de vista.

Ava contuvo el aliento con la esperanza de que volviera a aparecer. Al cabo de unos segundos, le pidió a Pat que volviera a mostrarles las imágenes de la matrícula.

—Deje que avance un poco más —pidió Zander mirando a su compañera—. Pero acelere las imágenes.

—De acuerdo —dijo Pat—. ¿Es eso lo que buscaban? ¿El coche blanco?

—Tal vez —afirmó Ava, que no quería mostrar sus cartas.

Al cabo de unos segundos apareció de nuevo el coche, y Pat redujo la velocidad de reproducción.

—Está buscando cámaras. Estoy seguro de que eso es lo que hacía la primera vez que entró en el aparcamiento —afirmó Pat, que tocó una de las imágenes—. Esta queda oculta. Pensará que no hay nada.

—No la he visto —concedió Zander—. Solo me he fijado en la que había junto a la puerta trasera.

—Sí, puse esa y la delantera a plena vista a propósito. Las otras dos las escondí. Si venía alguien a inspeccionar quería que pensara que la cobertura no era muy buena.

Tal como esperaban, la berlina blanca aparcó en el campo de visión de la cámara oculta.

—¡Fantástico! —Pat levantó una mano para chocarse los cinco consigo mismo.

—¿Puede ampliar? —preguntó Ava.

Las otras cámaras desaparecieron y la berlina blanca ocupó toda la pantalla. Había retrocedido hasta un punto bajo los árboles, cerca de un contenedor. Ava vio el logo de Chevrolet en la parte delantera del vehículo, pero no distinguía la persona que había al volante.

«Venga, sal».

Su deseo se hizo realidad al cabo de unos segundos cuando se abrió la puerta del conductor. Pantalones oscuros. Camisa de manga larga. Sombrero. Mochila. Sintió una punzada de emoción en el pecho.

—Es él —le susurró a Zander.

Pat detuvo el vídeo.

—¿Es el del tiroteo? —preguntó—. ¿Aparcó en mi iglesia?

—No lo sabemos —se apresuró a responder Ava—. Este tipo provocó un altercado en el 7-Eleven antes del tiroteo y queríamos saber adónde se dirigió.

—El contenedor cubre el ángulo de visión desde la otra calle —señaló Pat—. No hay ventanas en la parte posterior de la iglesia, por eso cree que nadie se fijará en él. A veces la gente aparca aquí, pero si no están durmiendo en el coche o haciendo algo ilegal, no le doy más importancia. No lo tengo en cuenta si solo lo hacen para aparcar un par de horas.

—Un agente nos ha dicho que no había nadie aquí cuando vino anoche —afirmó Zander.

—Estaba en la tienda. Me enteré del tiroteo durante mi turno.

—No hay más vehículos en el aparcamiento —dijo Ava.

—Me muevo en bicicleta.

Puso el vídeo a velocidad normal. El conductor se alejó unos metros del vehículo y examinó la parte posterior de la iglesia. A continuación, miró al coche que había cerca del contenedor.

Ava observó con atención sin perder ojo del hombre. Todd tenía razón. Se movía como una persona joven. Y, a pesar de la ropa, se notaba que tenía la musculatura de los brazos y el pecho bien definida.

«Se cuida bien».

Pero ¿era su hombre?

Se volvió y Ava se acercó para examinar la mochila con la esperanza de ver algo que les permitiera saber que llevaba un arma dentro.

«No creo que fuera tan descuidado».

—No las tiene todas consigo. No sabe si ha tomado la decisión correcta al aparcar aquí —dijo Zander.

—¿Tienes la matrícula? —le preguntó Ava sin apartar la mirada de la pantalla.

—Ya la he enviado.

La figura oscura se ajustó la mochila en la espalda y echó a correr hacia la entrada del aparcamiento. La más cercana al 7-Eleven.

—Ha tomado la dirección correcta —susurró Ava, con el corazón en un puño.

«No saques conclusiones precipitadas», pensó.

Los tres observaron con atención al hombre, que desapareció de las imágenes.

—Aumente la velocidad —le pidió Zander a Pat.

No entró nadie más en el aparcamiento. Ava contuvo el aliento sin quitar ojo de la hora del vídeo, que se aproximaba a las 13:00. A las 13:20 el tipo apareció de nuevo en una de las cámaras y Pat redujo la velocidad de reproducción.

—Se ha cambiado —afirmó Ava. En las imágenes llevaba una camiseta blanca de manga corta y pantalones cortos oscuros, pero conservaba la gorra que le tapaba el pelo rubio.

—Seguramente llevaba la camiseta debajo de la otra. Y los pantalones igual —dijo Zander.

—No, creo que esos pantalones son desmontables —terció Pat—. Ya saben…, de esos que llevan cremallera a la altura de los muslos. Van muy bien cuando haces senderismo y aprieta el calor.

—Sea como sea, se cambió —insistió Ava en un tono algo más agudo. Tenía que ser él—. No hay ningún otro motivo que justifique el cambio de ropa.

—Tal vez sí —replicó Pat—. Se fue corriendo, ¿recuerda? A lo mejor empezó a sudar y se quitó algo de ropa cuando ya no aguantaba más. Puede que llevara pesos en la mochila. Que estuviera haciendo un entrenamiento de cierta intensidad.

El hombre del vídeo se secó el sudor de la frente al detenerse junto a su vehículo. Apoyó un pie en el parachoques y se inclinó hacia delante para estirar la musculatura de la parte posterior de la pierna.

Como haría un atleta.

«Mierda», se maldijo Ava.

Siguieron observando las imágenes hasta que hizo lo mismo con la otra pierna. La emoción que los había embargado se desvaneció por completo.

—¿Solo es un atleta con malas pulgas? ¿Por eso montó el numerito del 7-Eleven? —preguntó Zander, irguiéndose. Llevaba demasiado tiempo agachado observando la pantalla.

—Yo también estaría de malhumor si tuviera que correr con este calor —afirmó Pat.

—Siga reproduciendo el vídeo —le pidió Ava, frunciendo los labios.

El hombre de la pantalla se quitó la mochila, la dejó sobre el capó del coche y dio unos cuantos saltos, como si intentara evitar posibles calambres en las pantorrillas.

«No tiene ninguna prisa por irse», pensó Ava, presa de una gran decepción.

—Seguiremos buscando —afirmó Zander—. Esto no ha hecho más que empezar.

El hombre abrió la puerta del vehículo y cogió la mochila que había dejado sobre el capó. Se acercó al contenedor, levantó la tapa y tiró la mochila.

—¡Hostia puta! —exclamó Pat.

Ava se quedó boquiabierta.

El hombre bajó la tapa del contenedor, subió al vehículo y se fue.

Capítulo 16

Mason conducía en silencio mientras Nora examinaba el expediente.

Le había preguntado si quería escuchar música, pero su compañera le había dicho que era incapaz de leer y procesar la información con música. Mason respetó su decisión. Hacía un día precioso para atravesar el cañón del río Columbia.

Los rodeaban un cielo y un agua azules, árboles verdes, altas colinas y, de vez en cuando, alguna cascada.

—Qué raro lo de la muerte de los padres —dijo Nora cuando tomaron la salida de Mosier.

—¿A qué te refieres?

—¿No te has fijado en que murieron con un día de diferencia?

Mason dio un respingo.

—No. Vi que fallecieron hace cinco años, pero no presté atención a las fechas.

—Tal vez sufrieron un accidente de tráfico y uno sobrevivió un día más que el otro —especuló Nora—. ¿Dónde vivían?

—En Redmond… ¿O era Madras? —Las ciudades de la región central de Oregón no se encontraban muy separadas, pero Mason lamentó no saber la respuesta.

—No te tortures —le dijo Nora.

Él la miró y se dio cuenta de que lo estaba observando fijamente.

—Te han pasado muchas cosas en estos últimos dos días.

—Como a todos —replicó él.

Nora prefirió no insistir más en el tema, pero lo miró en silencio, como hacía Ava cuando consideraba que su actitud no era razonable.

—¿Aún no hemos recibido los informes de la policía científica?

—He visto algo en la bandeja de entrada del correo. Tengo que imprimirlos y añadirlos al expediente, pero aún no he podido echarles un vistazo.

—¿Cómo se llama el marido de Veronica? —preguntó Nora—. Si trabaja para el distrito escolar, es posible que esté en casa, siendo verano.

—Alan.

Mason dobló a la derecha y aparcó frente a una casa de dos plantas algo antigua, situada en una zona tranquila.

—Qué bonita —comentó Nora—. Parece salida de una serie del canal Hallmark.

Mason le dio la razón. De hecho, la casa blanca estaba rodeada por una cerca también blanca que delimitaba un gran jardín en el que se alzaba un árbol enorme con un columpio. «¿Tienen hijos?». Vio dos bicicletas apoyadas junto al poste del garaje. Eran de color rosa.

Hasta el momento no había leído nada que pudiera indicar que los Lloyd tenían niños, pero no resultaba extraño, tratándose de una pareja que ya había entrado en la cuarentena. Confiaba en que los críos no anduvieran muy cerca durante la charla que iban a mantener con sus padres.

Mason bajó del vehículo y Nora guardó la carpeta del expediente en su bolsa. Estaba a punto de decirle que la dejara en el coche, ya que contenía varias imágenes muy explícitas de la escena del asesinato, cuando cayó en la cuenta de que podían meterse en un buen problema si se la robaban. Era mejor no correr riesgos.

Barrió el lugar con la mirada en busca de un perro, abrió la puerta de la verja y siguió el sendero de ladrillos. El césped presentaba un aspecto inmaculado, saltaba a la vista que lo habían segado recientemente. Los rosales estaban en flor. Aquella atención al detalle también se apreciaba en el resto de la casa. La fachada lucía una mano de pintura perfecta y había varias macetas de flores junto a la puerta. Mason llamó.

—Tal vez sea mejor que empieces tú la entrevista —le propuso a Nora.

Su compañera enarcó una ceja y asintió.

Oyeron pasos y, al cabo de muy poco, Veronica abrió la puerta. La reconoció de inmediato por la fotografía del carné de conducir. Tenía la misma mirada amable que en la foto, pero con un aire de desconcierto.

Mason y Nora le mostraron su identificación.

—Buenas tardes —dijo Nora—. Soy la inspectora Nora Hawes y este es el inspector Mason Callahan. Trabajamos para la policía del estado de Oregón.

Veronica se puso tensa.

—¿Qué ha pasado?

—¿Podemos entrar? —preguntó Nora—. O si lo prefiere podríamos sentarnos aquí. —Señaló un sofá de mimbre de dos plazas y las dos sillas que había en el porche.

—¿Es por Reuben? —susurró Veronica, abriendo los ojos de par en par.

Nora hizo una pausa.

—Así es. Su hermano falleció ayer.

Veronica se agarró a la jamba y los miró.

—Entren, por favor —dijo con voz firme.

—¿Están en casa las niñas? —preguntó Mason.

—No, han ido a casa de una amiga.

—Bien.

Veronica lo miró alarmada.

«No quería asustarla», pensó Mason.

—Así podremos hablar con mayor libertad —añadió Nora, intentando suavizar la metedura de pata de Mason.

Siguieron a Veronica y entraron en una sala de estar muy elegante que había a la derecha. Veronica se sentó en un extremo de un sofá y Nora lo hizo a su lado. Mason eligió una silla que había frente a ellas y que parecía bastante incómoda.

«Sí, es incómoda», pensó.

Se sentía como si estuviera en la escuela.

En ese instante hizo acto de presencia un gato atigrado gris que observó a Nora y a Mason con sus ojos azules, fingiendo gran interés. Entonces se decantó por los zapatos de Nora y restregó la cabeza contra ellos.

—¿Qué le ha pasado a Reuben? Si se han desplazado en persona hasta aquí, deduzco que es importante —afirmó Veronica, que cogió una caja de pañuelos que había en un extremo de la mesa y se la dejó en el regazo después de secarse los ojos.

—Lamento mucho tener que comunicarle esta noticia, pero su hermano ha sido asesinado —dijo Nora con su voz más amable.

Veronica levantó la cabeza con un movimiento brusco y agarró con fuerza el pañuelo de papel que tenía en la mano.

—¿Quién? ¿Quién ha sido?

—Es lo que queremos averiguar. Acabamos de empezar la investigación.

—¿Alguien más resultó herido? —preguntó la mujer.

A Mason le extrañó la pregunta.

—No —respondió él—. ¿Por qué lo pregunta?

Veronica arrancó una de las capas del pañuelo, agachando la mirada.

—Me alegro. No quería que nadie más… —dejó la frase a medias.

—Veronica —dijo Nora—. ¿Deberíamos preocuparnos por alguien más?

—¿Cómo ocurrió? —preguntó la hermana de Reuben, arrancando otra capa e ignorando la pregunta de la inspectora.

—Sufrió una agresión —respondió Nora.

La mujer exhaló el aire contenido. Le temblaban las manos.

—Mis padres fallecieron hace unos años —dijo—. Entonces también vino a comunicármelo la policía. Es como una especie de *déjà vu*.

—¿Vivía usted en Reno cuando murieron sus padres? —preguntó Mason, que ya conocía la respuesta.

Ella lo miró con recelo.

—Así es. Hace un año que nos mudamos aquí…, pero imagino que ya lo sabían.

—Sí, lo sabíamos —admitió mirándola a los ojos—. Necesitamos toda la información que pueda proporcionarnos para encontrar al asesino de su hermano.

—¿Murió ayer? —preguntó Veronica frunciendo las cejas—. ¿No se produjo ayer un tiroteo contra la policía de Portland?

—Sí —respondió Mason, con una curiosidad cada vez mayor—. ¿Por qué menciona el tiroteo?

—¿Es una de las víctimas? —preguntó con un hilo de voz, mirándolos a ambos.

—No lo mataron cerca del tribunal —respondió Nora—. La agresión se produjo en su casa ayer por la mañana.

Veronica se tranquilizó visiblemente y asintió.

—Entiendo.

Sin embargo, Mason no se dio por satisfecho.

—Señora Lloyd, ¿por qué ha mencionado de inmediato el tiroteo? ¿Qué relación podría haber entre el incidente policial y la muerte de su hermano?

La mujer abrió los ojos de par en par.

—No lo sé… Es que lo he visto en las noticias hace media hora y cuando me ha dicho que mi hermano murió asesinado, lo he dado por sentado sin más.

«Miente», pensó Mason, que prefirió no insistir de momento.

—Señora Lloyd —dijo Nora—, ¿sabe si alguien podía querer hacer daño a su hermano?

—La verdad es que no mantenía un contacto muy estrecho con Reuben.

«Eso no es una respuesta».

—¿No había hablado con él desde que se había mudado a Oregón? —quiso saber Nora.

—En alguna ocasión. Nos enviábamos mensajes, pero no es una persona a quien habría invitado por Acción de Gracias.

La inspectora frunció el ceño.

—¿Por qué?

Veronica se entregó de nuevo a la tarea de deshacer el pañuelo.

—Teníamos nuestras diferencias. Él es mayor que yo. Nunca hemos tenido una relación muy estrecha.

—¿Y Shawn? —preguntó Mason—. ¿Tiene una relación más fluida con él?

La mujer lo miró con recelo.

—La verdad es que no. No manteníamos el contacto. Bueno…, mis dos hermanos hablaban conmigo de vez en cuando, pero entre sí no se trataban. No se llevan bien. Desde hacía tiempo.

«Qué coincidencia…».

—No es agradable cuando los miembros de una familia no se llevan bien —afirmó Nora—. ¿Y cuando murieron sus padres? ¿Eso les permitió reforzar vínculos?

—No. Yo fui la única que asistió a los funerales.

Veronica hablaba con una cautela extrema. Estaba muy tensa y apenas los miraba a los ojos, como había hecho al principio de la entrevista.

—¿Podría decirme qué les ocurrió a sus padres? —preguntó Mason.

—¿Qué tiene que ver eso con la muerte de Reuben?

«Actitud defensiva».

—Seguramente nada, pero queremos tener una imagen cabal de su pasado.

El gato subió al sofá de un salto junto a Veronica y se restregó contra su brazo, gesto al que ella reaccionó rascándole la cabeza.

—Estoy segura de que podrá encontrar el informe policial sobre las muertes de mis padres —afirmó con voz templada.

Mason aguzó el oído.

—¿Informe policial?

Veronica levantó el mentón.

—Mi padre disparó a mi madre y luego se pegó un tiro a sí mismo —afirmó con rotundidad.

Nora se inclinó hacia Veronica.

—Debió de ser una situación tremenda para usted.

Veronica lanzó una mirada impasible a la inspectora.

—Mi padre era un hombre horrible. Lo fue hasta el último momento. Estoy convencida de que mató a mi madre para asegurarse de que sus hijos tendrían una vida desgraciada hasta el fin de sus días.

Mason miró muy fijamente a Veronica, examinándola, consciente de la sinceridad de sus palabras. Estaba resentida, lo cual no era de extrañar, ya que sus palabras traslucían que había vivido una infancia horrible. ¿Habían sufrido lo mismo sus hermanos?

—Lo siento —dijo Mason, aun sabiendo que sus palabras poco podían hacer para mitigar la tragedia de su vida.

—Gracias.

—¿En qué ciudad se produjeron los hechos? —preguntó Nora, que se adelantó a su compañero, más interesado por el informe policial.

—Coeur d'Alene.

—¿Murieron con un día de diferencia? —preguntó Mason.

—Sí. Él aguantó un día más en el hospital —afirmó con un brillo de odio en la mirada que incomodó a Mason.

Aquella ira contrastaba con la mirada amable que había visto cuando les abrió la puerta. «Se crio en un entorno donde reinaba el odio. Es lógico e inevitable que todavía lo albergue en su interior».

El teléfono de Mason sonó y miró la pantalla. Era alguien con prefijo de Nevada.

«¿Shawn Braswell?», pensó.

—Tengo que responder. Disculpadme un minuto.

Salió al porche antes de atender la llamada.

—Callahan.

—Agente Callahan, soy el sargento Davies. He recibido su petición relacionada con Shawn Braswell.

Mason se decepcionó, esperaba que fuera Shawn.

—Sí. ¿No está en casa?

—No. Uno de mis hombres habló con varios vecinos, que afirman que no lo han visto desde hace una semana. Su plaza de aparcamiento está vacía.

La curiosidad se apoderó de Mason.

—¿Qué vehículo tiene?

—Un momento.

Mason oyó el teclado del ordenador.

—Un Ford Mustang plateado. Tiene dos años.

«Bingo».

—Creo que ha estado aquí en Portland —afirmó Mason—. Hace poco vieron ese coche en la casa de su hermano.

—¿El fallecido?

—Sí.

—Pues vaya. No sé si es una buena o una mala noticia para ustedes. —El sargento carraspeó—. Vimos lo de la emboscada. Cuando recibí su petición no caí en ello.

Mason no dijo nada.

—Enviaremos agentes a los funerales —añadió Davies.

—Gracias —contestó Mason con sinceridad. Era así como se comportaba la policía cuando les golpeaba la tragedia. Era imposible expresar con palabras lo que significaba para los departamentos afectados aquellas muestras de apoyo.

—¿Ya han encontrado al desgraciado?

—Estamos trabajando en ello.

—Avísenme si necesitan algo más.

Mason colgó y se quedó inmóvil y en silencio, delante de aquel jardín inmaculado. Reuben Braswell había muerto y el vecino de enfrente afirmaba que había visto el coche de Shawn Braswell en el camino de acceso a la casa.

A menos que fuera el Mustang plateado de otra persona.

Sin embargo, eso le parecía improbable. No creía en las coincidencias.

Veronica acababa de decirles que los hermanos no tenían una buena relación.

Pero ¿era tan mala como para desembocar en asesinato?

¿Significaba eso que Shawn era el autor de los disparos del día anterior?

Era una afirmación algo arriesgada. El homicidio de un familiar perpetrado con un arma contundente, y una matanza perpetrada con un fusil. Eran dos escenarios muy distintos.

Algo había que no encajaba, que no tenía sentido. Todavía le faltaban demasiadas piezas del rompecabezas.

Un hombre musculoso vestido con camiseta de tirantes y pantalones cortos apareció en la puerta de la casa. Se acercó a Mason y le tendió la mano.

—Soy Alan Lloyd. Acabo de enterarme de la noticia de Reuben.

Mason le estrechó la mano observándolo fijamente. La mirada de Alan era directa y sincera. No parecía sorprendido por los acontecimientos.

«Lo primero que nos ha preguntado Veronica es si había ocurrido algo con Reuben».

Ambos sabían que había muchas posibilidades de que acabara mal.

—¿Qué es lo primero que le ha venido a la cabeza cuando lo ha sabido, señor Lloyd? —preguntó Mason, eludiendo las cortesías de rigor.

—No me ha sorprendido. Reuben era un exaltado insensato y furibundo. Y Veronica lo sabía. Quería a su hermano, pero todos sabíamos que siempre caminaba por el filo de la navaja.

—¿El filo de la navaja?

Alan se metió las manos en los bolsillos.

—Entiendo que ya conoce la historia del padre de Veronica.

—Sé que asesinó a su mujer —afirmó Mason.

—Nunca había conocido a un hombre tan furioso —admitió Alan—. Y los hijos habían heredado su ira. Creen que el mundo está en su contra. Veronica me dijo que su padre pegaba a sus hermanos habitualmente, pero afirma que a ella nunca la tocó. —Alan negó con la cabeza—. No sé si creérmela, pero me alegro de que se convirtiera en una mujer tan normal después de criarse con un padre como ese.

—Es una suerte. ¿Sabe algo de su muerte?

—Cuando murió estaba a punto de perder su casa —prosiguió Alan en voz baja—. Fue un duro golpe para alguien tan orgulloso como él.

—¿Qué ocurrió?

—No pagaba sus impuestos. —Alan se encogió de hombros—. Le advertí que lo pillarían, pero no me hizo puñetero caso. Decía que la tierra era suya y que el gobierno no tenía ningún derecho a cobrarle impuestos por ella. Que la había comprado en buena ley.

—No es así como funcionan las cosas.

—Yo lo sé y usted también. Pero el padre de Veronica era un tipo muy influenciable. Siempre insistía en que el gobierno nos atracaba con los impuestos a la propiedad. Cuando le pregunté de dónde había sacado esas ideas, se limitó a repetir una sarta de incoherencias que debió de encontrar en internet. Era relativamente fácil manipularlo, sobre todo cuando alguien le decía lo que quería escuchar, como que era ilegal que el gobierno recaudara impuestos.

—Reuben sí que pagaba los impuestos a la propiedad —afirmó Mason.

—Así es. No paraba de dar la paliza con el tema, pero sabía que podía perder su casa si no cumplía con Hacienda.

—¿Con qué otros temas le daba la paliza? —preguntó Mason con serenidad.

Alan esbozó una leve sonrisa.

—Me parece que ya tiene una ligera sospecha. —Dirigió la mirada a la placa que Mason llevaba en el cinturón.

—¿Le sorprendería si le dijera que Reuben tuvo alguna implicación en la matanza que se perpetró ayer en Oregón?

Alan abrió los ojos y tardó un buen rato en responder.

—Sí. Y no. —Agachó la mirada al suelo—. No lo veo como un asesino, pero… lo he oído hablar. Aunque el hecho de que hablara no significa que pudiera pasar a la acción —se apresuró a añadir. Miró a Mason—. ¿Debería haber dicho algo?

—¿Sabía usted algo?

«Si este tipo tenía alguna información sobre lo del juzgado…».

Alan sopesó la respuesta unos segundos.

—No. Nada. No teníamos noticias suyas desde febrero. Al menos yo. Reuben se quejaba muchas veces de diversos temas relacionados con el ejército, pero nunca vi nada que me permitiera intuir que era capaz de pasar a la acción. —Lanzó una mirada inquisitiva a Mason—. ¿Qué hizo mi cuñado? Su compañera me ha dicho que murió ayer por la mañana. ¿El atentado no se produjo por la tarde?

—Así es —concedió Mason—. Pero creemos que tenía información sobre lo que iba a ocurrir.

—Lo siento mucho. No tenía la menor idea. —Miró fijamente a Mason—. Y dudo que Veronica supiera algo. Apenas se trataba con su hermano.

—Eso es lo que nos han dicho. —Mason hizo una pausa—. Su esposa ha comentado que Reuben no se llevaba muy bien con Shawn. —Utilizó una frase ambigua deliberadamente para que Alan pudiera añadir lo que quisiera.

—Por decirlo suavemente. La última vez que los vi juntos en una habitación fue hace diez años, por suerte. En el pasado se habían zurrado de lo lindo. Veronica decía que llevaban así toda la vida. —Se interrumpió un instante—. También decía que Reuben era siempre el instigador. Cree que canalizaba hacia su hermano la ira que le despertaba su padre.

«Entonces, ¿qué hacía el coche de Shawn en casa de Reuben?».

—¿Han recibido noticias de Shawn en los últimos tiempos?

Alan sopesó la respuesta y negó con la cabeza.

—Teníamos menos trato con él que con Reuben. Sobre todo desde que nos fuimos de Reno.

—¿Por qué se mudaron?

—Por una oportunidad de trabajo.

—¿Cree que Shawn podría haberse desplazado para ver a Reuben?

Alan resopló.

—Ni hablar.

Mason valoró la posibilidad de decirle que un vecino había visto un Mustang plateado frente a la casa de Reuben, pero algo lo llevó a reprimirse.

—¿Conoce a alguien que pudiera querer hacer daño a Reuben?

—Como ya le he dicho, no hablábamos muy a menudo con él. Ignoro con quién se relacionaba o a quién podía cabrear.

—¡Papá!

Se oyeron unos pasos apresurados por la acera. Ambos se volvieron y vieron a dos niñas de pelo oscuro que corrían hacia la cerca. Las seguía una mujer que caminaba con una niña agarrada de la mano. Saludó a Alan.

—Se acabó la charla —le susurró Alan a Mason cuando bajó a interceptar a las niñas que acababan de cruzar la puerta. Ambas se abalanzaron sobre su padre, que se había arrodillado con los brazos abiertos.

Mason observó la escena mientras las pequeñas hablaban a la vez atropelladamente, con una felicidad radiante que se reflejaba en sus rostros y sus voces. Alan las besó a ambas en la cabeza.

«Estas niñas no se han criado en un hogar dominado por el odio».

Los padres habían logrado cortar el círculo vicioso.

De repente se le hizo un nudo en el estómago cuando le vino a la cabeza el cadáver mutilado de Reuben. El parloteo inocente de las niñas suponía un fuerte contraste con la violencia que había sufrido su tío. De alguna manera, el baño de sangre seguía formando parte de su vida cotidiana.

La mujer que había entrado en el jardín charlaba ahora con Alan y miró disimuladamente un par de veces a Mason, que prefirió mantenerse al margen de la feliz reunión. No quería que la muerte rondara cerca de las pequeñas.

Subió las escaleras del porche en silencio con la intención de ir en busca de Nora e irse. Habían llevado una mala noticia a la idílica casa blanca y sentía el irrefrenable deseo de marcharse de allí antes de que entraran las niñas.

«Espero que Nora y Veronica hayan acabado, porque yo sí».

Capítulo 17

Ava y Zander salieron corriendo de la iglesia, seguidos de Pat. Cuando llegaron al todoterreno de Zander cogieron los guantes y las bolsas para pruebas del maletero.

—Dígame que no se han llevado la basura desde el tiroteo —le pidió Ava a Pat mientras se preparaban.

—No, mañana es el día de recogida de basuras.

—¿Lista? —le preguntó Zander a Ava mientras ella se ponía el segundo guante. Sus ojos tenían un brillo especial.

—Ya lo creo.

Se aproximaron al contenedor y Zander le dijo a Pat que no se acercara al lugar que había pisado el sospechoso, entre su coche y la papelera. El contenedor era mucho más alto de lo que parecía en el vídeo. La tapa le llegaba a la altura de la frente. Zander abrió una mitad de la tapa y miró a Ava a los ojos al notar el olor pestilente que emanaba del interior.

—¿Quién va a entrar? —preguntó.

—Te cedo el honor. —El hedor le revolvía el estómago.

Zander sonrió, apoyó un pie en el lateral del contenedor y se encaramó al borde sin mayor dificultad.

—Veo la mochila. No hay mucha basura.

—Ha sido una semana de poco movimiento —afirmó Pat—. No se han organizado reuniones ni encuentros de ningún tipo.

Con una mano Zander hizo varias fotografías del interior del contenedor y se metió dentro de un salto. Se maldijo de inmediato.

—¿Qué pasa? —preguntó Ava.

—No sé qué he pisado, pero era grande y blando. Suerte que estaba dentro de una bolsa de basura. Eh, Ava, ¿puedes tomar más fotografías mientras cojo la mochila?

—Claro. —Examinó el estrecho saliente en el que se había apoyado Zander y lo tanteó con un pie. Por suerte llevaba zapatos planos.

—La ayudo a mantener el equilibrio —se ofreció Pat.

—Gracias.

De no ser por él habría tenido que apoyarse con el estómago. Subió y Pat la sujetó con firmeza de la cintura. Ava respiró hondo y tomó varias fotografías mientras Zander rescataba la mochila.

—Pesa bastante —dijo su compañero, palpando la bolsa—. Hay varios objetos duros y estrechos.

—¿Dónde quieres abrirla? —preguntó Ava.

—Aquí no. Necesitamos ordenar los objetos sobre una tela. Será mejor que nos limitemos a mirar. Si es lo que creemos que es, llamaremos a un equipo para que lo procese.

Ava bajó de un salto y agarró la bolsa cuando Zander se la tendió. Pesaba unos cuatro o cinco kilos y oyó un ruido metálico. Apretó en varios puntos y notó que eran objetos largos.

«¿Un fusil desmontado?».

Zander salió del contenedor y cayó de pie junto a ella.

—Abrámosla en el maletero de mi vehículo.

Se dirigieron al todoterreno llevados por la adrenalina. Zander abrió el maletero, sacó un paño fino del kit de pruebas y lo extendió en la base. Ava dejó la mochila y sacó el teléfono para tomar fotografías.

—Adelante.

Zander abrió la cremallera y echó un vistazo dentro.

—Hola, señor Ruger.

Abrió el compartimento principal para que Ava pudiera verlo.

No poseía los mismos conocimientos de armas que Zander, pero reconocía un fusil AR-15 cuando lo veía. Aunque estuviera desmontado.

—Pediré un equipo de pruebas —dijo ella mientras llamaba al agente especial al mando—. También tenemos que informar al sheriff.

—Voy a comprobar el correo, a ver si me han dicho algo de la matrícula. —Zander siguió examinando la mochila y la abrió todo lo que daba de sí—. SR-556. El Cadillac de los fusiles desmontables.

—¿Desmontables? —preguntó Pat.

—Sí, se monta por piezas. Tengo poca experiencia con armas de este tipo, pero puedo desmontarla en tres piezas en unos diez segundos. —Movió la bolsa para intentar ver el fondo—. Tres cargadores.

Ava se quedó helada. Tenía el teléfono pegado a la oreja, esperando a que Ben respondiera. Zander no había dicho qué capacidad tenía cada cargador, pero imaginó que debía de ser de unas treinta balas. Podría haber causado mucho más daño del que había hecho. Intercambiaron una mirada inexpresiva. Él había pensado lo mismo.

—Cielo santo —murmuró. Dejó la mochila en el maletero con suavidad y consultó el correo—. Mierda. La matrícula de nuestro coche blanco se corresponde con la de una furgoneta Toyota.

—Matrícula robada —afirmó Ava, subrayando la obviedad.

—¿Y qué harán ahora? —preguntó Pat con gran curiosidad.

—Empezaremos con el número de serie del fusil y con todo lo que pueda encontrar aquí el equipo de pruebas. —Ava decidió quitarse de encima a Pat—. ¿Le importaría hacerme una copia del vídeo que hemos visto? Envíemelo por correo electrónico. —Le dio su tarjeta profesional.

Al final Ben respondió a su llamada.

—Hemos encontrado un arma —le dijo, incapaz de disimular el deje de emoción—. Y lo tenemos en vídeo, además de un testigo que habló con él cara a cara. Necesito un equipo de recogida de pruebas.

Sus palabras fueron acogidas con un silencio producto del asombro.

—Vaya, buen trabajo —la felicitó Ben al cabo de unos segundos.

Por fin algo que salía bien en aquel día de mierda.

***

Ava apoyó la cabeza en Mason y agradeció el consuelo que le proporcionaba sentir su brazo sobre los hombros. Había sido un día muy largo con sus altibajos. Se habían sentado en un banco del parque que había al final de la calle donde vivían. Bingo estaba al lado de Mason, con la cabeza apoyada en su regazo. Eran casi las once de la noche, pero ninguno de los dos quería irse a la cama, subidos todavía en la montaña rusa de adrenalina en la que habían montado hacía ya treinta y seis horas. Por ello habían decidido salir a dar un paseo.

Varias farolas iluminaban determinadas zonas del parque, pero el lugar donde se encontraban ellos estaba oscuro. Durante el día era un punto que ofrecía unas vistas perfectas del monte Hood. Sin embargo, esa noche reinaba una oscuridad absoluta, impregnada del aire bochornoso provocado por las elevadas temperaturas. No hacía mucho que habían cortado el césped del parque y el fresco aroma de la vegetación contribuía a reforzar la sensación de paz de la noche.

«¿Paz?», pensó Ava.

Había sido un día muy agitado. En ese momento intentaban eludir todo lo que había sucedido, fingir que llevaban una vida perfecta. Jayne estaba bien. Ray estaba bien. Nadie había muerto en el juzgado.

Mason suspiró y se movió.

—Deja de darle vueltas a la cabeza —le ordenó Ava.

—No puedo.

—Tienes que relajarte.

—Ya sé que a ti te funciona todo ese rollo de la meditación, pero a mí no. Tengo demasiadas cosas en la cabeza y siento la necesidad de controlarlo todo.

Ava no le confesó que ella tampoco conseguía despejar la mente. Había aprendido a dar un paso atrás y observar sus pensamientos, a vaciar la mente, pero le costaba horrores mantener el torbellino de pensamientos a raya para relajarse y concentrarse.

En ocasiones, el esfuerzo por relajarse resultaba más agotador que el bombardeo constante de los millones de cosas de las que intentaba aislarse.

—Pues acaricia a Bingo —le dijo ella—. A lo mejor así te resulta más fácil.

—Pero si no he parado. —Le rascó la cabeza al perro con renovada energía—. ¿Cómo ha ido la recogida de pruebas en la iglesia?

Por un lado, Ava habría preferido aislarse del trabajo durante unas horas, pero, por el otro, también tenía ganas de hablar de ello. Mason era su piedra de toque, la persona ideal para valorar lo ocurrido.

—Uno de los agentes ha abroncado a Zander por meterse dentro del contenedor.

Mason resopló.

—¿En serio? Entonces, ¿cómo esperaban que sacara la mochila?

—El técnico le ha dicho que tendríamos que haberlos llamado antes. —Ava entendía su postura, pero también sabía que se habría sentido culpable si el equipo se hubiera desplazado hasta allí en vano.

—Es absurdo. —Mason tiró de una de las orejas de Bingo—. Habíais visto al sospechoso levantar la tapa y tirar la mochila. Sabíais qué podíais tocar y qué no.

—Claro.

—¿Qué puedes contarme del arma?

Ava describió el Ruge. Uno de los técnicos había extraído las distintas piezas de la mochila y Zander le explicó cómo se montaban.

—La munición de los cargadores es la misma que se encontró en el juzgado —dijo en voz baja. Habían hallado muchos casquillos. Aún tenían que realizar más pruebas para comprobar si las balas y los casquillos hallados en la escena del tiroteo procedían del Ruger. Ava no tenía ninguna duda de que era así—. Nuestro equipo se encargará del vídeo de la iglesia. Intentarán obtener una imagen de su rostro.

Ava había revisado las imágenes, pero el hombre tenía la cara oculta en todo momento. No sabía cómo iban a obtener una buena imagen, pero no era la primera vez que la sorprendían con su destreza técnica.

—¿Alguien ha hablado con el dueño del vehículo al que robaron la matrícula? —preguntó Mason.

—Resulta que las placas procedían de dos vehículos distintos. Cuando analizamos de nuevo el vídeo, nos dimos cuenta de que la matrícula trasera, aunque borrosa, no coincidía con la delantera, de la que teníamos una imagen clara. Ambas son de Medford.

Mason guardó silencio, repasando la información. Ava también se había sorprendido. La ciudad de Medford se encontraba a casi quinientos kilómetros. Alguien lo había planificado todo con mucha antelación.

—¿Qué te apuestas a que el vehículo era de alquiler? —preguntó Mason.

—Nada, porque creo que tienes razón. Una berlina muy común de cuatro puertas. La utilizan todas las empresas de alquiler. —Guardó silencio durante unos instantes, ensimismada en sus pensamientos—. ¿Alguna pista sobre la furgoneta de Reuben? ¿O del Mustang plateado?

—No. He emitido una orden para ambos vehículos. Me preocupa que haya desaparecido la furgoneta de Reuben. ¿Cómo llegó el asesino a su casa?

—Tal vez fue en Uber —sugirió Ava.

—Bien visto. Comprobaré el registro de pasajeros de Uber y Lyft. Y de las demás compañías de taxis. A lo mejor alguien dejó a un pasajero en la zona. No se me había ocurrido.

—Es un placer ayudarte.

La abrazó con fuerza y le dio un beso en la sien.

—Me cuesta centrarme en la investigación. Tengo que esforzarme más.

Ava prefirió no insistir en la influencia del estado de Ray como excusa. Mason debía de haber oído el comentario de marras una docena de veces.

—¿Qué sabemos de las huellas? —preguntó ella.

—Había huellas ensangrentadas en el mazo y en la bañera. Las mismas del escritorio de Reuben, lo cual refuerza la hipótesis de que el asesino trabajó en solitario.

—Pero eso no descarta que hubiera alguien más.

—Lo tengo en cuenta. —Hizo una pausa—. Jill me ha puesto al día sobre el estado de Ray —dijo Mason—. Al parecer se encuentra estable. Me ha dicho que uno de los médicos ha sonreído, un gesto que para ella ha sido más revelador que toda la información que le han dado.

—Me alegro. —Ava sintió un ligero alivio—. ¿Te ha echado una mano Nora?

—Es fabulosa y me ayudará a centrarme en lo que toca.

Ava le dio un codazo.

—Para ya. Ahora que Ray ha mejorado no estarás tan distraído.

—Eso espero. ¿Alguna pista más? Cualquier información sirve.

Ava meditó unos segundos, pensando en todo lo que habían dicho. Siempre era útil hablar con alguien ajeno al caso. A menudo el otro valoraba opciones que uno había pasado por alto o analizaba las pistas desde una perspectiva distinta.

—No, que yo recuerde. ¿No hay rastro del hermano de Reuben, Shawn?

—No. Es como si se hubiera esfumado. Seguro que saldrá de su madriguera tarde o temprano.

—Podría ser nuestro asesino. El de Reuben y también el del juzgado.

—Es el primero de mi lista.

—Siempre hay que empezar por la familia —afirmó Ava, a pesar de que sabía que era una obviedad—. ¿Su hermana no os ha dado ninguna idea sobre su paradero?

—No, y su marido tampoco.

—¿Y tú los crees?

Mason guardó silencio durante unos segundos.

—Sí.

—¿Creen que Shawn mató a Reuben?

—No les he dicho nada del Mustang que vieron los vecinos en casa de Reuben. Por lo que sé, Shawn todavía está en Nevada. Y ninguno de los dos mencionó a Shawn como posible sospechoso cuando les pregunté si sabían quién podría querer hacerle daño a Reuben.

—Tal vez no era el coche de Shawn.

—Tienes razón, pero los vecinos de Shawn declararon que ha desaparecido. Es una coincidencia demasiado grande.

—Lo es —concedió Ava, que levantó la cabeza para apoyarla en la mejilla de Mason y sentir el reconfortante calor de su cuerpo.

Permanecieron sentados en un silencio casi absoluto, solo interrumpido por el sonido de su respiración.

—¿Volvemos a casa? —preguntó él.

—Aún no.

Volver a casa implicaba prepararse para el día siguiente y, por algún motivo, creía que mientras permanecieran sentados en aquel banco, el mañana también permanecería en un segundo plano.

Quería seguir disfrutando de la perfección del momento.

A pesar de que la situación distaba de ser perfecta.

—¿Sabes algo de Kacey? —preguntó Mason de forma algo brusca. Ava sabía que a él tampoco le hacía ninguna gracia romper la magia del momento.

—Sí, el funeral de David se celebrará dentro de tres días. En San Diego.

—Iremos.

—Claro. —Su padre había muerto. Pediría un día de permiso para asistir al entierro y demostrar a Kacey y al resto de la familia que no era un robot que solo pensaba en el trabajo. Cuando su hermanastra le comunicó la fecha de la ceremonia, lo primero que le vino a la cabeza a Ava fue que le costaría horrores dejar a un lado la investigación. Sin embargo, le había prometido que estaría a su lado—. Tengo que hablar con el sheriff Greer para que me informe de las novedades de la investigación.

Mason volvió la cabeza y le rozó la mejilla con los labios.

—Lo siento mucho.

—Lo sé.

«¿No debería sentir un dolor insondable?», se preguntó Ava, que solo sentía sorpresa y asombro, lo que no hacía sino exacerbar su sentimiento de culpa.

—Tendríamos que estar hablando de los preparativos de la boda, en lugar del trabajo.

Ava no supo qué decir, sorprendida de que no hubiera pensado ni una sola vez en la boda en todo el día.

«Esto es demencial», pensó.

—No pasa nada —la consoló Mason—. Para eso contrataste a Cheryl. Si hubiera algún problema, te habría mandado una docena de mensajes. Su silencio significa que todo va bien.

Ava se mordió el labio. ¿Acaso todo iba bien? Ray estaba ingresado en el hospital y ella no había elegido dama de honor. Como siguiera así, acabarían ellos dos solos ante el pastor. El pensamiento le provocó un vacío en el estómago.

Mason apartó la cabeza de Bingo de su pierna, se levantó y tiró de Ava para que se pusiera en pie. Le acarició ambas mejillas para que lo mirase a los ojos bajo la luz tenue del parque.

—Todo saldrá a la perfección —le aseguró—. Y si algo sale mal, estoy seguro de que dentro de veinte años nos reiremos de ello.

—Si Jake tira la tarta al suelo, ¿también? —El hijo adolescente de Mason no destacaba por su coordinación.

—A eso me refería justamente —afirmó con una sonrisa—. No puedes negar que sería una escena divertida.

Ava se lo imaginaba.

—Ahora casi tengo ganas de que pase.

—Se sentiría humillado.

—Pues yo me reiría —admitió ella—. Y seguramente lloraría de la risa.

—A mí no me importaría —afirmó Mason, rodeándola con sus brazos para atraerla hacia sí—. Lo único que me importa es lo que nos pase a nosotros ese día.

Ava cerró los ojos y sintió el latido de su corazón en el pecho.

«¿Cómo he tenido la suerte de conocer a alguien como él?», se preguntó. La comprendía mejor que nadie. Sus necesidades, sus inseguridades y sus miedos. Y, por si fuera poco, tenía el don de ejercer de contrapeso con amor y paciencia.

—¿Lista para volver a casa? —preguntó Mason con un deje de urgencia.

—Sí.

Capítulo 18

Mason estaba sentado frente a Home Depot cuando la tienda abrió a las seis de la mañana. Sabía que Reuben Braswell había trabajado en el turno de noche y quería hablar con compañeros que hubieran tenido el mismo horario. Había varios clientes arremolinados en torno a la puerta principal. La mayoría hombres con gorras de béisbol y pantalones Carhartt, esperando a recoger los materiales para el día. Mason se había fijado en que el aparcamiento tenía una zona destinada a las furgonetas de carga. Camiones diésel con grandes plataformas, algunos nuevos y relucientes, otros maltrechos por el uso.

Las grandes puertas de cristal se abrieron, pero el grupo de operarios no se precipitó. No era el primer día de rebajas, una ocasión en la que ser el primero podía suponer la diferencia entre conseguir ese televisor de pantalla enorme o no. El grupo entró ordenadamente, sin aglomeraciones, y una vez dentro se dispersó. Cada uno se dirigió a una sección distinta de la tienda. Mason se fue derecho al mostrador de atención al cliente, acompañado por el olor de la madera recién cortada, y tuvo que reprimirse para no detenerse a mirar las neveras portátiles con ruedas.

Le gustaba Home Depot.

Una mujer de pelo oscuro y con un delantal naranja lo recibió con una sonrisa de oreja a oreja desde el otro lado de un mostrador.

—Buenos días, ¿qué desea? —preguntó examinándolo de pies a cabeza, ya que su aspecto no se ajustaba al perfil del cliente habitual de las seis de la mañana.

—Estoy buscando a Gloria Briggs.

La mujer sonrió.

—Pues ya la ha encontrado.

Mason miró el nombre escrito a mano que lucía en el mandil, donde podía leer en mayúsculas RIA.

—Ria —se corrigió él mismo—. Disculpe.

—No pasa nada. ¿En qué puedo ayudarlo?

Mason le mostró su identificación.

—Me gustaría hacerle algunas preguntas sobre Reuben Braswell. ¿Podríamos hablar en privado en algún otro lugar?

Reinaba cierta calma en la tienda, pero se sentía expuesto en el mostrador.

A la mujer se le ensombreció el rostro al oír el nombre de Reuben.

—Voy a buscar a una compañera para que me sustituya.

Mason asintió y se apartó, observando las neveras. Eran el doble de grandes en comparación con las tres que ya tenía.

«No necesito otra. Pero es que están muy baratas», pensó.

Ria volvió al cabo de unos instantes.

—Acompáñeme por aquí —dijo, señalando un pasillo. Él la siguió y se detuvieron junto a la sección de iluminación, al fondo de la tienda. No había nadie—. A estas horas nunca hay nadie mirando arañas de luces —afirmó. Mason la miró a los ojos—. Ya me he enterado de lo de Reuben. Los rumores vuelan. ¿Qué le ha pasado?

—No puedo decirle gran cosa porque la investigación aún está en curso —respondió Mason. Era un tópico del que siempre echaba mano porque la mayoría de la gente lo respetaba—. Me gustaría saber qué tipo de empleado era.

—Fantástico —respondió Gloria de inmediato, cruzándose de brazos—. Hacía años que trabajaba en el turno de noche y parecía que le gustaba. Prefería encargarse de la recepción de mercancía que de los clientes, por eso era una buena opción para él.

—¿Qué opinión tenían sus compañeros de él? ¿Se llevaba bien con todos?

De repente Mason percibió un destello en los ojos castaños de aquella mujer.

—Hacía bien su trabajo y siempre cumplía con su parte. No era un holgazán.

«No ha respondido a lo que le estaba preguntando».

—¿Con quién tenía más relación?

Ria frunció los labios sopesando la respuesta.

—Hablaba mucho con Joe Cooper.

—¿Está aquí?

La mujer miró el reloj.

—Sí, debería andar por aquí.

—Ria. —Mason hizo una pausa, buscando la forma más delicada de hacerle la pregunta—. ¿Reuben discutía con sus compañeros? ¿O había tenido algún problema con un cliente? Espere…, me ha dicho que no trataba con los clientes.

—Trabajaba hasta las siete de la mañana, por lo que solo tenía que atender a clientes durante esa última hora de su turno.

—¿Alguna vez se había enfadado alguien con él?

La mujer ladeó la cabeza.

—¿Me está preguntando si alguien podría tener motivos para matarlo por una discusión?

—En efecto —confirmó Mason un poco a regañadientes.

—¿Aún no tienen un sospechoso?

—Tenemos varias pistas, pero me gustaría analizar todos los aspectos de su vida.

La mujer lo miró a los ojos con un gesto de decepción.

KENDRA ELLIOT

—Nunca recibí queja alguna de ningún cliente o compañero. Los que trabajaban con él le confirmarán que era un hombre muy discreto. —Encogió un hombro—. Lo cual no tiene nada de malo.

—¿Le importaría decirle a Joe Cooper que me gustaría hablar con él?

—Espere aquí.

Pasó junto a las luces y los ventiladores y se dirigió a la trastienda.

Mason dedicó el tiempo de espera a examinar los apliques. Tal vez Ria no quería hablar mal de un empleado fallecido. Muchos lo consideraban un gesto de respeto para con el difunto, pero aquella actitud no ayudaba a resolver un asesinato. Los investigadores necesitaban sinceridad.

En ese momento le llamó la atención un aplique rectangular con cientos de bolas de cristal y recordó las quejas de Ava sobre la luz del comedor.

«No», pensó.

Justo entonces vio a un hombre que cruzaba la puerta por la que había desaparecido Ria. Mason calculó que tendría veintimuchos. Espalda ancha. Con barba. Manos enormes.

—¿Es usted el inspector Callahan? —preguntó con voz grave.

—Sí. —Mason le estrechó la mano—. Lamento lo de Reuben. Me han dicho que eran amigos.

Joe se rascó la barba.

—Sí, era uno de los buenos. Siempre arrimaba el hombro, no como otros.

—¿Se veían después del trabajo?

Joe lo miró a los ojos como si su comentario le hubiera hecho gracia.

—Después del trabajo es la hora del desayuno. Sí, íbamos a esa cafetería de las tortitas que hay en Barbur Boulevard.

—Buenas tortitas.

—Las mejores.

—¿Cómo era Reuben? —preguntó Mason.

Joe levantó el mentón y entornó los ojos.

—¿Sabe quién lo mató?

Mason volvió a echar mano de su frase favorita:

—La investigación aún está en curso.

—Hablando en plata: «No vamos a decir una mierda».

—Más o menos, sí —replicó Mason sin perder la compostura—. E imagino que comprenderá por qué. Se trata de una investigación de asesinato.

El hombre apartó la mirada y se pasó la mano por el pelo.

—Reuben tenía ciertas ideas…

—Sé que no sentía un gran aprecio por las fuerzas del orden y el gobierno.

Joe miró a Mason sorprendido.

—Sí. Era un tema que lo encendía. Cuando se ponía a despotricar, yo lo escuchaba, pero me entraba por un oído y me salía por el otro. A mí me parece que no sirve de nada quejarse, eso no soluciona nada.

—¿Alguna vez le comentó que se hubiera enemistado con alguien?

—No. Le daba igual lo que pudiera pensar la gente de él.

—Pero cabreaba a los demás.

—En el trabajo no. Aquí se comportaba como es debido.

—Pero fuera del trabajo…

—Yo solo lo veía cuando íbamos a desayunar juntos de vez en cuando y me hablaba de cómo cabreaba a los polis.

Mason sintió un leve escalofrío en la nuca.

—¿Cabreaba a los polis?

—Disfrutaba sacándolos de quicio.

—¿Cómo?

Joe se encogió de hombros.

—No lo sé. A veces llegaba al trabajo muy contento y feliz. Decía que le había arruinado el día a un trabajador del gobierno y cosas por el estilo. No eran siempre policías.

—No parece la actitud de una persona muy agradable.

—No he dicho que lo fuera. Nos tratábamos y ya está.

Mason no sabía qué pensar.

«Podría ser algo tan simple como incordiar a un cartero».

Le dio su tarjeta a Joe.

—Llámeme si recuerda algo raro que dijera o hiciese Reuben.

Joe se rio.

—Siempre decía cosas raras.

—Ya sabe a qué me refiero.

Mason le estrechó la mano y se fue con la sensación de que la visita al lugar de trabajo de Reuben tal vez había sido una pérdida de tiempo.

Cerca de la entrada de la tienda se detuvo y miró el expositor de neveras portátiles. Se maldijo en voz baja, cogió una grande y roja y se dirigió a la caja.

***

Ava miró el reloj de nuevo. La reunión del grupo especial debía empezar a las ocho y ya pasaba un cuarto de hora. Lanzó un suspiro de impaciencia y cruzó las piernas por enésima vez.

«¿Por qué se retrasa Zander?».

Su compañero nunca llegaba tarde y no había respondido a sus mensajes en los últimos quince minutos. Miró a su alrededor con la esperanza de que el sheriff del condado de Clackamas iniciara la reunión y así ponerse en marcha de una vez. No había ni rastro del sheriff, pero la mayoría de las sillas estaban ocupadas. La impaciencia inundaba la sala.

Habían logrado que no saliera a la luz el descubrimiento del arma en el contenedor. La habían enviado al laboratorio la noche anterior. Ava no albergaba muchas esperanzas de que fueran a encontrar alguna huella, pero tenía un número de serie que podían rastrear y también había que analizar los casquillos que habían encontrado en el juzgado.

Durante la noche se había despertado varias veces y en cada una había consultado el correo con la esperanza de ver un informe sobre el arma. El plan era procesarla a lo largo de la noche. Los técnicos no se habían quejado de tener que hacer horas extra. De hecho, si algo deseaban era analizar el arma.

Todo el mundo quería encontrar al francotirador.

De repente apareció Zander y se dejó caer en la silla que había junto a ella.

—Llegas tarde.

—Lo sé. Y sí, he visto todos tus mensajes. Estaba fuera, hablando por teléfono.

El tono que empleó le llamó la atención.

—¿Con quién?

—Con el director de un pequeño motel de Merlin.

—¿Dónde está eso? —Nunca había oído hablar de ese pueblo.

—Queda al norte de Grants Pass. Junto a la I-5. —Enarcó una ceja sin dejar de mirarla—. Al parecer, tu hermana ha pasado la noche ahí.

—¿Jayne? ¿Cuándo? —Ava miró alrededor al darse cuenta de que había alzado la voz más de la cuenta.

—Hace siete días. Se hizo pasar por una tal Camila Guerrero, que es lo que me ha permitido localizarla. Dos días antes había usado la misma identificación en Maxwell, un pueblo pequeño al sur de Red Bluff, en California.

—Se dirige hacia el norte. —Ava cerró los ojos, preguntándose cuál sería su destino—. Imagino que habrá pagado en efectivo.

—Así es.

—De algo tenía que servirle el dinero de Brady Shurr. A saber adónde se dirige.

—Tal vez piensa venir a la boda —afirmó Zander sin un atisbo de entusiasmo.

—Sabe la fecha —admitió Ava—. Mencioné la boda un par de veces en un mensaje de correo electrónico. Nunca me preguntó nada. Supuse que no quería oír hablar del tema.

«¿Por qué intentó cancelar mi boda?», pensó Ava.

Celos.

No se le ocurría otro motivo. Aunque Jayne había pescado a un novio rico que estaba loco por ella, al final no había podido evitarlo y había intentado arruinarle la boda.

—Tenemos un vídeo suyo de la recepción del motel de Merlin. El gerente lo encontró mientras hablábamos. Me lo enviará por correo electrónico.

—¿No lo habrás recibido ya? —Ava se arrimó para ver la pantalla.

—Aún no.

—Mierda.

Se reclinó en la silla con los brazos cruzados. Se moría de ganas de largarse de ahí para ir en busca de su hermana.

«Pero no es mi prioridad en estos momentos», pensó.

De modo que no le quedaba más remedio que centrarse en la investigación del tiroteo del juzgado.

—Hoy no necesitaban una reunión del grupo de trabajo y nosotros tenemos cosas que hacer.

—Todo el mundo tiene mucho trabajo, pero los demás equipos han de ponerse al día.

—¿No bastaría con enviar un mensaje de correo electrónico? —gruñó Ava—. Quiero ir a comprobar las cámaras que hay cerca de la iglesia, a ver si alguna grabó una imagen clara de su rostro.

—El informe del arma —dijo Zander, tocando la pantalla del teléfono.

Ava sacó el suyo y, con el corazón desbocado por la emoción, abrió el mensaje y vio que también se lo habían mandado al sheriff del condado de Clackamas. Lo leyó en diagonal.

—Mierda —exclamó.

—Exactamente —concedió Zander.

Ava respiró hondo y siguió leyendo.

—La buena noticia es que las balas coinciden con el arma —dijo Zander en voz baja.

—Pero el número de serie nos lleva a un callejón sin salida.

Ava siguió leyendo, desanimada. El informe decía que el arma formaba parte de un arsenal robado a la ATF en una operación de traslado a las afueras de Nevada. El robo se había saldado con un espectacular tiroteo y dos agentes de la ATF muertos. Las armas habían desaparecido.

—Recuerdo que ocurrió hace un par de meses —afirmó Ava.

—Todos lo recordamos —añadió Zander con seriedad.

—¿Cómo ha conseguido esta arma nuestro francotirador?

—Es probable que la comprara en la calle, que es donde las confiscó la ATF.

—Muy bien, muchachos, empecemos. —El sheriff se dirigió al centro de la sala con un fajo de papeles en las manos, seguido de dos hombres.

Se hizo el silencio y todos los reunidos observaron al sheriff expectantes. El hombre dejó los documentos y el agente que lo acompañaba abrió el portátil de la mesa. Apareció el vídeo de la iglesia en la gran pantalla.

El simple hecho de ver la imagen dejó a Ava sin aliento. El vídeo aún no había empezado, pero se lo sabía de memoria. Era la principal pista que tenían del tirador.

El sheriff les refirió lo que estaban a punto de ver.

—Según el informe del laboratorio que acabo de recibir, el arma hallada en el contenedor de la iglesia coincide con la usada en la escena del tiroteo. Este es nuestro hombre, o al menos alguien que trabaja con él.

Le hizo un gesto con la cabeza a un agente, que pulsó una tecla para reproducir el vídeo, y alguien se encargó de bajar la intensidad de las luces.

Aunque el grupo ya sabía que habían hallado el arma en un contenedor, se oyó un grito contenido cuando la persona que aparecía en pantalla lanzó la mochila en el interior. Cuando acabó el vídeo, aparecieron varias imágenes del hombre. Ava se inclinó hacia delante para intentar verlo bien. Estaban algo borrosas, pero eran más claras que las que había visto el día anterior. Sin embargo, no tenían ningún primer plano decente de su rostro.

«Mierda», se maldijo.

—Creemos que podría tratarse de Shawn Braswell —afirmó el sheriff—. La altura del hombre de las imágenes coincide con la del sospechoso y el peso es muy similar. El color del pelo es distinto, pero todos sabemos lo fácil que puede cambiarse.

—¿Antecedentes? —preguntó alguien.

—No nos constan —afirmó el sheriff—. Ni él ni Reuben han tenido problemas con la ley.

Aquel hecho desconcertaba a Ava.

«¿Cómo es posible que alguien pase de llevar una vida recta a asesinar a su hermano y a varias personas más?», pensó.

El sheriff prosiguió.

—Un testigo afirma que vio su vehículo en casa de su hermano, Reuben Braswell, donde descubrimos los planes del atentado con bomba en el juzgado.

—Que no era más que una trampa para concentrar a varios agentes en un lugar determinado y poder asesinarlos —murmuró alguien detrás de Ava, unas palabras que fueron recibidas con una oleada de murmullos de aprobación de los demás presentes.

—Los hermanos tenían una relación muy inestable —continuó el sheriff—, pero, al parecer, compartían un odio visceral hacia las fuerzas de la ley.

—Siempre que el tipo de las imágenes sea él —afirmó Ava.

El sheriff asintió.

—Correcto. Todo lo que he dicho no es más que una teoría. Sea como sea, quiero que lo encontréis. Vamos a desplegar varios equipos en las proximidades de la iglesia. Queremos obtener más vídeos. Sabemos que anduvo por la calle. Tiene que haber alguna cámara de seguridad doméstica, o un timbre con cámara, que obtuviera una imagen más nítida. También comprobaremos las cámaras de tráfico de la zona.

—¿Y el coche? —preguntó una mujer sentada al fondo.

—Las matrículas eran robadas —respondió el sheriff—. Aún estamos intentando averiguar dónde robó el coche. Todos disponéis de la información sobre los vehículos desaparecidos que pertenecían a Shawn y a Reuben Braswell. Muy atentos a ellos mientras buscáis. Encontraréis las nuevas tareas que os he asignado al fondo de la sala.

Todos se levantaron, hablando entre sí.

—Dos cosas más —dijo el sheriff en voz alta. Se hizo el silencio y los agentes se volvieron para mirarlo—. El arma usada en el juzgado procede de un envío que le robaron a la ATF no hace mucho.

Un murmullo de enfado recorrió la sala.

El sheriff levantó las manos para calmar los ánimos.

—Lo sé, lo sé. Dos agentes de la ATF fueron asesinados durante el robo perpetrado en Nevada. No sabemos si nuestro sospechoso está relacionado con el robo o la muerte de nuestros compañeros.

En cualquier caso, es posible que esas armas hayan vuelto a la calle. Lo averiguaremos cuando lo atrapemos.

Ava había investigado el caso. Se habían sustraído cientos de armas. Una aguja en un pajar teniendo en cuenta los casi cuatrocientos millones que se calculaba que había en Estados Unidos. La mayoría de esas armas, sin embargo, eran propiedad de gente responsable, por lo que era más que probable que las robadas acabaran en manos de gente más peligrosa.

El sheriff prosiguió.

—Creo que ya sabéis que esta noche se celebrará un oficio religioso.

El silencio inundó la sala. Al cabo de unos instantes, varios de los presentes asintieron en silencio.

—Muy bien. Pues nos vemos allí.

Las familias de los agentes fallecidos habían decidido celebrar un funeral privado, pero les habían dado permiso para realizar un oficio en recuerdo de los asesinados. El tiroteo todavía era tema habitual en los noticiarios y Ava sabía que las familias habían tenido que soportar el acoso de los periodistas y la mirada indiscreta del público en general. La verdad es que no le extrañaba que quisieran celebrar los sepelios en secreto.

—Tengo el vídeo del motel —dijo Zander con un hilo de voz.

—Bien. Será mejor que salgamos al pasillo a verlo.

El agente asintió y siguió a Ava zigzagueando entre los compañeros. Se detuvieron junto a una ventana y Zander sacó el portátil de su bolsa mientras Ava intentaba reprimir la impaciencia que se había apoderado de ella.

«¿Qué tramas, Jayne?».

—¿Quieres que llamemos a Brady? —preguntó Zander mientras abría el mensaje.

Ava meditó la respuesta unos segundos.

—Aún no.

—El pobre estará inquieto por ella —insistió Zander.

—Bueno…, nosotros sabemos que estaba bien hace una semana —adujo Ava—. Pero no sabemos cómo está ahora.

—Creo que deberías decirle algo.

Ava recordó lo alarmado que estaba Brady cuando fue a verla. Se preocupaba mucho por Jayne, aunque el sentimiento no fuera correspondido.

—Vale, se lo diré —accedió.

Zander giró el ordenador para que pudiera verlo. En las imágenes de la cámara aparecía un mostrador de recepción y la puerta delantera del motel. El mostrador estaba abarrotado de folletos y había un par de expositores con dulces y *snacks* que los clientes podían comprar por un dólar. Ava siempre se preguntaba cuántas personas se limitaban a coger lo que se les antojaba sin pagar. Al otro lado del mostrador había un hombre de mediana edad. La luz de la recepción refulgía en su reluciente calva. Estaba sentado en un taburete, con la mirada fija en un ordenador antiguo y un monitor que ocupaba una gran parte del espacio.

Se abrió la puerta y apareció Jayne, con una maleta de ruedas pequeña.

Ava contuvo el aliento y se inclinó hacia delante, observando fijamente a su hermana, a la que no veía desde el otoño anterior. Jayne llevaba gafas de sol grandes, un vestido de verano holgado y un sombrero de paja de ala ancha. A pesar de todo, la reconoció sin problemas.

—¿Es ella? —preguntó Zander, que no lo tenía muy claro.

—Sí.

Jayne se detuvo junto al mostrador y se quitó las gafas de sol, pero el sombrero le ocultaba el rostro a la cámara. «Mierda». Se moría de ganas de verla. Los gestos de las manos y de los hombros eran los típicos de Jayne. El recepcionista la atendió de inmediato y se pasó una mano por la calva, en un gesto acomplejado. Ava hizo una mueca, preguntándose qué debía de haberle dicho su hermana para encandilarlo.

—Tú mueves las manos igual cuando hablas —comentó Zander.

—No es verdad —replicó ella frunciendo el ceño.

—Claro que sí. Es el mismo gesto.

Jayne prosiguió con su animada conversación con el recepcionista sin dejar de gesticular, señaló la puerta de entrada y levantó las manos, como diciendo: «¿Y qué hago?». El recepcionista se revolvió en el taburete y ladeó la cabeza varias veces en un gesto que delataba cierta reticencia.

Jayne abrió la bolsa. Ava no pudo ver qué sacaba, pero supuso que era dinero en efectivo.

—Se lo está camelando.

—Tiene buena mano para ello.

—No le falta persuasión —concedió Ava, que estaba esperando a comprobar si su hermana provocaba al recepcionista con un primer plano de su escote.

Sin embargo, no fue necesario. El hombre asintió varias veces y tomó el dinero. Le dio una llave a Jayne y señaló un lugar detrás de ella, dándole indicaciones para mostrarle dónde se encontraba su habitación.

A pesar de que el vídeo no tenía audio, Ava vio que su hermana se deshacía en agradecimientos. Jayne desapareció de las imágenes y el recepcionista la observó mientras se alejaba y se secó el sudor de la frente. Negó con un leve gesto de la cabeza y volvió a concentrarse en el monitor.

Ava se irguió y lanzó un suspiro. «Al menos sé que no está muerta».

No obstante, era una tortura ignorar lo que tenía en mente.

—Hay más —dijo Zander, que abrió otro adjunto.

En esta ocasión era un plano más abierto de un pasillo exterior de la segunda planta que también mostraba una pequeña sección del aparcamiento. Se veían las puertas de las habitaciones del motel dispuestas a intervalos regulares. Jayne apareció en el extremo más alejado, con la maleta. Se detuvo, se inclinó sobre la barandilla e hizo un gesto con la mano.

—Le ha hecho una señal a alguien —dijo Zander.

Ava guardó silencio. «Oh, Jayne, ¿qué tramas?».

Jayne siguió avanzando hasta una puerta que se encontraba más cerca de la cámara e introdujo la tarjeta en el lector. Abrió la puerta y esperó, mirando por el pasillo en dirección a la cámara. Por fin pudo verle la cara. Observó detenidamente a su hermana, en busca de algún cambio.

No tenía ningún *piercing*.

Lucía su color natural de pelo, el mismo castaño que Ava, y una melena hasta los hombros.

Tenía buen aspecto. No se la veía demacrada o con las facciones muy marcadas, algo habitual en su etapa problemática con las drogas.

Ava se tranquilizó un poco. Tal vez la estancia en la clínica de rehabilitación le había servido de algo.

Sin embargo, también sabía por experiencia que no debía esperar que los cambios durasen demasiado. Si por algo destacaba Jayne era por su predecible impredecibilidad.

En ese instante apareció en la cámara la espalda y la cabeza de un hombre mientras este se acercaba a su hermana. Tenía el pelo oscuro y corto y llevaba pantalones cortos y chanclas.

«Un hombre, cómo no».

—¿Es Brady Shurr? —preguntó Zander.

—No.

Jayne se puso de puntillas para darle un beso y el tipo se hizo a un lado para dejarla entrar en la habitación.

Ava contuvo el aliento, incapaz de articular palabra.

«No».

—¡Joder! —exclamó Zander.

Jayne se acarició el vientre, que mostraba un leve bulto.

Estaba embarazada.

CAPÍTULO 19

Mason leía el informe de la policía de Coeur d'Alene sobre la muerte de los padres de Reuben Braswell, concentrado en cada frase. A medida que avanzaba le hervía más la sangre.

Los padres de Reuben habían sufrido una muerte traumática. Mason se había enfrentado a varios casos de suicidio-asesinato en el pasado y siempre reaccionaba igual: se lo llevaban los demonios. Este caso no fue una excepción.

La furia se fue apoderando de él mientras leía la entrevista de la vecina, que afirmó que había visto a Olive Braswell con ojos morados y magulladuras en varias ocasiones. Olive siempre restaba importancia a lo que le sucedía y, si bien admitía que su marido era el responsable de las lesiones, intentaba quitarle hierro al asunto diciendo que era normal.

«¿Normal?», pensó.

No tiene nada de normal que un marido pegue a su mujer. O a sus hijos, algo que Mason había descubierto gracias a Alan Lloyd. Estaba de acuerdo con Alan en que era poco probable que Veronica hubiera podido escapar por completo la ira de su padre, pero al menos no se había convertido en una persona amargada y atormentada como sus hermanos.

Su madre tenía setenta y dos años cuando murió. Mason sintió que la cólera le oprimía el pecho.

«¿Quién es capaz de pegar a una mujer de esa edad? ¿Por qué no lo denunció ella?».

Intentó dejar de lado todas aquellas preguntas: las muertes se habían producido cinco años antes y ya no podía hacer nada al respecto. Sin embargo, se concentró en los detalles del informe. Encontraron a Olive Braswell en su cama, en camisón y con una herida de bala en la cabeza.

«Le disparó mientras dormía, el muy cabrón».

Tim Braswell todavía estaba vivo cuando llegaron los primeros agentes, que lo encontraron en el suelo de la sala de estar, con un disparo en el pecho. Mason frunció el ceño y leyó la frase de nuevo. La mayoría de los suicidas elegían un disparo en la cabeza ya que era casi infalible. Como Tim había hecho con Olive. Mason ojeó el informe de la autopsia y leyó que Tim había alcanzado una arteria importante. Sufrió una hemorragia masiva, pero logró aguantar para morir en el hospital al día siguiente.

«Merecía morir en el suelo».

Pero el padre no murió en el suelo porque había llamado al 911 y les dijo que había disparado a su mujer y que iba a pegarse un tiro.

«Cobarde. Quería ayuda para sí, pero no para su mujer».

Leyó la autopsia de Olive y enarcó las cejas. La mujer llevaba muerta más de veinticuatro horas cuando llegó el forense.

Tim había esperado un día entero antes de tomar la decisión de quitarse la vida.

«O es el tiempo que necesitó para reunir el valor necesario».

Mason no paraba de dar vueltas al hecho de que Tim se hubiera disparado en el pecho.

Leyó el resto del informe. Tim presentaba múltiples salpicaduras en el orificio de entrada; el disparo se había realizado a bocajarro o incluso tocando el pecho. Las muestras de la mano dieron positivo por residuos de pólvora.

«Pero había disparado a su mujer el día anterior».

Los residuos de armas de fuego eran difíciles de eliminar y podían producir contaminación cruzada fácilmente. Si uno de los agentes que acudió a la escena había estado en un campo de tiro y había tocado la mano de Tim, las muestras darían positivo. Mason buscó el recuento de partículas del análisis con la esperanza de encontrar una cifra elevada que indicara que el arma había estado en la mano de Tim. Nadie había realizado un recuento de partículas. Habían dado por buenos los resultados de la prueba de residuos de armas de fuego.

Sin embargo, el hecho de que Tim hubiera disparado a su mujer habría permitido que el resultado de la prueba hubiera sido elevado.

«¿Es posible que le disparase otra persona? ¿Uno de sus hijos? ¿Furioso por la muerte de su madre?».

Mason se estremeció. La policía de Coeur d'Alene consideró que era un caso claro con pruebas contundentes. Tenían la llamada del 911 en la que Tim decía que estaba a punto de suicidarse. Llegaron y comprobaron que lo había intentado. Había matado a su mujer, tal como había admitido por teléfono…

«¿O no?».

¿Cabía la posibilidad de que el autor de la llamada hubiera sido otra persona?

Mason respiró hondo y exhaló el aire. ¿Por qué estaba analizando tan detenidamente la muerte de los Braswell? Dejó el informe a un lado. Ya se preocuparía de ello si daban con Shawn Braswell. La historia de la muerte de los padres tenía sus lagunas.

A pesar de todo, decidió dejar en segundo plano el suicidio-asesinato, aunque sabía que no podría olvidarlo.

Lanzó un suspiro y miró la hora. Había llamado a Gillian Wood, la vecina de Reuben y… ¿posible amante? Habían quedado en verse a las once y llevaba un rato en el vehículo, frente a su casa, esperando a que llegara la hora acordada. Salió y llamó a la puerta.

Mientras esperaba en el porche, lanzó una mirada a la casa de Kaden Schroeder y se fijó en que la furgoneta roja volvía a estar en el camino de acceso. Recordó lo nervioso que se había puesto el joven cuando mencionó a Gillian Wood y Mason intentó recordar si tenía alguna pregunta pendiente que hacerle. Kaden había sido el único en afirmar que había visto un Mustang plateado en casa de Reuben.

«Me pregunto si Gillian es consciente de ese interés».

Mason no lo creía. Kaden aún estudiaba y dudaba mucho que Gillian lo viera como algo más que un muchacho.

Gillian abrió la puerta. Sonrió, pero todavía tenía una mirada medio ausente. No entendía cómo era posible, pero parecía aún más delgada que la última vez. La mujer vaciló unos instantes y Mason tuvo la sensación de que no quería invitarlo a entrar.

—¿Le parece que nos sentemos aquí fuera? —preguntó Mason señalando el porche, idéntico al de Reuben. Todas las casas de la calle eran calcadas. Solo se diferenciaban por el color y el jardín.

Un brillo de alivio iluminó el rostro de la mujer y ambos tomaron asiento. Mason se fijó en que no había ni rastro de un paquete de cigarrillos.

—¿Y su compañero? —preguntó Gillian.

«Ray».

Mason sintió una punzada de dolor y no tuvo los arrestos para decirle la verdad. No estaba preparado para hablar del tema.

—No ha podido venir.

Gillian parpadeó y se movió incómoda. Desprendía cierta aura de nerviosismo, pero no parecía querer cerrarse en banda.

«Una mejora con respecto a la otra vez».

—Me dijo que necesitaba hacerme algunas preguntas más —empezó ella, estableciendo contacto visual fugazmente—. Podría habérselas respondido por teléfono.

—Tenía que venir aquí de todos modos —replicó él, a pesar de que no tenía intención de regresar a la casa de Braswell, al menos por el momento—. Me gustaría saber si Reuben mencionó a su hermano, Shawn Braswell, en las conversaciones que habían mantenido últimamente.

—¿Es así como se llama? Si me dijo su nombre, no lo recuerdo. No le gustaba demasiado hablar de su familia. Rehuía todos los temas personales.

—Pero ustedes dos eran… ¿pareja?

Ella frunció los labios al oír la palabra y Mason se dio cuenta de sus carencias semánticas.

—Yo no lo definiría así. A ver, sí, teníamos una relación física, pero él era un experto consumado en levantar muros a su alrededor. Siempre que le hacía una pregunta personal, me cortaba enseguida y me decía que no lo agobiara. —Gillian resopló—. ¿Quién no quiere hablar de sus sentimientos? Hacía más de un mes que nos acostábamos y yo simplemente quería saber qué pensaba. Pero no reaccionaba. Y tampoco se interesó nunca por mis sentimientos.

«No le gustabas tanto».

Mason lo pensó, pero no lo dijo en voz alta. Gillian no necesitaba consejos sobre relaciones amorosas, y tampoco es que Mason fuera un experto, pero cuando un hombre estaba interesado por una mujer siempre hablaba con ella.

—Era uno de esos tipos fuertes y cohibidos, ¿no?

—Y que lo diga —afirmó Gillian con una mirada de dolor.

«Reuben le gustaba de verdad».

—Aprendí a no hacer más preguntas sobre temas personales. Una vez quise saber qué significaban sus tatuajes y se cerró en banda. —Trazó un círculo en el bíceps derecho y se tocó el hombro—. ¿Qué sentido tiene hacerse un tatuaje? ¿No sirven para mostrar aquello que te importa y que significa algo? Todo el mundo espera que les pregunten por ellos.

Mason no sabía qué decir.

Gillian se volvió y se recogió el pelo para mostrarle el pequeño tatuaje que tenía en la nuca.

—Es el yin y el yang. Me fascina la idea de que los opuestos se complementen. —Luego se dejó caer el pelo sobre los hombros—. Se lo mostré a Reuben, pero se limitó a responder con un: «Ah, es bonito».

—Tampoco era de los que hacían muchas preguntas, ¿eh?

—No. A decir verdad, creo que sencillamente era así y ya está. Fue una de las relaciones más frustrantes que he tenido. Hablo más con el cajero del supermercado.

La pregunta más obvia habría sido por qué se había quedado con él. Pero a Mason no le apetecía abrir la caja de Pandora.

—¿Alguna vez dio muestras de tener mal carácter? ¿Qué lo sacaba de quicio?

—Nunca vi que perdiera los estribos —afirmó Gillian—. Sí, había cosas que le molestaban, claro. Por ejemplo, hablaba de los clientes de la tienda o de política. Creo que ya le dije que en esas ocasiones me limitaba a escuchar. A veces tenía la necesidad de despotricar de los demás.

—¿Alguna vez pensó que podía hacerle daño?

Gillian se echó atrás con una mueca de desagrado.

—Dios, no. ¿Por qué me lo pregunta? —Su desconcierto no era fingido.

—Nos han dicho que podía reaccionar con violencia en situaciones de cierta tensión.

—Pues a mí nunca me lo pareció. Ni siquiera cuando me decía que no le hiciera tantas preguntas. —Lo miró expectante, dando el tema por zanjado.

—¿Ha visto últimamente un Mustang plateado aparcado en el camino a la casa de Reuben?

Gillian frunció el ceño.

—No. ¿Por qué?

—¿Y algún otro vehículo desconocido?

—No, solo su furgoneta.

Mason consultó su libreta. No tenía más preguntas y la frustración se apoderó de él.

—Anoche me pareció ver un vehículo plateado aparcado al otro lado de la calle —añadió ella—. Pero han pasado tantos coches por aquí desde… ya sabe. Supuse que formaba parte de la investigación.

La frustración se evaporó.

—¿Un Mustang?

—No estoy segura.

—¿Dónde aparcó?

—Frente a la casa de los Schroeder.

—¿Tiene trato con ellos?

—No mucho. Saludo a Kaden cuando coincidimos fuera… Me refiero al hijo adolescente. Aunque no sé cómo se llama su padre.

Mason no era el único que pensaba que el muchacho de veintidós años parecía mucho más joven.

—¿A qué hora vio el vehículo?

Gillian miró al otro lado de la calle, en dirección a la casa.

—No sé la hora exacta. Sé que estaba oscuro, por lo que imagino que sería ¿en torno a las diez? —Asintió, confirmando sus palabras—. Fue cuando cerré la puerta antes de acostarme. —Miró a Mason a los ojos con incertidumbre—. Ahora compruebo todas las puertas antes de irme a la cama. Y las ventanas. —Bajó la voz—. He rescindido el contrato de alquiler. Ya no puedo vivir aquí.

—No la culpo. —Se levantó y le tendió la mano—. Buena suerte, Gillian.

—Gracias.

Cruzó la calle en dirección a la casa de los Schroeder. Sabía a ciencia cierta que ningún agente involucrado en la investigación había estado en el vecindario a las diez de la noche. El equipo de la policía científica ya había acabado, y Nora tenía un todoterreno negro.

«Debía de ser un amigo de Kaden».

Llamó a la puerta, esperó veinte segundos y pulsó el timbre. Tal vez Kaden estaba jugando a los videojuegos con los auriculares puestos. Jake, su hijo, nunca oía el teléfono cuando estaba enfrascado en una partida.

Pulsó el timbre de nuevo con impaciencia.

Dio dos pasos a un lado para mirar por la ventana y comprobar si lo veía, pero solo descubrió una sala de estar vacía. No había ninguna pantalla a la vista, tampoco ningún jugador. Mason miró la furgoneta roja y vio el pase de aparcamiento de PCC colgado del retrovisor. Era el vehículo de Kaden.

Mason sacó una tarjeta de visita y escribió una nota en el dorso pidiéndole que lo llamara. La introdujo en la rendija de la puerta, que se abrió un par de centímetros. Empujó la puerta para atrapar al vuelo la tarjeta que estaba a punto de caer al suelo y se abrió sin más.

«¿Lo llamo?».

Sin embargo, se sentía como un intruso, por lo que decidió cerrarla. Pero entonces captó un olor que le resultaba familiar.

Sintió un escalofrío y abrió la puerta de golpe.

—¿Kaden?

Oyó algo. Parecía un programa de televisión que sonaba de fondo en una habitación.

Sacó el arma, pero no entró en la casa. Se limitó a gritar el nombre de Kaden. El olor era más fuerte y la casa desprendía calor. La temperatura era más alta dentro que fuera, algo que se debía al sol que se filtraba por los ventanales.

«Pide refuerzos y espera. ¿Y si necesita atención médica?».

Mason hizo una llamada para dar su posición y pedir refuerzos; seguidamente, entró en la casa. Fue pasando por cada una de las habitaciones que estaban cargadas de un calor sofocante. El ruido del televisor cada vez era más intenso y Mason siguió llamando a Kaden, advirtiéndole que había entrado en casa. Al igual que la de Gillian, era idéntica a la de Braswell. Avanzó por el pasillo. Oyó unos gritos que procedían del televisor.

La última puerta estaba entornada y el sonido de la televisión aumentaba a medida que se acercaba. Mason abrió la puerta y se le cayó el alma a los pies.

Kaden estaba sentado en una silla de *gamer* y los personajes del videojuego gritaban desde el monitor que tenía ante sí.

Le habían pegado un tiro en la cabeza.

CAPÍTULO 20

—Tiene que estar relacionado —afirmó Nora en voz baja mientras observaban a la forense que examinaba el cuerpo de Kaden, que seguía en la silla.

—¿Con la casa de enfrente donde ya se ha producido otro asesinato? Es evidente —afirmó Mason.

—Pero ¿por qué? —murmuró Nora.

—Esa es la primera pregunta de mi lista. Bueno…, la primera después de «¿quién es el asesino?».

—Tiene que ser la misma persona.

—Es probable.

—¿El padre no pasó la noche en casa? —preguntó Nora.

—Supongo. Cuando hablé ayer con Kaden me dijo que había salido de viaje. —Mason no quería ni pensar en la posibilidad de que el padre hubiera asesinado a su propio hijo—. No encuentro su número de teléfono por ningún lado.

«Lo primero es descartar a los familiares como sospechosos».

—¿Has hablado con los vecinos? —preguntó Nora.

—He enviado a dos agentes uniformados a llamar a todas las puertas y yo me he encargado de hablar con Gillian Wood, que no ha podido ayudarme a contactar con el padre. Le he dicho que haga las maletas y se vaya a un hotel o a casa de algún familiar. Es probable que no esté segura. Es la única de esta calle que tenía relación con Reuben Braswell, por lo que sabemos.

—Pero no sabemos si Kaden tenía tratos con Reuben —apuntó Nora.

—No, pero hablé con él y fue quien me dijo lo del Mustang plateado.

—¿Crees que te ocultó algo?

Mason observaba el cadáver mientras la doctora Gianna Trask examinaba el brazo para comprobar el *rigor mortis*. El miembro apenas se movió.

—Sospecho que sí. Es muy probable que supiera bastante más de lo que me dijo. —Levantó la voz—. ¿Ya tenemos veredicto, doctora?

—Herida de bala en la cabeza —afirmó Trask lacónicamente, respuesta que obligó a Nora a reprimir una risa.

—¿Y la hora? —insistió Mason.

—Un momento. —Lo miró enarcando una ceja—. No tengo poderes mágicos.

A Mason no se le daba nada bien esperar en aquel tipo de situaciones. La paciencia no era una de sus virtudes.

—¿Detectives? —Un miembro de la policía científica entró en la sala de juegos—. He encontrado algo en el dormitorio y me gustaría que lo vieran.

Mason se puso tenso. Las palabras del policía le recordaron al momento en que le comunicaron que habían encontrado las notas sobre el atentado en el juzgado.

Nora y él siguieron al policía hasta el dormitorio. Mason había deducido que era la habitación de Kaden. Desprendía un olor que le recordaba al de la ropa sucia y sudada de su propio hijo. Olor a adolescente. Había una bolsa de lona verde, con la cremallera abierta, en el suelo junto a la cama.

En el interior había varios fusiles.

Mason resopló y se agachó junto al talego. Lo abrió con la punta del bolígrafo. Se acercó y olió las armas. No las habían disparado en los últimos tiempos.

—Cinco armas largas —dijo el de la científica—. La bolsa estaba bajo la cama, lo cual me ha parecido un lugar extraño para guardarlas.

—Tienes razón. —Cuando alguien tenía tantas armas solía usar una caja fuerte especial o como mínimo un expositor, no las metía en un talego de lona y las escondía bajo la cama.

—No hay munición —afirmó el policía—. Al menos no he encontrado nada. Puede que esté en otra parte.

Mason miró las armas durante un buen rato, dando vueltas a la pregunta que no podía quitarse de la cabeza.

«¿Forman parte del robo de la ATF, como la que encontró Ava?», se preguntó.

—Hazme un favor —pidió Mason—. Asegúrate de enviar los números de serie antes que todo lo demás y pide que me manden los resultados. Diles que quiero saber si están registradas a nombre de Kaden… o de su padre.

Se levantó y estiró la espalda para desentumecerse.

«Este caso está dando más giros imprevistos de los que puedo contar».

—¿Dónde está el móvil de Kaden? —preguntó Nora.

—Lo he visto junto al monitor, en la otra sala —respondió Mason.

Nora enarcó una ceja.

—Creo que debemos contactar con su padre cuanto antes, sobre todo después de encontrar eso —dijo señalando la bolsa.

—Tienes razón —concedió Mason.

Ambos regresaron a la sala de juegos. El teléfono de Kaden seguía donde lo había visto Mason.

La doctora Trask los miró en cuanto entraron.

—A juzgar por la temperatura corporal y la de la habitación, diría que murió entre las nueve de la noche y las dos de la madrugada de hoy.

—Gracias, doctora. —Mason dirigió la mirada al mando que estaba en el regazo del cadáver—. Me pregunto si será posible averiguar a qué hora dejó de utilizar el mando. Sería de gran utilidad.

—Seguro que los del RCFL estarán encantados de darte la respuesta —dijo Nora en referencia al laboratorio forense de informática del FBI de Portland.

Mason cogió un par de guantes y una bolsa de plástico del material de la forense. Se los puso con cuidado y embolsó el teléfono. Agarró la mano derecha de Kaden y acercó el pulgar al botón TOUCH ID. No ocurrió nada.

—Mierda.

—Me parece horrible cuando os veo hacer eso —afirmó la doctora Trask al verlo—. Entiendo el motivo..., pero igualmente me incomoda.

A Mason tampoco le hacía ninguna gracia.

—Tiene otro pulgar —dijo Nora.

El de la mano izquierda funcionó. Mason consultó la lista de contactos hasta llegar a «Papá» y leyó el número en voz alta para que Nora lo marcase. Hizo una pausa antes de pulsar el botón de llamar.

—Creo que deberías ponerte tú. A fin de cuentas, eres quien habló con Kaden, no yo.

Se le hizo un nudo en el estómago, pero Mason dejó el teléfono de Kaden donde lo había encontrado. Iba a ser una llamada muy delicada. Tenía que informar a un padre de la muerte de su hijo y preguntarle por las armas que guardaba en una bolsa de lona. Todo ello en la misma conversación. De repente le pareció que faltaba el aire en la habitación y que aumentaba la temperatura.

—Voy a salir para hacer la llamada —dijo.

—¿Te acompaño? —preguntó Nora.

—Sí, no sé cómo va a salir.

Una vez fuera, Mason recuperó el aliento y vio un listón de madera nuevo en una parte de la verja posterior.

«Ayudó a mi padre a reparar la verja».

Las palabras de Kaden resonaban en su cabeza. Su padre, Tony, tenía una relación lo bastante estrecha con Reuben Braswell como para pedirle ayuda.

Mason intentó despejar la cabeza y se preparó mentalmente, mirando el número de teléfono que Nora había marcado. Un gran peso le oprimía el pecho.

«¿Cómo le digo a un padre que su hijo ha sido asesinado?».

Tocó la pantalla.

—¿Diga? —respondió alguien con voz cauta al cabo de tres segundos.

—Soy Mason Callahan, de la policía del estado de Oregón. ¿Hablo con Tony Schroeder?

Decidió omitir a propósito su rango para no alarmar más de la cuenta a Tony. Bastante se asustaba la gente cuando recibía una llamada de la policía; cuando oían la palabra «inspector» o «agente» pensaban automáticamente en lo peor.

Y, en efecto, en su caso se trataba de lo peor.

—Maldita sea. ¿Qué ha hecho Kaden? ¿Está bien?

—¿Es usted Tony?

—Sí, soy su padre. ¿Lo han detenido?

—¿Se encuentra usted en la ciudad, señor Schroeder?

Tony guardó silencio unos segundos.

—No. Estoy en Bend. He venido a ver a mi hermano.

—¿Y su hermano se encuentra con usted en estos momentos?

—Oh, Dios mío —susurró Tony—. ¿Qué ha pasado?

Mason decidió no andarse con más rodeos.

—Lo siento mucho, señor Schroeder, pero Kaden murió anoche.

Silencio.

—¿Señor Schroeder? —preguntó Mason, preocupado.

Oyó una voz de fondo. Cuando Tony volvió a hablar, apartó el receptor y empleó un tono apagado.

—Es la policía. Le ha pasado algo a Kaden —le dijo a la persona que lo acompañaba con un deje de preocupación.

«Al menos no está solo», pensó Mason.

—¿Señor Schroeder? —preguntó de nuevo—. Lamento mucho tener que comunicárselo de este modo.

—¿Qué ha ocurrido? —preguntó Tony con la voz rota, un tono que le partió el corazón a Mason.

—Kaden falleció por una herida de bala… y el suceso se produjo en su casa.

—¡Oh, Dios! —Tony rompió a llorar—. ¿Le han disparado?

—Lo siento mucho. —Eran palabras vanas, pero no sabía qué más decir.

Miró a Nora, que lo observaba atentamente, mordiéndose el labio y con una mirada de incertidumbre. Intentó darle ánimos con un leve gesto de la cabeza.

—Señor Schroeder, lamento tener que hacerle preguntas en este momento, pero queremos encontrar al culpable —prosiguió Mason.

Tony sollozaba incontroladamente.

—¿Sabe quién podría querer hacer daño a su hijo?

—¡No! ¡No lo sé! ¡Es un muchacho inocente que jamás ha hecho daño a nadie!

Alguien hacía preguntas de fondo. Mason no entendía lo que decía, pero era obvio que esa persona estaba alterada y confundida.

—Han disparado a Kaden —dijo Tony apartándose del teléfono—. Sí, ha muerto. —Se le quebró la voz.

—No vamos a escatimar esfuerzos para encontrar al responsable —afirmó Mason, aunque no sabía si Tony lo estaba escuchando—.

Pero quería preguntarle por las armas que hemos encontrado en su dormitorio.

Se produjo un largo silencio.

—¿Cómo?

—Kaden tenía una bolsa de lona con cinco armas largas bajo la cama.

—Santo cielo. —Tony no daba crédito—. ¿Me está diciendo que tenía fusiles?

—Sí. Tres AR-15 y dos escopetas.

—¿Le dispararon con una de esas? —Apenas podía articular palabra.

—No. No hemos hallado el arma del crimen. ¿Podría confirmarme que ignoraba que escondía esas armas bajo la cama?

—Es la primera noticia que tengo de ellas. ¿De dónde las sacó?

—¿Sabe cuándo volverá usted, señor Schroeder?

—Salgo ahora mismo. —Se oyó una voz de fondo que insistía en llevarlo a Portland.

Mason sintió un pequeño alivio. No quería que el hombre hiciera el trayecto de tres horas a solas.

—Llegaré dentro de pocas horas —afirmó el padre con voz apagada.

Mason le dio sus datos de contacto y le prometió que hablaría con él en cuanto llegara.

Respiró y se pasó la mano por la frente.

—Podría haber ido mucho peor —le dijo a Nora.

—¿No sabía nada? —preguntó su compañera.

—No. Quizá recuerde algo si le damos un poco de margen, pero en estos momentos está destrozado.

—Lo has hecho muy bien —aseguró Nora, con una mirada de sinceridad—. Has mostrado una gran delicadeza.

—Es la peor pesadilla de cualquier padre —afirmó Mason, que volvió la vista hacia la casa, incapaz de mirar a los ojos de su compañera.

«¿Y si algún día recibiera yo esa llamada por Jake?», pensó.

Se estremeció.

Jake era un buen chico. No solía meterse en problemas, pero a veces no tomaba las decisiones más acertadas, como cualquier joven.

«¿Acaso Kaden tomó una mala decisión?».

—¿Agente Callahan? —El técnico que había encontrado las armas se encontraba en el umbral de la puerta posterior de la casa—. He hablado con un agente de la ATF que me ha pedido que consulte el correo.

—¿Ya las han rastreado? —preguntó Mason con un deje de asombro.

—Digamos que sabía a quién tenía que llamar para que le dieran prioridad al asunto —afirmó el técnico como si nada—. Todos sabemos que este es un caso importante y queremos tratarlo con la mayor urgencia.

—Todos los casos son importantes —dijo Nora en voz baja.

Mason abrió la bandeja de entrada y vio que el primer correo era de la agente al mando de la oficina de la ATF de Portland.

Las cinco armas halladas en la habitación de Kaden habían desaparecido durante el robo de la ATF e iban a enviar de inmediato a un agente a casa de los Schroeder.

—Todas forman parte del lote robado —le dijo a Nora.

Su compañera ladeó la cabeza, pensativa.

—¿Qué diablos implica eso?

—Yo también estoy intentando procesarlo.

Nora juntó el dedo índice y el pulgar, contando.

—¿Nuestro francotirador obtuvo el arma de Kaden o sucedió al revés? —se preguntó.

Mason sacó su libreta y anotó: «Comprobar ingresos y reintegros de las cuentas bancarias de Kaden. Buscar sus huellas en casa de Reuben y viceversa».

Nora juntó el pulgar y el corazón.

—¿El asesino de Reuben y de Kaden son la misma persona?

Mason meditó la respuesta.

—En uno de los casos mutiló a su víctima y tuvo una actitud brutal, mientras que en el otro la mató de un solo disparo.

—Están en la misma calle y han muerto asesinados con pocos días de diferencia —señaló Nora—. Aunque los asesinos fueran dos personas distintas, creo que hemos hecho bien en asumir que las muertes están relacionadas.

—La tercera gran pregunta es el vínculo que existía entre Kaden y Reuben —dijo Mason—. ¿Tuvo alguna implicación Kaden con el tiroteo del juzgado? ¿O esperaban que se implicara? Tal vez no cumplió con su parte y decidieron ajusticiarlo.

«Demasiadas preguntas sin respuesta».

Nora reflexionó sobre las posibles opciones.

—El escenario más probable es que supiera algo que no debía sobre el asesinato de Reuben, por eso el asesino decidió acabar con él.

—En el supuesto de que sea la misma persona.

—Me duele la cabeza.

—¿Y si todo es más simple y resulta que le compraron las armas al mismo tipo? —preguntó Mason, regresando al tema de los fusiles.

—¿Me estás diciendo que se da la casualidad de que Kaden tenía armas procedentes del mismo robo y que vivía frente al hombre asesinado por el francotirador de los juzgados? —preguntó Nora con escepticismo.

—Estás dando por sentado que el asesino de los juzgados mató a Reuben Braswell —le recordó Mason—. Yo opino lo mismo, pero aún no está confirmado.

—¡Mierda! Tienes razón. —Nora se volvió y se puso a caminar en círculos—. No puedo seguir aquí. Tenemos que volver al cuartel general del grupo de trabajo.

—Y llenar tres pizarras con nuestras preguntas —añadió Mason, ignorando el hecho de que no era un miembro oficial de ese grupo. Leyó de nuevo el correo de la ATF, intentando recordar algún detalle más sobre el robo de las armas que se había producido en Nevada—. Tengo la sensación de que nos falta algo…, una pieza muy grande del rompecabezas.

—Nos faltan muchas piezas —afirmó Nora, y en ese instante sonó su teléfono—. Hawes —respondió—. Sí, señor. —Le hizo un gesto a Mason para que le diera la libreta y el lápiz—. ¿Algún daño? —Él se lo entregó y ella se apresuró a escribir algo.

Mason intentó descifrar sus garabatos, pero solo entendió «aeropuerto». Y tampoco estaba muy convencido de que fuera la palabra correcta.

Sintió una punzada de dolor en el pecho al pensar en todos los años que se había pasado intentando descifrar los garabatos de Ray.

—¿Dónde la están procesando? —preguntó Nora—. De acuerdo. Gracias, señor. Le pondré al día del asesinato de Kaden Schroeder en cuanto volvamos. —Escuchó en silencio durante unos segundos, alternó varios síes y noes y colgó—. Era el sheriff —le dijo a Mason—. Han encontrado la furgoneta de Reuben Braswell en el aparcamiento del aeropuerto.

—Cómo no —masculló Mason—. A ver cuándo se le empieza a ocurrir a la gente un lugar más original para abandonar un vehículo. ¿Hay imágenes del conductor cuando entró? ¿O del servicio de lanzadera con la terminal?

—Aún están buscando.

—Ahora quiero encontrar el Mustang plateado.

—Dice el sheriff que lo están buscando en todos los aparcamientos. De hecho, había una orden de búsqueda de ambos vehículos.

—Puedes volver al grupo de trabajo. El padre de Kaden no llegará hasta dentro de varias horas —afirmó Mason—. Los de la científica aún tienen para un buen rato, pero ya han acabado con el cuerpo. Lo trasladarán en cuanto la doctora Trask dé el visto bueno.

—Tú te vienes conmigo.

—No formo parte del grupo de trabajo —le recordó.

—Eso es una tontería —replicó Nora—. Hablaré con el sheriff. Sabes más del caso que cualquiera de los demás.

—Yo solo me encargo de la parte de Reuben Braswell… y ahora de Kaden Schroeder.

—Te voy a meter en el grupo de trabajo. Conseguiré la aprobación de nuestro jefe, ya verás. Déjalo en mis manos. Venga, vámonos.

Mason no tenía ninguna duda de que podía conseguirlo. Y no le faltaba razón. No tenía ningún sentido que él tuviera que trabajar en paralelo a la investigación del tiroteo del juzgado.

Nora se encaminó a la casa con paso firme y decidido.

—¿Qué sabemos de Ray?

—Está bien. Jill me ha llamado hoy por la mañana. —Mason consultó la hora cuando pasaron junto a la casa—. Me ha dicho que Ray quiere verme. Pensaba pasarme a verlo después de hablar con Gillian. —Hizo una mueca—. Pero me han entretenido. —Señaló con la cabeza al policía científico que estaba analizando la puerta.

—¿Ray ya habla?

—Sí, le han quitado los sedantes.

—Eso es buena señal.

—Y que lo digas. —Frente a la casa, miró hacia la de Gillian. Todavía había un vehículo en el camino de acceso—. Le dije que se fuera.

—A lo mejor está haciendo las maletas.

«¿Por qué no se habrá ido?», pensó.

De repente lo embargó una sensación de pánico y echó a andar en dirección a la casa de Gillian. Nora lo alcanzó acelerando el paso y lo miró a la cara.

—Seguro que está bien —le dijo.

—No quiero otra sorpresa como la que he encontrado en casa de Kaden —murmuró.

Y justo cuando tomaba el camino de acceso apareció Gillian en la puerta, con una maleta grande.

«Gracias a Dios», pensó Mason.

A Gillian se le ensombreció el rostro al verlos.

—¿Va todo bien? —preguntó, arrastrando la maleta. Los miró a ambos alternativamente.

—Sí —se apresuró a responder Nora antes de que pudiera hacerlo Mason—. Solo hemos venido a comprobar si ya se había ido.

—Me marcho dentro de un minuto… Un momento, ¿creían que me había pasado algo? —Palideció.

—Solo hemos venido a comprobar cómo estaba —insistió Mason, repitiendo las palabras de Nora—. ¿Ha encontrado un sitio para estos días?

—Me quedaré con mi hermana en Seattle —afirmó con recelo. Abrió el maletero del coche y Mason se acercó a ella. Agarró la maleta, que pesaba una tonelada, y la ayudó a meterla en el vehículo—. Gracias.

—Estaremos en contacto —le aseguró Mason.

Gillian asintió con un gesto de tristeza.

No la culpaba. Con lo que había ocurrido en los últimos días, todo el mundo desearía poner tierra de por medio.

—¿Qué opinas de ella? —preguntó Nora mientras ambos observaban a la mujer alejándose calle abajo en su coche.

—Dos de sus vecinos han muerto asesinados. Creo que es lógico que esté alterada.

—Por un momento he pensado que te iba a dar un tirón en la espalda cuando has agarrado la maleta.

—Parecía como si hubiera metido rocas.

Nora resopló.

—¿Listo?

Mason pensó en Kaden Schroeder, sentado en su silla de *gamer*.

«Era demasiado joven».

—Y que lo digas.

CAPÍTULO 21

—No cabe ni un alfiler —le dijo Zander a Ava.

—Y aún te quedas corto.

La ciudad había cedido un parque para la ceremonia en memoria de los agentes fallecidos. En verano solían celebrar conciertos, por lo que ya se disponía de un escenario, y había aparcamiento de sobra. Solo se veían uniformes. Era como si cada departamento del estado hubiera enviado a sus representantes. Y había varias docenas más de fuera del estado.

Zander y ella se encontraban en el perímetro del parque, a la sombra de un árbol. Ava buscaba a Mason con la mirada. Eran más de las nueve de la noche y la temperatura aún era alta en el parque, a pesar de que ya se había puesto el sol. El asfalto del aparcamiento y los cientos de vehículos desprendían un gran calor. Había varias furgonetas de comida que habían conseguido un gran éxito entre los asistentes, pero ninguna tenía una cola más larga que la de los helados.

Ava no tenía hambre. Había perdido el apetito desde que había descubierto que su hermana gemela estaba embarazada. Sus pensamientos oscilaban entre la preocupación por el bebé y por su hermana.

«¿Por qué no me ha dicho nada?», pensó.

Le sorprendía que Jayne no se hubiera dejado ver para presumir de embarazo.

—¿Crees que Brady Shurr lo sabe? —preguntó Zander, revelando que también él se devanaba los sesos intentando entender el rompecabezas que era su hermana.

—Creo que me lo habría dicho —respondió Ava—. Me pareció un tipo abierto. Estaba sinceramente preocupado por Jayne y sé que también lo habría estado por el bebé.

—A lo mejor no es suyo.

Las palabras de Zander fueron una sacudida.

«¿Por qué me sorprende? ¿Acaso le ha sido fiel a alguien en toda su vida?».

—¿Se lo mencionarás cuando le digas que Jayne se alojó en ese motel?

—Ni hablar. No le diré que está embarazada ni que iba con otro hombre —respondió Ava—. Me limitaré a comunicarle que la vimos en el mostrador de recepción y ya está.

Zander guardó silencio.

—No me juzgues —le pidió ella medio en broma.

—Claro que no. Solo intento ponerme en tu piel y en la suya. No puedo ponerme en la de Jayne porque es demasiado irracional. Pero tienes razón. No eres tú quien debe decirle lo del bebé. Es responsabilidad de tu hermana.

Ava perdió el hilo de la conversación cuando reparó en un policía de uniforme.

—¿Es de San Antonio?

—Sí —respondió Zander—. Y también he visto uno de Orlando.

Apretó la mandíbula y frunció los labios. Se le hizo un nudo en el estómago.

—Es increíble.

—Sí. Son buena gente.

Un agente de la policía de Texas se perdió entre la multitud y acto seguido apareció uno de la policía de Portland, agarrado de la mano de una mujer embarazada.

De repente Jayne volvía a monopolizar su pensamiento.

«¿Estará bien el bebé? ¿Estará tomando Jayne los complementos vitamínicos? ¿Va al ginecólogo cuando toca?».

Esas eran algunas de las preguntas que no podía quitarse de la cabeza desde que había visto a su hermana acariciándose el vientre abultado.

«¿No será que estaba fingiendo?».

Ava valoró la opción y rechazó la idea. Jayne había entrado en la habitación de un motel con un hombre. Era difícil fingir un embarazo cuando tenías que quitarte la ropa.

—¡Emily!

El deje feliz de la voz de Zander le arrancó una sonrisa cuando Emily Mills se acercó hasta ellos. En cuanto llegó, abrazó a Zander y le dio un beso. Ava suspiró, preguntándose si sus amigos veían el mismo gesto radiante en Mason cuando se encontraba con ella.

«Sé que es así».

Emily saludó a Ava y a continuación le miró el cuello, para examinar las cicatrices. Ava había recibido un disparo cuando iba sentada de copiloto en el coche de Emily.

—Tienen muy buen aspecto —afirmó Emily, asintiendo—. Cada vez que te veo están más pálidas.

—Así es —concedió Ava.

Emily le caía bien. Era franca y directa y tenía el don de hacer sonreír a Zander. Todo virtudes.

Vio a Mason abriéndose paso entre la multitud. Su sombrero de vaquero le permitía destacar entre los demás.

—Enseguida vuelvo.

Mason la vio antes de que lo alcanzara y le cambió la cara. Sus ojos se tiñeron con una mirada más dulce y aminoró el paso. Ya no parecía un poli duro.

«No tiene nada que envidiar a Zander», pensó Ava.

A medida que se acercaba, ella vio el gesto forzado reflejado en los labios fruncidos y su mirada. No soportaba ese tipo de situaciones. No era por el lugar o la gente, sino por el motivo que los había reunido allí. La rodeó en un fuerte abrazo y suspiró.

—Te he echado de menos.

—Yo también —admitió ella.

Mason se apartó para mirarla a los ojos.

—¿Qué ocurre?

Ava bajó la vista y la fijó en sus botas.

—Tenemos imágenes de Jayne de la cámara de seguridad de un motel. Son de hace una semana. Está embarazada.

Mason guardó silencio y Ava lo miró fijamente. La expresión de Mason la desconcertó, pero parecía de preocupación... por ella.

—¿Estás segura de eso?

Ava hizo una mueca. Mason conocía casi tan bien como ella todos los ardides que había empleado su hermana.

—En un noventa y nueve por ciento.

—¿Dónde está ahora?

—No lo sabemos.

Ava le tomó la mano y regresaron junto a Zander y Emily.

—Vamos a empezar. —El jefe del condado de Clackamas se puso en pie frente al micrófono y la multitud guardó silencio.

—Tengo una sensación de *déjà vu* que no me quito de encima —dijo Mason, observando a la multitud.

Ava le estrechó la mano. Tenía razón. Habían asistido al funeral de su amigo Denny el otoño anterior, pero parecía algo mucho más reciente.

Varios policías subieron al escenario portando grandes fotografías de los agentes asesinados y las dejaron sobre unos caballetes. Ava ya había memorizado sus rostros. Conocía el nombre de cada uno y cuántos hijos tenían. Un leve murmullo recorrió la multitud.

«Bien podríamos estar ante la fotografía de Ray».

Miró a su prometido y lo sorprendió observándola, con los ojos rojos. Mason le soltó la mano, le pasó el brazo por los hombros y Ava apoyó la cabeza en él.

—Me siento fatal por alegrarme de que Ray esté bien —susurró Mason.

—Me ocurre lo mismo.

Ava dirigió la mirada hacia la multitud y vio lágrimas e ira en los rostros. El número de asistentes era un consuelo, pero...

El terror le atenazó los músculos. «Tantos agentes en un mismo sitio...».

Le faltaba el aire y tenía las manos heladas.

—Eh. —Mason le estrechó el hombro—. Sé en qué estás pensando. Tienes que parar —le susurró.

—Están muy expuestos. Todos lo estamos.

—Lo sé. Y todos lo sabíamos cuando decidimos venir, pero hemos tomado la decisión consciente de reunirnos. Hay docenas de policías patrullando el perímetro. No hay ninguna zona elevada alrededor que permita que alguien se atreva a dispararnos.

Ava tenía sus reservas.

«No son solo los agentes que han asistido, sino también sus familias».

Sería un baño de sangre.

Sintió una leve sensación de mareo.

—No puedo quedarme —dijo con un hilo de voz.

«Tengo un ataque de pánico».

La sensación de terror desató sus nervios. Tenía que alejarse. Mason se volvió hacia ella, le rodeó la cara con las manos y la miró muy serio.

—Respira. Lentamente y por la nariz. Inspira, espira.

La mirada de Ava se aferró a sus ojos como si fueran un salvavidas, pero todos los músculos de su cuerpo le suplicaban que se fuera y se llevara a Mason con ella. Que pusiera tierra de por medio entre la muchedumbre y ellos.

—Respira —le ordenó él de nuevo—. Concéntrate en el leve movimiento de tu pecho.

Oyó de fondo la voz de Zander, que le preguntaba si estaba bien. Sin embargo, no podía apartar los ojos de Mason. Siguió inspirando y espirando, concentrándose en el movimiento físico de sus pulmones. En cada respiración contaba hasta cuatro mentalmente. El pánico remitió poco a poco.

—Estoy bien.

—Lo estarás dentro de unos segundos.

De repente se sintió agotada y Mason la abrazó con fuerza. Ava no quiso despegar el rostro de su camisa, que olía a calor y a piel masculina. Era un aroma tranquilizador y reconfortante.

—Lo siento —murmuró ella—. He sido una tonta.

—Te aseguro que no eres la única aquí que ha pasado algo así.

Lo miró. Tenía las sienes perladas de sudor. Hacía calor, pero no era algo sofocante. Lo abrazó de la cintura.

«Se preocupa más por mí que de sí mismo».

Era una roca.

La suya.

—Gracias —le dijo ella.

—De nada.

Capítulo 22

Mason tuvo que hacer un esfuerzo sobrehumano para mantener los ojos abiertos cuando llegó a su calle. Se había ido de la ceremonia antes que Ava, que se había quedado para hablar con Emily, no sin antes prometerle que no tardaría en llegar a casa. Estaba esperando a que pasara un coche para doblar por el camino de acceso a su casa, cuando le llamaron la atención las luces traseras que vio un poco más abajo. El vehículo acababa de ponerse en marcha y las características luces lo despertaron con un sobresalto.

Tres rectángulos verticales a cada lado.

De pequeño envidiaba a la gente que conducía esos coches con las luces tan características.

«Un Mustang».

Decidió pisar el acelerador y dejar atrás su casa.

«No es nada. Una mera coincidencia. Debe de haber docenas de coches iguales en el barrio», se dijo a sí mismo mientras intentaba en vano recordar parte de la matrícula de Shawn Braswell. Marcó el número de Nora.

—¿Qué pasa? —preguntó ella, omitiendo las cortesías de rigor.

—Nada. Necesito el número de matrícula del Mustang de Braswell.

—¿Tienes uno?

—Estoy siguiendo uno que estaba aparcado en mi calle.

—¿Es plateado?

—Es de un color claro, pero me resulta difícil verlo bien en la oscuridad.

—Espera un momento mientras lo compruebo.

El coche dobló a la izquierda y Mason lo siguió. Durante unos segundos se acercó para distinguir la matrícula. Le dijo el número a Nora y dejó que aumentara la distancia entre ambos.

—No coincide —afirmó ella.

Lo embargó una gran decepción. «Lo sabía», pensó.

—Espera —dijo entonces Mason—. El vehículo que vio Ava llevaba unas placas robadas. Mira a ver si encuentras algo con la matrícula que te he dado.

—Un segundo.

El Mustang dobló de nuevo. «Se dirige a la autopista». La entrada estaba a dos giros de allí, pero Mason tenía un presentimiento muy claro.

—Es la matrícula de un Prius —comunicó Nora con un deje de emoción contenida.

—Pues este no es un Prius.

Mason le dio la ubicación del coche y la dirección en que circulaba y le pidió que avisara a los demás agentes mientras él mantenía la comunicación con ella. Podría haber hecho la llamada él mismo, pero quería concentrarse exclusivamente en no perder de vista el vehículo. El Mustang se detuvo en un semáforo en rojo y Mason hizo lo propio. No podía ver al conductor.

«Disimula».

Mason lamentó estar al volante de su gran furgoneta. Tenía un motor de gran cilindrada, pero carecía de agilidad. Mason se asomó a la izquierda para intentar ver el retrovisor lateral del Mustang, pero estaba demasiado oscuro. El semáforo se puso verde y los neumáticos del Mustang chirriaron cuando salió disparado.

—¡Mierda!

Mason pisó el acelerador a fondo. El corazón le latía desbocado.

—¿Qué ha pasado? —preguntó Nora.

—Creo que me he delatado. Se dirige al este, pero a una velocidad que dobla el límite legal.

Por suerte, las calles estaban relativamente vacías a esas horas, pero eso también significaba que el conductor podía ser más temerario.

De repente el fugitivo dio un volantazo a la derecha y la parte trasera del vehículo invadió el carril contrario. Mason le retransmitió lo ocurrido a Nora.

—Como no vaya con cuidado matará a alguien. —Mason tuvo que frenar y agarrar el volante con fuerza para tomar la misma curva.

Las luces traseras del Mustang le llevaban mucha más ventaja de la esperada. De hecho, los faros desaparecieron, pero aún veía la estela plateada del vehículo.

Mason aceleró de nuevo y el motor de su furgoneta rugió desatado.

—Ha apagado los faros. ¿Dónde demonios está el coche patrulla?

—Ya los he avisado… Esta noche están en cuadro debido a la ceremonia.

—Debía de saber que estaríamos todos ahí —murmuró Mason. «¿Qué hacía en mi calle?», pensó, y sintió un escalofrío—. ¡Maldita sea! Llama a Ava. Dile que no entre en casa. Llama a un par de agentes para que comprueben que está todo despejado.

—Voy.

«¿Ha entrado en nuestra casa?». El sistema de seguridad era de alta tecnología. Mason debería haber recibido una notificación en el teléfono si alguien hubiera entrado, pero a pesar de todo sabía que ningún artilugio era infalible.

—Shawn Braswell debe de ser el asesino de su hermano —le dijo a Nora—. Es la única explicación posible. Si no, ¿a santo de qué robaría unas matrículas? ¿Por qué iba a estar en mi calle?

—Y salir huyendo al verte.

Mason iba a más de ciento diez en una zona comercial y aun así no recuperaba terreno con el Mustang.

—Seguro que se dirige a la autopista.

—Está a punto de llegar un coche patrulla.

Mason miró por el retrovisor. Nada.

—¿Has hablado con Ava?

—Le he dejado un mensaje en el buzón de voz. Ahora le envío uno de texto.

En ese instante vio el destello de las luces de freno del Mustang, que dio un volantazo a la izquierda para entrar en una zona de almacenes.

—Quiere atajar por el complejo de distribución Robinson.

Nora transmitió el mensaje al agente de la emisora policial.

Mason frenó, tomó la curva, pero uno de los neumáticos traseros dio contra el bordillo y la furgoneta sufrió una fuerte sacudida. No hizo caso. La necesidad de seguir al Mustang era más imperiosa que la de cuidar su vehículo.

El enorme complejo de almacenes estaba bien iluminado y el Mustang se abrió paso entre dos de ellos con docenas de muelles de carga. Mason le siguió la estela, agradecido de que los negocios hubieran cerrado las persianas a esas horas de la noche. Los neumáticos del Mustang chirriaron al girar al final del largo almacén. Desapareció. Mason contuvo el aliento aproximándose al lugar. No soportaba haberlo perdido de vista.

Dobló en el mismo punto y no vio el coche.

«¿Dónde se ha metido?».

Frente a él se extendía una carretera con una docena de almacenes a cada lado. Podía estar en cualquiera de ellos. Bajó la ventanilla y aguzó el oído.

A lo lejos se oía el rugido del Mustang, pero ¿dónde estaba exactamente?

Mason siguió avanzando, estirando el cuello para mirar a derecha e izquierda entre los almacenes. Algunos de los callejones estaban iluminados, otros no. «Voy demasiado despacio», pensó. En uno de los extremos, a la derecha, vio un muro de hormigón que separaba la propiedad de la autopista.

Dirigió la mirada hacia el callejón oscuro en el mismo instante en que distinguió el destello de unas luces de freno y giró para conducir en paralelo al muro. Dio un volantazo a la derecha y pisó a fondo. La furgoneta dio varias sacudidas al pasar por encima de unas cuantas alcantarillas.

—¡Está en el lado sur del complejo!

—Recibido —dijo Nora.

Cuando estaba a punto de llegar al final, levantó el pie del acelerador para doblar a la izquierda y acto seguido aceleró. Más adelante, el Mustang aparecía y desaparecía a medida que atravesaba diversos tramos iluminados y a oscuras.

Mason respiró hondo sin quitar ojo del coche. El Mustang se acercaba al final del complejo. Estaba a punto de dejar atrás los almacenes de la izquierda y el muro de hormigón de la derecha acababa después del último edificio. El Mustang giró a la izquierda después del último almacén y desapareció de nuevo.

—Esto me suena —afirmó Mason, que giró en el mismo lugar. «Demasiado rápido».

La parte posterior de la furgoneta pareció flotar e intentó girar hacia el otro lado para recuperar el control.

«¿Aceite?».

La furgoneta seguía derrapando y la parte posterior derecha cayó. Un chirrido horrible hizo vibrar su asiento y el volante antes de que el vehículo se detuviera bruscamente. Dio un fuerte latigazo con la cabeza hacia delante, pero el cinturón de seguridad logró retenerlo.

«Mierda».

La parte trasera había caído en una zanja. Frustrado, pisó el acelerador y quemó goma. El vehículo dio varias sacudidas, pero no se movió. Mason golpeó el volante con fuerza.

Más adelante, los faros traseros del Mustang dejaban atrás el complejo.

—¿Mason? —preguntó Nora—. ¿Qué ha pasado?

—He caído en una zanja. Se dirige hacia el oeste por la carretera que hay frente al complejo.

—¿Estás bien?

—Sí, pero la furgoneta no demasiado.

Nora habló por otra línea notificando la dirección que había tomado el Mustang y la situación en que se encontraba Mason.

—He pedido una grúa —le comunicó—. Te llevaré a casa.

—No es necesario. Puedo llamar a Ava. —Bajó de la furgoneta.

Mason examinó el vehículo, metido en la zanja.

«Ava me lo echará en cara durante meses».

Suspiró y aceptó la oferta de Nora, muy a su pesar.

***

Era casi medianoche cuando Ava se apoyó en la puerta del coche, esperando a que los dos agentes acabaran de comprobar el interior de la casa mientras Bingo se desgañitaba ladrando desde el jardín trasero. Sus compañeros habían insistido con vehemencia en que esperase fuera. Cuando se dio cuenta de que sus protestas iban a caer en saco roto, dio el brazo a torcer. Lo importante era que Bingo estaba bien.

Mason había llamado para avisarla de lo que había visto en su calle y explicarle que había acabado con la furgoneta metida en una zanja.

Por un momento Ava pensó en tomarle el pelo por su torpeza, pero el deje de frustración de Mason le hizo cambiar de opinión.

Al cabo de unos instantes, unos faros iluminaron la calle, anunciando la llegada de un vehículo. No tardó en reconocer a Mason y a Nora, que aparcó justo detrás de ella. Mason abrió la puerta de inmediato. Ava corrió a su encuentro y lo abrazó con fuerza.

—¿Seguro que estás bien?

—Seguro. Me he dado un pequeño latigazo en el cuello, pero he estado en peores situaciones.

—¿Crees que era Shawn Braswell?

Él hizo una mueca.

—No he podido ver quién iba al volante. Sé que era un hombre, pero nada más. De todas formas, ¿por qué iba a huir si no era él?

—¿Por que llevaba matrículas robadas?

—Sí, pero ¿cómo podía saber que la persona que iba detrás de él, en una furgoneta, estaba al corriente de las matrículas robadas a menos que la reconociera como el vehículo de un miembro de las fuerzas del orden?

Ava frunció el ceño.

—¿Crees que sabe qué coche tienes?

—Creo que sabe muchas cosas.

Ava se volvió a mirar hacia la casa y notó un nudo en la garganta.

—Mason…, ¿cómo puede saber dónde vives? —preguntó con un hilo de voz.

Él no respondió.

—¿Crees que te han seguido? —intervino Nora.

Ava sintió un arrebato de furia.

—Me parece la conclusión más plausible —afirmó Mason.

Ava se masajeó la nuca para intentar aliviar el dolor que la atenazaba todo el día.

—Debemos comprobar si las cámaras han registrado algo.

—Puedo hacerlo desde el teléfono.

Entonces oyeron las voces de los agentes, que habían salido y charlaban en el porche. Ava se alegró al ver que uno le había puesto la correa a Bingo y lo había sacado. Nora, Mason y ella cruzaron la calle y se reunieron con los policías.

—La casa está despejada —dijo la agente—. También hemos inspeccionado el jardín. —Le rascó las orejas a Bingo—. Se moría de ganas por salir, espero que no les importe que lo haya sacado.

—En absoluto —respondió Ava, agarrando la correa. Se agachó y le dio un abrazo—. Mientras él esté bien, el resto de la casa no me importa.

—A mí sí —terció Mason—. Hemos invertido todos nuestros ahorros en ese pozo sin fondo.

—La cocina es preciosa —dijo el otro agente—. Mi mujer quiere hacer algo parecido en nuestra casa.

—Pues calculad un treinta por ciento más de lo que ya hayáis previsto y pensad que acabará costando un veinte por ciento más —añadió Mason—. ¿No había nada raro dentro?

—No. Todas las puertas estaban cerradas, como nos había dicho la agente McLane. Las ventanas intactas y cerradas también.

Bingo empezó a tirar de la correa para que le dejaran subir las escaleras del porche.

—Siéntate —le ordenó Mason, que seguía hablando con los policías.

El perro se sentó, mirando con sus ojos oscuros a Mason y a Ava alternativamente. Lanzó un largo gemido.

Ava ladeó la cabeza examinando al perro y Mason se detuvo en mitad de una frase para hacer lo propio.

—¿Qué te pasa? —le preguntó a Bingo.

El perro gimió de nuevo y tiró de la correa sin levantarse.

Ava miró a Mason, que levantó un hombro. Ava soltó la correa.

—Venga, vamos —dijo, dando un paso en dirección a las escaleras.

Bingo dio un par de saltos, se detuvo junto a una silla de jardín que había cerca de la puerta y empezó a resoplar como si la estuviera olisqueando.

En uno de los brazos había una bolsa de papel de Starbucks.

—No —le dijo Ava, que cogió la bolsa una fracción de segundo antes de que pudiera hacerlo el animal. Miró la bolsa, convencida de que encontraría los restos de un *scone* o una magdalena.

Era un dedo humano.

—¡Agh! —La miró fijamente y acto seguido la apartó de sí con gesto de aprensión mientras la bilis le trepaba lentamente por la garganta.

—Mason, creo que Bingo ha encontrado el dedo de Reuben que faltaba.

Al cabo de unos minutos, el dedo se encontraba en una bolsa de pruebas y los tres observaban detenidamente el portátil de Mason para ver las imágenes de la cámara.

—Ahí está —dijo Mason con voz queda.

Un hombre con pantalones cortos, gorra y una camiseta subía las escaleras del porche, de dos en dos, fingía que llamaba y dejaba la bolsa de Starbucks en la silla, como quien no quiere la cosa.

La gorra le ocultaba el rostro, pero Ava conocía esos andares y ese físico.

—Es el mismo que dejó la mochila en el contenedor. Sabía perfectamente dónde estaba nuestra cámara. Fijaos en cómo aparta la cara en el momento preciso. El pelo rubio del otro vídeo debía de ser una peluca.

—¿Por qué no ha utilizado el mismo disfraz? ¿O tal vez otro distinto? —preguntó Nora—. En esta ocasión parece que tiene el pelo corto y oscuro. Como Shawn Braswell, ¿no es así?

—No sé si ahora lo lleva corto, pero sí que lo tiene oscuro —afirmó Ava—. Nada apunta a que no sea él.

—Sobre todo porque conducía un Mustang plateado —añadió Mason—. Mañana hablaré con los vecinos, a ver si tenemos suerte y alguien tiene imágenes de su cara. Es una pena que estuviera tan oscuro.

—Me inquieta más que sepa dónde vivís, Mason —confesó Nora.

La detective lucía un gesto inexpresivo, pero Ava adivinó qué rondaba su cabeza.

«¿También sabe dónde vivo?».

—Ten cuidado, Nora —le pidió.

—Siempre soy muy precavida, pero esto es desconcertante. Suerte que he instalado un buen sistema de seguridad en casa.

—Presta especial atención cuando aparques —añadió Mason.

—No me hace ninguna gracia que este caso haya tomado una deriva tan personal —dijo Ava.

—Era personal desde el principio —replicó Mason—. Conocías a la primera víctima.

—No tanto —adujo Ava. Reuben Braswell no encabezaba la lista de contactos útiles—. Pero ahora Shawn ha dejado el dedo de Reuben en nuestra casa, como una declaración de intenciones. ¿Qué quiere decirnos?

Los tres guardaron un momento de silencio.

—No lo sé —respondió Mason, apesadumbrado—. La doctora Trask me dijo que le faltaba un dedo corazón, así que a lo mejor es su forma de mandarnos a tomar por culo. Pero si estuviera en el lugar de Shawn, intentaría no pisar la ciudad y mantenerme bien alejado.

Ava estaba de acuerdo. ¿Por qué seguía en la ciudad Shawn Braswell?

Capítulo 23

A la mañana siguiente, Mason recorrió el pasillo de la oficina y entró en la sala de detectives. Casi no había pegado ojo en toda la noche. Era un caso muy frustrante: cuando creía que estaba a punto de llegar a algún lado, la trama daba un quiebro y vuelta a empezar.

«Alguien estuvo en mi casa», pensó.

¿Había atraído el peligro hasta su misma puerta?

La noche anterior, Ava y él habían permanecido despiertos durante varias horas, fingiendo que dormían. Al final ella concilió el sueño, acompañado de una respiración profunda y pausada. Mason permaneció despierto una hora más, incapaz de aparcar todas las tangentes del caso.

Dejó el sombrero en una silla vacía que tenía junto al escritorio. Por primera vez desde hacía varios días, no sentía una punzada de dolor cada vez que veía la mesa vacía de Ray. Su compañero evolucionaba favorablemente y Jill confiaba en que le dieran el alta al día siguiente, un hecho que le proporcionaba un pequeño alivio. Se sentiría mejor cuando encontrara al que había apretado el gatillo.

Abrió el ordenador y levantó la mirada cuando Nora entró en la sala. Habían quedado en que se verían en la oficina para repasar las últimas pruebas del caso. Tenían que encontrar a Shawn Braswell.

—Buenos días —lo saludó ella, con una mirada apagada, carente del brillo habitual. Parecía más pálida.

«Alguien más no ha dormido bien esta noche».

—Buenos días.

Nora se dejó caer en la silla de Ray. En realidad, la mesa que le habían asignado estaba en otra planta por falta de espacio.

—Con todo el jaleo de ayer se me olvidó decirte que el padre de Kaden Schroeder no apareció por casa.

Mason se quedó inmóvil.

—¿Y cuando lo llamaste?

—Línea desconectada —dijo con una mirada inexpresiva.

—¿Has llamado al mismo número que utilicé ayer?

—Sí. Lo he comprobado tres veces.

Distintas teorías se agolparon en su cabeza.

—¿Qué...? —No salía de su asombro.

—Lo sé. Te aseguro que yo tampoco entiendo los motivos que pueden haberlo llevado a desaparecer. —Se frotó los ojos—. ¿Fue él quien desconectó la línea o le ha pasado algo?

—Si le hubiera ocurrido algo, las llamadas irían al buzón de voz —afirmó Mason.

—Cierto. Lo más probable es que lo hiciera a propósito.

—¿Estaba en Bend de verdad?

—A saber... No he encontrado ningún registro que confirme que Tony Schroeder tuviera un hermano.

—Mierda. —Mason se volvió hacia el ordenador—. Tony parecía abatido cuando le comuniqué que Kaden había muerto. ¿Crees que fingía?

—No podemos estar seguros de que hablaras con su padre —afirmó Nora.

—¿Y si alguien ha matado al padre de Kaden? —murmuró Mason, tecleando en el ordenador—. ¿Y si Kaden y su padre se convirtieron en objetivos del asesino?

—¿Antes o después de tu llamada?

Mason hizo una mueca de frustración. Las preguntas se agolpaban en su cabeza.

—Solo intento tener en cuenta todas las posibilidades.

—Lo sé.

Mason miró la pantalla, donde aparecía el permiso de conducir de Tony Schroeder.

—Cuarenta y tres años, metro ochenta y cinco, ochenta y tres kilos. En esta foto tiene el pelo corto y oscuro.

Nora enarcó las cejas.

—¿Quién más encaja con esa descripción?

—Shawn Braswell.

Mason examinó la foto, intentando ajustar mentalmente la mandíbula a la única parte visible del rostro del hombre de la iglesia y al que había estado en su casa por la noche.

«¿Nos hemos precipitado al pensar que Shawn Braswell era el que aparecía en ambos vídeos?».

—¿Crees que Kaden intentó engañarme con lo del Mustang?

—Shawn Braswell tiene un Mustang plateado. Está confirmado.

—¿Qué coche tiene Tony Schroeder?

—Una Ford F-350 antigua. La Toyota de Kaden también está a nombre del padre.

—Emite una orden...

—Ya lo he hecho para la Ford.

—¿Y el número de teléfono?

—De usar y tirar.

—Cómo no. —La voz de Gillian Wood resonó en la cabeza de Mason al recordar su declaración de que Reuben era usuario habitual de los teléfonos de tarjeta—. ¿Es que la gente ya no confía en nada?

—¿Confiar nuestra información personal a las grandes compañías? No.

—¿Has visto los antecedentes de Tony Schroeder? —Mason examinó la pantalla. Tony había sido detenido en varias ocasiones por allanamiento de morada y hurto de vehículos. Dos sanciones por conducir ebrio. Una agresión. Posesión de un arma robada.

—Sí —admitió Nora—. Todos se produjeron en condados de la zona centro de Oregón. Desde que se mudó a este lado de las Cascadas no había vuelto a meterse en problemas. Pero eso significa que tenemos sus huellas en el archivo.

—Y que podemos compararlas con las que se hallaron en la escena del homicidio de Braswell.

—Tony y Reuben eran vecinos. Tal vez no signifique nada si encontramos las de Tony.

—Depende del lugar. —Mason examinó la acusación de tenencia de arma robada. Era de hacía tres años—. ¿Qué opinas de esto?

—Dijo que había comprado el arma a un amigo… que, mira tú qué casualidad, resulta que se había mudado a México.

Vaya.

—Cuando hablé con él me dijo que no sabía nada de las armas que Kaden tenía en la habitación.

Nora levantó las manos y se encogió de hombros.

—A saber qué más mentiras te contó por teléfono.

—O tal vez se ciñó a la verdad.

—Y hay alguien que no quería que hablara con nosotros.

—¿Sabemos cuándo recibiremos el informe forense de Kaden?

Mason quería todas las respuestas y las quería enseguida.

—Lo tendremos a lo largo de la mañana —respondió Nora.

—Debemos volver a la casa de los Schroeder. Quiero registrarla de nuevo ahora que sabemos que su padre ha desaparecido.

—Lo que empezó como el asesinato de Reuben Braswell se está convirtiendo en un caso inabarcable.

—Cambia a cada hora que pasa —afirmó Mason—. Primero el atentado del juzgado, luego el asesinato de Kaden y ahora el misterio de la desaparición de su padre. —Consultó su libreta—. ¿Sabemos si se ha producido alguna transacción importante en las cuentas de Kaden?

—En los últimos seis meses no ha realizado reintegros de más de sesenta dólares.

—El robo de la ATF se produjo hace un par de meses. —Mason intentó pensar en qué otro método podía haber usado Kaden para comprar las armas—. A lo mejor las cambió por otra cosa. Cuestan más de sesenta dólares.

—Quizá no eran suyas —afirmó Nora.

—Tal vez eran de Reuben… A lo mejor se las robó a él… ¿Pudo entrar en su casa después de que lo mataran y llevarse las armas?

—No creo que tuviera tiempo entre la muerte de Reuben y la llegada de la policía local. Es muy probable que Gillian asustara al asesino cuando llamó a la puerta trasera.

—Tienes razón. —De repente se le ocurrió una idea que le heló el alma—. ¿Consideras que Tony sería capaz de matar a su hijo? —preguntó con temple.

Nora guardó silencio unos segundos.

—No sería la primera vez que lo vemos.

Le vino a la cabeza una imagen de Jake jugando con Bingo. «Yo nunca podría…».

—¿Por dónde quieres empezar? —preguntó Nora.

—Me parece que debemos volver al principio. A la casa de Reuben Braswell. —Mason tenía el presentimiento de que había pasado por alto algo importante—. Luego tenemos que ir a la de los Schroeder. Y pedir al laboratorio que compare las huellas de Tony Schroeder con las halladas en la casa de Reuben.

Nora asintió al tiempo que escribía un correo electrónico en el teléfono.

—¿Cómo lo lleva Ava?

—Así así. No nos vendrán nada mal las dos semanas que pasaremos en Italia de luna de miel.

—Qué envidia. —Nora conocía sus planes de visitar Florencia, Capri y Positano—. Lamento la muerte de su padre.

—Ha sido un verdadero golpe. Le cuesta asimilar la confusión que ha generado. —Mason sabía que Ava aún no se había perdonado por no haber llegado a trabar una relación más estrecha con su padre.

—¿Nos vamos?

Mason se levantó y se caló el sombrero.

***

Ava lanzó un suspiro al ver el mensaje de «Contacto desconocido» en la pantalla del teléfono. Nunca ignoraba las llamadas anónimas, pero no era por falta de ganas. Dejó la taza de café en el fregadero de la cocina y respondió.

—Agente McLane.

—¿Ava?

Se quedó sin respiración.

—¿Jayne? —«Está viva», pensó—. ¿Dónde diablos estás?

—No lo sé —gimió su hermana. La cobertura era muy mala.

Ava dirigió toda su atención a la llamada.

—¿Qué ocurre?

—¡Es horrible! Yo no quería que pasara esto —gimió.

Ava agarró el teléfono con fuerza, como si aquel gesto fuera a mejorar en algo la mala calidad de la llamada.

—¿Dónde estás? —repitió—. ¿Te encuentras bien?

«¿Cuántas veces me he prometido que no me dejaría arrastrar por sus problemas?… Cuelga… Está embarazada».

—No lo sé —dijo entre sollozos—. ¡Me tapó los ojos cuando veníamos hacia aquí y ahora no sé qué hacer!

—¿Quién? ¿Quién te lo ha hecho?

—¡Calla! —dijo Jayne con un susurro forzado.

Se oyó un extraño ruido, como si hubiera metido el teléfono debajo de algo.

La ira la llevó a agarrar el teléfono con todas sus fuerzas. Era todo muy típico de su hermana. Jayne la llamaba por una emergencia horrible, le suplicaba ayuda y al final no era nada.

«Cuelga. En estos momentos no me conviene algo así».

—Ha vuelto —susurró Jayne entre sollozos—. Tengo que irme.

—¿Quién ha vuelto?

«Si no me da una respuesta clara, se acabó».

—Tienes que ayudarme, Ava. —Apenas la oía—. Ha matado a David.

Ava no podía respirar.

«¿Ha dicho…?».

—Y ahora me matará a mí si no hago lo que me pide.

—¿Quién?

Jayne no respondió y Ava miró la pantalla. La llamada se había cortado.

Un escalofrío le recorrió la columna vertebral.

«¿Matará a Jayne? ¿Jayne sabe quién mató a David?», pensó.

Marcó el número de Zander con dedos temblorosos. Tenía que ver otra vez el vídeo del motel de Jayne.

«Ha de ser el hombre de las imágenes de vídeo».

Capítulo 24

Ava observaba atentamente la pantalla. Zander ralentizó las imágenes cuando apareció el hombre. Estaban sentados a la mesa de la cocina, ante el portátil de Zander, que se había plantado en la casa solo quince minutos después de su llamada, con un gesto de honda preocupación.

Su plan original pasaba por volver a la iglesia donde habían encontrado el arma y hablar de nuevo con Pat Arthur, pero la llamada de Jayne los había obligado a cambiar de idea.

—Tenemos que enviar el vídeo al sheriff del condado de Clatsop —dijo Zander sin apartar los ojos de la pantalla—. A lo mejor lo reconocen.

—¿En una imagen de espaldas?

—Al menos hay que intentarlo.

—No han averiguado nada del asesinato de mi padre —dijo Ava—. El agente que lleva el caso me ha enviado varios correos poniéndome al día, y sí, están trabajando a conciencia, pero no han sacado nada en limpio.

—Quizá el vídeo los ayude.

Ava miró la pantalla, que le ofrecía una imagen clara del vientre de su hermana.

—No ha mencionado el embarazo.

—No creo que tuviera tiempo para esos detalles.

—A lo mejor es un vientre postizo y el tipo se lo tragó… Tal vez lo hiciera para ganarse la compasión del recepcionista y conseguir que la dejara pagar en metálico.

—No te falta razón. —Zander reprodujo el vídeo una vez más—. ¿Ha habido suerte con el origen de la llamada?

—El equipo está trabajando en ello. Había mala cobertura, por lo que imagino que estaba en algún lugar aislado.

—Quizá siga en la costa si el tipo en cuestión es el asesino de David.

Ava se quedó helada al recordar un hecho que tenía medio olvidado. Jayne en la costa.

—Quiero ver las imágenes de la cámara de seguridad de la panadería de las que nos habló el sheriff. El vídeo en el que se ve a un hombre agrediendo a una mujer, la mañana en que dispararon a David.

Zander cogió el teléfono.

—Ahora mismo llamo. Aprovecharé para hablarle de nuestro vídeo.

Ava suspiró, se reclinó en la silla y se frotó los ojos. El dependiente de la panadería había declarado que el hombre le había pegado un puñetazo a la mujer, pero que luego se fueron juntos y él la abrazaba a la altura de los hombros.

«¿Sería capaz de soportar algo así Jayne?», pensó.

Lo sería si creyera que su vida corría peligro.

Y en la llamada parecía muy asustada.

«Pero ¿cuántas veces me ha mentido en el pasado?».

Hacía muchos años que Ava había dejado de contar cada vez que la engañaba. A Jayne solo le importaba una persona: ella misma. Era capaz de hacer y decir lo que fuera siempre que pudiese sacar tajada, sin importarle a quién hacía daño. Ava se levantó de la silla, incapaz de soportar la mirada inquisitiva de Zander, y se dirigió al comedor. Necesitaba más espacio. La sala era preciosa. Tenía el suelo y los zócalos de madera, y estaba pintada de un tono azul pálido, casi blanco. Los amplios ventanales permitían que la luz del sol entrara de lleno.

Ava se detuvo frente al cuadro de Jayne y lo examinó, como si pudiera ofrecerle alguna pista del paradero de su hermana. La acuarela mostraba un paisaje costero lóbrego y desolado, pero Ava era incapaz de apartar la mirada. La primera vez que la vio se sintió irremediablemente atraída por su profundidad y color.

Veía fragmentos de Jayne en el cuadro. Y también de sí misma.

«¿Qué tramas, hermanita?», se preguntó.

Cerró los ojos.

El destello seguía ahí; no desaparecía. El maldito destello no se extinguía, por mucho que Ava lo ignorase o sufriera en carne propia las consecuencias de los actos de Jayne. Era un destello que le impedía negarse a concederle el beneficio de la duda. Siempre. Ahí estaba. Siempre.

Era el vínculo especial que existía entre gemelas, entre hermanas o como quisiera llamarlo. Ava no soportaba su propia incapacidad de cortar el cordón que las unía, pero al mismo tiempo apreciaba su tenacidad. Si dejaba de lado a Jayne, ¿quién le quedaría?

¿Brady Shurr?

«¿Debería decirle que he tenido noticias de Jayne?», pensó.

Sin embargo, decidió que era mejor no hacerlo. A Brady no le servía de nada saber que su hermana temía por su propia vida.

Zander seguía en la cocina, al teléfono. Ava no entendía lo que decía, pero supuso que estaba hablando con el sheriff o el agente que llevaba el caso de David.

Sin embargo, ella necesitaba ver el vídeo de la panadería. Sin demora.

«¿Qué hacía Jayne con la persona que había matado a David?».

No se le ocurría ningún motivo que pudiera justificar su decisión.

La muerte de David parecía un homicidio. ¿Por qué? ¿Quién podría querer acabar con él? Ava lo había investigado a fondo el otoño anterior, cuando pasó a formar parte de su vida. Si hubiese tenido algún esqueleto en el armario, habría encontrado alguna pista.

—¿Ava? —la llamó Zander.

Lanzó un último vistazo a la acuarela de Jayne.

«Demasiada agitación», pensó.

Regresó junto a su compañero, que estaba abriendo el correo.

—He hablado con el agente del caso de David y me ha dicho que nos enviará el vídeo de inmediato. Parece que no le ha servido de gran cosa para su investigación, pero le interesa saber nuestra opinión. Yo le he mandado el vídeo del motel y le he dado el nombre con el que se ha movido Jayne últimamente.

Zander abrió un enlace.

Ava miró la pantalla. El vídeo estaba grabado desde un ángulo alto y la cámara enfocaba el porche de la panadería y la acera. Había varias mesas y sillas vacías a un lado. Entonces apareció una pareja que discutía.

«Es ella».

No le cabía ninguna duda.

—Ahí está —afirmó en voz baja Zander, que no tardó en reconocerla.

Ava lamentó que no tuviera sonido. Jayne hacía aspavientos con las manos y los brazos. El hombre tenía la espalda y la mandíbula muy tensas. No estaba nada contento.

—Otra vez la puta gorra —afirmó Zander.

La visera le ocultaba casi todo el rostro debido al ángulo de la cámara. Jayne se volvió y caminó hacia atrás, lo que les permitió tener un plano claro de su rostro. Una suave brisa le ciñó el vestido a la altura del vientre.

—Está embarazada —observó Ava, presa de una extraña sensación de indiferencia. Estaba a punto de tener un sobrino o una sobrina. ¿Por qué no la embargaba la emoción? «Porque no puedo fiarme de Jayne», pensó—. No me creeré que lo está hasta que vea al bebé —le dijo a Zander.

—Tienes razón.

El hombre se detuvo y Jayne también, pero siguió con los aspavientos.

Fue un golpe rápido y Ava se quedó boquiabierta al ver a Jayne arrodillada. No daba crédito a lo ocurrido. Sin embargo, el hombre se agachó junto a ella de inmediato y le agarró las manos para suplicarle. Se las llevó al corazón.

Pronunció unas palabras y Ava no tuvo ninguna dificultad en adivinarlas: «Ha sido sin querer, nena. Un accidente. No volverá a ocurrir».

La ayudó a levantarse, pero Jayne tenía el gesto inexpresivo. Ni rastro del carácter que había mostrado unos segundos antes.

«Sabe que corre peligro».

El hombre la rodeó con un brazo y la atrajo hacia él. Jayne apoyó la cabeza en su hombro y siguieron andando por la acera hasta desaparecer del ángulo de visión.

—Vaya —dijo Zander, asombrado—. Sabía lo que iba a ocurrir, pero aun así el puñetazo me ha pillado por sorpresa. Qué rápido. Hay que ser muy cabrón para pegar a una mujer embarazada.

—Hay que ser un cabrón para pegar a una mujer. Punto.

—*Touché*.

—¿Esto fue antes de que disparasen a David? —preguntó Ava.

—Eso creen. Se marcharon en la dirección correcta para cruzarse con él.

—Jayne jamás dispararía a nadie. —«Creo»—. Jamás dispararía a David —se corrigió—. Lo adoraba.

—No tengo la menor duda de que el cabrón que ha pegado a tu hermana es nuestro asesino.

—Me cuesta creer que estuviera implicada.

—Eso espero yo también —concedió Zander—. Pero tiene un buen historial de decisiones equivocadas en lo que respecta a hombres.

Ava le dio la razón. El currículum amoroso de su hermana demostraba que le gustaban los tipos malos. Como les ocurría a muchas mujeres. Pero los tipos malos de Jayne solían ser criminales violentos o drogadictos desesperados. O ambas cosas.

—Le enviaré un mensaje al agente para comunicarle que la hemos identificado —dijo Zander—. Le he contado lo de la llamada que has recibido y lo que tu hermana había dicho, que sabía quién había matado a David. Algo es algo.

—Es más de lo que tenían —concedió Ava, mirando el teléfono. El corazón le dio un vuelco al ver un correo del oficial al que le había pedido que investigara la llamada de Jayne. Lo abrió de inmediato—. Jayne me llamó de un teléfono de usar y tirar.

—No me sorprende.

—Han rastreado la llamada hasta una antena situada cerca de The Dalles.

«Una zona rural del río Columbia».

—¿Solo una antena? Creía que normalmente pasaban por varias y que elegían la que tuviera una señal más fuerte.

—Según esto, solo se conectó con una.

—Si solo había una antena, significa que estaba en una zona aislada. Seguramente por eso la oías tan mal. No había una opción mejor.

Ava miró fijamente a Zander.

—¿Y ahora qué? —La adrenalina fluía por sus venas y le producía un cosquilleo en los músculos. Tenía que actuar.

—Debemos encontrar a Shawn Braswell. —Un brillo de compasión le iluminó los ojos—. Sé que quieres ir a The Dalles, pero no es nuestra prioridad.

—Jayne dice que sabe quién mató a David.

—Y acabamos de reenviar la información a los investigadores —añadió Zander—. También deberías enviarles el correo que acabas de recibir.

—Lo haré —afirmó con un deje de frustración—. Llamaré a Mercy. Tal vez ella pueda profundizar un poco más.

—Buena idea. —Zander enarcó una ceja—. Delega el asunto —le propuso.

Mercy Kilpatrick era una agente de la oficina del FBI de Bend, a un par de horas al sur de The Dalles. En un mapa parecía que la población estaba más cerca de Portland, pero tanto por su región geográfica como por su comunidad rural, pertenecía a la jurisdicción de la oficina de Bend.

Ava tenía pensado pedirle a Mercy que fuera una de sus damas de honor, pero en esos momentos no era la boda lo que más le preocupaba.

Ava tocó el número de Mercy en la agenda del teléfono y esperó a que respondiera.

Zander tenía razón: debían ponerse manos a la obra.

Jayne no era su problema.

«Tal vez empiece a creérmelo si me lo repito mucho».

***

Mason se detuvo junto a la puerta de la habitación de Ray en el hospital. Su compañero tenía los ojos cerrados y estaba sentado medio incorporado. Reinaba un silencio absoluto. Lo había llamado una hora antes para avisarlo de que iría a visitarlo. Ray le había dicho que Jill y los niños no estarían porque tenían que hacer varios recados.

Estaba bastante demacrado, algo que lo pilló desprevenido. Su compañero siempre había sido un portento físico, pero ahora era una sombra de sí mismo. Su aura de Superman, de hombre invencible, se había desvanecido en la última semana.

«Se recuperará y nos demostrará que todavía es un superhéroe», pensó, a pesar de que en esos momentos estaba más cerca de Clark Kent.

Ray abrió los ojos y una sonrisa le iluminó el rostro. Pulsó un botón del lateral de la cama y levantó un poco más el cabezal. Aquel simple gesto bastó para iluminar la habitación. No necesitaba encontrarse en un perfecto estado físico para proyectar su carisma. Ray era mucho más que su fuerza.

Mason entró en la habitación, sonrió y le dio una palmada en el hombro.

—Tienes buena cara.

—La tendré mejor cuando salga de aquí. Esta tarde promete. Estoy harto de la gelatina verde que me dan.

—La verde es la más buena.

—Te equivocas, la mejor es la de fresa. Y verde no es un sabor porque el sabor es la lima.

Ray volvía a ser el de siempre, lo que le alivió el peso que sentía en el pecho.

—Podrías haber esperado y venir a verme a casa.

—Sabía que hoy por la mañana tenía tiempo. A saber en qué andaré liado por la tarde.

—Tienes razón. —Ray lo miró con interés—. Ponme al día.

Mason vaciló y Ray señaló la silla.

—Siéntate. Habla. Todo el mundo me responde con vaguedades cuando les pregunto por el caso, como si la información fuera a limitar de algún modo el proceso de recuperación. Me muero por conocer los detalles.

Mason se sentó.

—Me han dicho que anoche tuviste un accidente…

—¿Quién ha sido?

Ray se encogió de hombros.

—He oído cosas. ¿Está bien tu furgoneta?

—No volverá a ser la misma, pero puede repararse.

—¿Qué diablos hacías?

Mason le contó lo que sabía del Mustang, las matrículas robadas y la persecución que había conducido a su accidente.

—¿Nadie vio el vehículo después?

—No. Anoche estábamos en cuadro por… —Dejó la frase en el aire.

—Por la ceremonia en memoria de los fallecidos —replicó Ray sin más—. Intenté ir, pero los médicos no me dejaron escaparme ni una hora.

—Bien que hicieron.

—¿Qué tal fue? Jill no se vio con ánimos de asistir y sé que se siente culpable por no haber mostrado su apoyo en público.

—¿No mostrar su apoyo? Se ha reunido con todas las esposas afectadas por el tiroteo. Nadie le echará en cara que no asistiera a la ceremonia.

—Tú y yo lo sabemos, pero no puede evitar el sentimiento de culpa.

—La ceremonia estuvo bien —afirmó Mason, que notó un nudo en la garganta y miró a Ray—. No te imaginas cuánto me alegré de no ver tu fotografía en el escenario.

—Habría sido un bajón.

—Por decirlo finamente. —Mason se miró las manos, aferradas a la barandilla de la cama de Ray. Tenía los dedos blancos de agarrarse tan fuerte—. Aún me dan náuseas cuando pienso en ello.

—Pues olvídalo. Lo pasado, pasado está. Me encuentro bien. Además, ahora tendré varias cicatrices más para presumir —bromeó.

Las imágenes de las heridas ensangrentadas se agolparon en su cabeza y tuvo que apartar la mirada.

—Preferiría no verlas.

—Lo sé —dijo Ray—, pero voy a aprovecharlas para recordar que hay que vivir el momento.

Guardaron silencio durante un buen rato, pero no fue una situación incómoda. Mason no sentía la necesidad de llenarlo con palabras vacías mientras pensaba en lo que acababa de decirle su compañero.

Debía aprender de él. La vida le había ofrecido una segunda oportunidad para ser feliz con Ava. Tenía que vivir el momento.

—He oído que el dedo que faltaba apareció en vuestra casa — afirmó Ray, rompiendo el silencio.

—¿Quién te lo ha dicho?

—Le prometí a mi fuente que no revelaría su nombre. ¿Es verdad?

—Ha aparecido un dedo y supongo que es el de Reuben Braswell. Prefiero no pensar en la posibilidad de que le hayan cortado el dedo a otra persona solo para intimidarme.

—Pero ¿por qué querrían intimidarte? —preguntó Ray—. ¿Por qué te han señalado? Quizá sea por Ava.

—Es cierto —concedió Mason—. Ava conocía a Reuben, pero soy yo quien busca a su asesino, que probablemente fue quien dejó el dedo.

—Hay muchas más personas trabajando en el caso —señaló Ray—. Y lo del dedo me parece algo muy personal. ¿Estás seguro de que nunca habías coincidido con Shawn Braswell?

—No tiene antecedentes. No se había metido en problemas.

—¿Y en tu vida personal?

Mason negó con la cabeza.

—Tengo una edad. ¿Crees que me acuerdo de todas las personas a las que he conocido?

—Vale, eres mayor, pero eso no significa que seas un viejo. Podrías darle un buen repaso a cualquier colega.

—Lo dudo.

—Tal vez no con la fuerza bruta, pero eres rápido, ágil y astuto.

—¿Lo dices en serio? Vaya, gracias. Sin embargo, no recuerdo haberme cruzado jamás con Shawn Braswell. Tal vez me colara un día en la cola del Starbucks y resulta que es uno de esos resentidos que tanto abundan.

Ray meditó en silencio.

—No podemos dar por sentado que fuera Shawn quien conducía el Mustang. Sí, era un vehículo como el suyo, pero con las matrículas robadas. No tenemos la certeza de que fuera él.

Mason se fijó en que Ray había empezado a hablar en primera persona del plural, pero prefirió no corregirlo.

—Sería demasiada coincidencia que hubiera seguido el Mustang de otro, pero no puedo descartarlo, claro.

—¿Y el padre desaparecido…? ¿Cómo se llamaba?

—Tony Schroeder.

—¿Crees que podría haber matado a Reuben?

—Es posible.

—No has descartado que matara a su hijo Kaden, ¿verdad?

—Así es. Gillian Wood dice que vio un coche plateado frente a la casa de los Schroeder la noche antes de que mataran a Kaden. Aunque no podemos saber quién era, la opción de Shawn Braswell es la más probable. —Mason hizo una pausa—. Pero Tony Schroeder tiene antecedentes. Por varios delitos menores.

—¿Crees que era el que te estaba esperando anoche? ¿Lo conocías de antes?

—No, que yo sepa. Ha vivido en la zona central de Oregón durante mucho tiempo, así que lo dudo.

—Hay otra cosa que me preocupa.

—¿La herida de la pierna?

Ray pasó por alto el comentario.

—¿Cómo es posible que alguien supiera que íbamos a reaccionar a la amenaza del juzgado? ¿Y si el agente de la científica no hubiera echado un vistazo a los papeles? ¿Cómo sabía el francotirador que las fuerzas de la ley acudiríamos en masa?

—Es una pregunta que nos preocupa a todos —le aseguró Mason.

—Déjame ver las fotos que tomaste de los papeles que encontramos en casa de Braswell. La que menciona el juzgado.

—Deberías descansar.

—Llevo descansando demasiados días y se me está empezando a atrofiar el cerebro. ¿Has recibido el informe del laboratorio sobre los papeles?

—Sí. Los escribió la misma persona. Y la sangre coincidía con la de la víctima.

—Muéstrame las fotografías.

—Mira que eres pesado.

Mason sacó el teléfono y fue pasando las imágenes. Cuando encontró la que estaba buscando, le dio el aparato a Ray, que lo examinó de cerca.

—¿Qué más decía el informe?

Mason tuvo que esforzarse.

—No había nada más que me llamara la atención. No encontraron huellas. Alguna de las manchas indicaba que el asesino llevaba guantes cuando tocó los documentos. La sangre cubría la tinta, lo que significa que la nota se escribió antes de que el asesino manchara los papeles de sangre.

—Cubría la tinta —murmuró Ray observando las fotos—. ¿Qué nos dice eso?

—No lo sé —respondió Mason—. Reuben la escribió en un momento dado y el asesino la manchó con la sangre de Reuben ese mismo día. Imagino que estaba buscando los planes que tenía Reuben con el juzgado.

—Y los encontró —dijo Ray.

—Pero si ambos colaboraban desde un primer momento para perpetrar el tiroteo del juzgado, ¿por qué mató a su socio y luego siguió adelante con todo? —Mason sintió un subidón de adrenalina. Echaba de menos aquellas sesiones de puesta en común con Ray. Tenían el don de retroalimentarse, de encontrar el punto de vista que siempre se le pasaba por alto al otro.

—Tal vez discutieron.

—Pues menuda bronca debieron de tener.

Ray amplió la fotografía del teléfono de Mason.

—Fíjate en esto.

Mason echó un vistazo. Era la página que contenía las frases sobre el atentado con bomba del juzgado.

—¿Qué pasa? El papel está manchado de sangre y es la misma letra.

—Acabas de decirme que la sangre cubría la tinta, lo que significa que se había escrito antes del homicidio.

—Es lógico. No veo ninguna laguna en esa teoría.

—Sin embargo, la parte referida al juzgado no está manchada de sangre. De hecho, la primera frase sobre el juzgado se salta una línea para no escribir encima de una mancha de sangre. Como sucede con las demás frases relacionadas con el atentado.

Mason lo miró boquiabierto. Ray tenía razón. El autor de la nota había escrito alrededor de la sangre a propósito, como si lo hubiera hecho después de mancharlo. Ninguna de las frases sobre el juzgado y la hora del atentado mostraban manchas. Examinó rápidamente las demás páginas. No había ninguna línea en blanco más, como las referentes al tribunal.

—Creo que las escribieron después de que Gillian llamara a la puerta trasera. El asesino sabía que no disponía de mucho tiempo y que los policías debían de estar a la vuelta de la esquina.

—Pero no fue el asesino quien escribió el documento, sino Reuben. La letra coincide con la del resto de los documentos que había en la habitación.

—Fíjate en lo temblorosas que son las letras de las frases sobre la hora de la detonación de la bomba —señaló Ray—. No sé quién ha hecho el análisis caligráfico, pero para mí está claro que esto es obra de alguien que intentaba imitar la letra del texto que ya estaba escrito.

—A lo mejor no analizaron todas las frases y solo se fijaron en una de cada párrafo. Esta es de la última página, por lo que es posible que examinaran las frases previas —aventuró Mason mientras reflexionaba sobre la teoría de Ray—. ¿Me estás diciendo que, en tu opinión, Reuben escribió el documento, pero que el asesino añadió la parte del juzgado?

—Respondería a nuestra pregunta de cómo era posible que el asesino supiera que habría fuerzas del orden allí ese día —afirmó Ray—. Había dejado la carpeta a plena vista. Cerrada, pero al alcance de cualquiera. Sabía que la sangre que la manchaba nos llamaría la atención de inmediato.

—De acuerdo, imaginemos que el asesino oye a Gillian; sabe que tiene poco tiempo, por lo que se quita los guantes y añade la frase del juzgado a la diatriba delirante de Reuben.

Ray asintió.

—Eso significa que cuando manejó el documento tenía los guantes manchados de sangre.

—Pero siguió adelante… para asegurarse de que reaccionáramos y acudiéramos en tromba al juzgado. —Mason frunció el ceño—. ¿Cuánto tiempo tuvo desde que Gillian llamó a la puerta?

—El suficiente para quitarse los guantes, escribir la frase y largarse.

—Y logró escabullirse sin que Gillian lo viera cuando se dirigió a la puerta delantera.

—Quizá se fue por detrás.

—La puerta corredera estaba cerrada por dentro.

—Vale. Y encontramos todas las ventanas bloqueadas. El aire acondicionado estaba en marcha.

—Tuvo que salir por la puerta principal.

—¿Crees que tenemos que volver a hablar con Gillian para repasar la secuencia de los hechos? —preguntó Ray.

—La llamaré —afirmó Mason—. Tú quédate aquí, cómete tu gelatina verde y demuéstrales que pueden darte el alta hoy mismo.

CAPÍTULO 25

—Agente Kilpatrick. —La voz de Mercy resonó con fuerza.

—Hola, Mercy, soy Ava.

—¡Hola! Me alegro de que hayas llamado. Qué ganas tengo de que llegue la boda.

—Yo también, pero en este caso se trata de un asunto profesional. Más o menos.

—¿Qué necesitas?

Ava le contó la llamada que había recibido de Jayne y la ubicación de la antena telefónica.

—Me dijo que el hombre con el que está había matado a otro hombre en la costa.

—¿Cómo se llama la víctima? —Mercy se puso manos a la obra de inmediato.

—David Dressler.

Se hizo un silencio.

—¿No es el nombre de tu padre? —preguntó Mercy al final.

—Sí. —Ava tragó saliva—. Lo mataron de un disparo anteayer. El sheriff del condado de Clatsop lleva el caso.

—Lo siento mucho, Ava.

—Gracias. Estoy bien. —Ava miró a Zander, que escuchaba con atención con una mirada compasiva.

—Déjame averiguar cuál es la ubicación exacta de esta antena. En principio debería poder delimitar su radio de alcance y determinar las zonas que no se solapan con la señal de otras antenas. Y cabe la posibilidad de que pueda reducirlo solo a un punto en concreto. ¿Me envías una fotografía de tu hermana? La remitiré a los moteles de la zona.

—Te mandaré el vídeo que tenemos de un motel. En él aparece el hombre que la acompaña, pero solo se lo ve por detrás.

—Ava… —Mercy no sabía qué decir.

—¿Sí?

—Me has contado muchas cosas de tu hermana, y tengo la impresión de que no confías demasiado en ella. ¿Es…?

—No confío para nada en ella —la interrumpió Ava—. Ni un pelo.

—Es lo que me imaginaba. ¿Puede ser que te llamara solo para que le prestaras tu atención? —preguntó Mercy con delicadeza.

—Es posible, sí. No quiero que le dediques más tiempo del estrictamente necesario a este asunto porque a lo mejor luego se queda en nada.

—Crees que miente.

Ava no sabía qué responder.

—Sí y no… Quizá.

—Te entiendo. Hablaré con el sheriff y te mantendré al corriente de todas las novedades.

—Una cosa más. —Miró a Zander, hecha un manojo de nervios—. Aún no tengo dama de honor para la boda.

Mercy guardó silencio.

Ava contuvo el aliento.

—¿Me lo estás pidiendo? —preguntó al final Mercy.

—Sí.

—Pero, Ava, debería ser tu hermana.

—Sé que debería ser ella, pero nuestra relación no es… normal.

—Has esperado a pedírmelo hasta el último momento. ¿Esperabas que Jayne diera la cara?

—Se suponía que estaba en Costa Rica. —Ava prefirió no responder a la pregunta de Mercy.

—Vale. Y ahora podría haberse metido en problemas. Mira, te propongo una cosa: si Jayne no puede hacerlo, yo la sustituyo porque ya estaré ahí. Me encantaría ayudarte.

La embargó una gran sensación de alivio.

—Gracias —dijo Ava con sinceridad. La pregunta había supuesto una carga en las últimas semanas.

—¿De qué color quieres que sea el vestido?

—Eso da igual.

—No da igual —replicó Mercy con rotundidad—. Sé que llevas mucho tiempo esperando para casarte. ¿Qué color?

—Negro.

—¿En serio? Estamos en verano.

—Supongo que también podría ser blanco.

—Venga ya, hasta yo sé que las damas de honor no pueden ir de blanco. Pues que sea negro. Ya encontraré algo decente. ¿Es una boda de blanco y negro?

—No, no he elegido un patrón de colores concreto —respondió Ava.

—Conozco a Cheryl, seguro que es cosa suya. No tengo ninguna duda de que ha planeado una ceremonia preciosa.

—Ahora que lo dices… es verdad que me dijo que se ocuparía de las flores.

—Qué ganas tengo de que llegue. Mientras tanto, tomaré algunas capturas del vídeo para enviarlas, a ver si doy con alguna pista sobre el paradero de tu hermana.

—Gracias —dijo Ava, y colgó.

—¿Te sientes mejor? —preguntó Zander.

—Sí, tiene un plan para dar con Jayne.

—Tendrás que decirle a Mason que tu hermana te ha telefoneado.

—Era la siguiente tarea de mi lista, pero tenemos que ir a la iglesia a hablar de nuevo con Pat Arthur. Puedo llamar mientras tú conduces.

Agarró el bolso y siguió a Zander.

Al cabo de unos minutos le contó a Mason la conversación que había tenido con Jayne.

—Entenderás por qué tengo mis reservas y creo que no deberíamos tomárnosla en serio —dijo Mason.

—Sí, lo entiendo. Opino como tú, pero no puedo quedarme de brazos cruzados.

—Has hecho bien en llamar a Mercy. Conoce la zona, a pesar de que está más cerca de Portland que de Bend.

—Fue la primera persona en la que pensé al ver que había telefoneado desde The Dalles.

—Tengo otra llamada —dijo Mason—. Es del laboratorio.

—Ve, ya hablaremos luego.

Ava colgó y miró a Zander, que no apartaba la vista de la carretera.

—Me siento mejor ahora que he hablado con Mercy. No sé por qué he esperado tanto para pedirle que fuera mi dama de honor.

—Sí que lo sabes. Y yo también.

—Mercy me ha dicho que si Jayne no puede hacerlo, aceptará encantada. Ha entendido que yo prefiera que me acompañe mi hermana si es posible.

Ava se imaginó a Jayne junto a ella en uno de los días más importantes de su vida. Embarazada.

—El bebé tiene que ser de Brady Shurr. Teniendo en cuenta el tamaño del vientre, no hace tanto tiempo que ha desaparecido para que sea de otro. —Ava hizo una mueca—. Eso dando por sentado que le fuera fiel a Brady. —Jayne nunca había estado muy familiarizada con el concepto de la fidelidad.

—Y siempre que esté embarazada de verdad —le recordó
Zander.

Sonó el teléfono de Ava. Era Mason, que le devolvía la llamada.

—Qué rapidez.

—Eran los del laboratorio, por la munición usada en el asesinato de Kaden Schroeder. —Le faltaba el aliento.

—¿Estás bien? —le preguntó Ava.

—El técnico de armas encargado de la información balística
ha tenido un presentimiento porque los resultados le parecían muy
familiares. Hace poco procesó las balas de otro asesinato y cuando
las comparó con las de Kaden, descubrió que coincidían.

—Es fantástico. ¿Tienen un sospechoso del otro asesinato? —
Ava se emocionó por él. Al final habrían llegado a la misma conclusión gracias a la base de datos, pero el técnico les había ahorrado
mucho tiempo.

—No hay sospechoso, pero, Ava… —Mason hizo una pausa—.
Las balas con las que las ha comparado son del homicidio de David.
El arma que usaron para disparar a Kaden Schroeder es la misma
que usaron para matar a tu padre.

Ava se quedó blanca.

—¿Qué significa eso? —susurró al teléfono. La cabeza le daba
vueltas.

—Tu hermana acaba de decirte que está con el hombre que
mató a David. Si te ha contado la verdad, o es la misma persona
que asesinó a Kaden o está relacionado con el arma que utilizaron.

—¿Cómo iba a saber Jayne que habían matado a David a menos
que estuviera presente? No se ha publicado en los medios —señaló
Ava, intentando mantener la serenidad—. Debe de estar diciendo
la verdad.

—Tienes que admitir que no podemos estar seguros de eso. Pero lo que está claro es que se trata de la misma arma.

Ava no sabía qué decir.

—La cuestión es si todo esto guarda algún tipo de relación con el homicidio de Reuben Braswell —dijo Mason—. Existen muchas posibilidades de que el asesinato de Reuben esté relacionado con el de Kaden ya que viven en la misma calle.

—¿Me estás diciendo que Jayne podría estar con Shawn Braswell? ¿El hombre al que consideramos sospechoso de llevar a cabo la matanza de policías en el juzgado? —Sintió náuseas—. ¿Que Jayne está relacionada con esas muertes?

«Oh, Jayne, pero ¿qué has hecho?».

Se dio cuenta de que Zander detenía el vehículo en el arcén y que la observaba con preocupación.

—Shawn Braswell es el principal sospechoso del homicidio de Reuben y de los agentes —dijo Mason—. Sospecho que también está implicado en la muerte de Kaden, y ahora eso significa que podría haber matado a David.

Ava no sabía qué pensar.

—¿Y Tony Schroeder? También es sospechoso de la muerte de Kaden, ¿no?

—Sí.

—Podría estar con Jayne y haber disparado a David. —Ava intentaba hallar una explicación lógica a los cuatro sucesos—. Pero las armas encontradas en casa de Kaden forman parte del mismo lote robado que el arma empleada en el tiroteo del juzgado. Da igual cómo lo analicemos: Jayne está vinculada con los asesinatos de los policías. —Ava era incapaz de encontrar una explicación que eximiera a su hermana. A menos que le hubiera mentido sobre el asesinato de David.

—Ava… Tu nombre aparecía en las notas de Reuben sobre la bomba.

—Sí. ¿Y qué quieres decir con eso?

—Pues que Jayne y tú estáis vinculadas de algún modo con el tiroteo del juzgado.

«Tiene razón», pensó.

—¿Por qué? —preguntó sin aliento—. No lo entiendo. Se suponía que Jayne estaba fuera del país. —Insistía una y otra vez en ese hecho, como si fuera una prueba irrefutable que demostraba que no podía estar implicada.

—Está aquí. En algún lugar… —dijo Mason.

—Tengo que ir a The Dalles —afirmó Ava—. Entregaré esta información al grupo de trabajo y pediré que me envíe allí.

Zander carraspeó.

—Que nos envíe allí —rectificó Ava.

—Me llaman otra vez del laboratorio —dijo Mason—. Antes he tenido que cortarles porque quería contarte las novedades.

—Avísame cuando hayas acabado —le pidió Ava. Colgó y permaneció inmóvil, incapaz de apartar la mirada del parabrisas. Aturdida—. Jayne. David. Kaden. Reuben. Shawn —pronunció los nombres en voz alta—. Están todos relacionados —le dijo a Zander.

—Es lo que he deducido.

—¿Cómo es posible? ¿Cómo puede ser que Jayne haya acabado implicada en esto?

—¿Me lo estás preguntando?

En realidad, no.

—Solo pensaba en voz alta.

—Ambos sabemos que Jayne se ha visto envuelta en situaciones demenciales —dijo Zander—. Muchas de ellas ilegales. Si Reuben Braswell era tu confidente y Jayne tiene el don de colarse en cualquier ámbito de tu vida, mi nivel de sorpresa ante la posibilidad de que esté liada con su hermano Shawn se reduce bastante.

—¿Cómo pudo averiguar que era mi confidente?

—Tal vez te siguió a una reunión. O sucedió al revés… Reuben o Shawn se pusieron en contacto con ella.

Ava se quedó sin aliento.

—Reuben… se sentía atraído por mí y se disgustó al ver mi anillo de compromiso. Intentó advertirme que las mujeres pueden sufrir maltrato físico en un matrimonio, pero me aseguró que él nunca me haría algo así.

—Caray. ¿Por qué no me lo dijiste antes?

—¡Porque no era relevante!

—Reuben podía encontrar mucha información sobre ti en internet. Y más aún después de todo lo que ha hecho Jayne. Es posible que descubriera que tenías una hermana gemela y que se pusiera en contacto con ella. Y ahora Jayne ha acabado con su hermano.

—Eso es absurdo. Estamos haciendo muchas suposiciones y llegando a una serie de conclusiones precipitadas.

Por un momento le pareció que el coche daba vueltas.

«Esto no puede ser verdad».

—No estoy diciendo que sea la única teoría lógica, pero no podemos descartarla. —Zander arrancó el coche de nuevo—. Los compañeros del grupo de trabajo se alegrarán al saber que tenemos una posible pista sobre la ubicación de Shawn Braswell. Estoy convencido de que nos enviarán a The Dalles.

Capítulo 26

Zander se equivocaba.

El sheriff no le dio mayor importancia a la llamada de Jayne, una actitud que se vio reforzada cuando un agente preguntó si Jayne era la misma hermana loca que había robado el coche de Ava y lo había estrellado conduciendo borracha.

Ella lo fulminó con la mirada. Le parecía increíble que aquella historia fuera motivo de habladurías entre los compañeros. El agente puso cara de preocupación en lugar de derrumbarse ante la intensa expresión de ira de Ava.

—¿No es la misma que intentó suicidarse? —preguntó.

Zander le puso una mano en el brazo. Su compañera no podía quitar ojo al agente, incapaz de entender por qué no se había volatilizado.

—¿Es cierto? —preguntó el sheriff.

—¿Acaso importa? —replicó Zander con un tono poco habitual en él y que Ava identificó de inmediato como el preámbulo de un estallido de ira—. ¿Es que todo eso descarta la posibilidad de que su hermana esté en peligro? ¿De que la haya retenido un hombre que cometió un asesinato en la costa? Es muy probable que esté hablando de Shawn Braswell.

—Su prueba es una única llamada telefónica realizada desde algún lugar del cañón —insistió el sheriff—. Cree que esta persona mató a David Dressler en la costa anteayer, disparó a Kaden Schroeder ayer y ahora se encuentra en algún lugar del cañón del río Columbia con la hermana de la agente McLane.

—Eso es justamente lo que pienso —asintió Ava—. Al menos el hombre con el que está es el autor del homicidio de la costa. Sabemos que se empleó la misma arma para matar a Kaden Schroeder, aunque existe la posibilidad de que estuviera en posesión de otra persona. Sea como sea, necesitamos destinar a alguien a la zona. Ya he pedido a la oficina del FBI de Bend que nos echen una mano.

El sheriff la miró durante un buen rato y luego se dirigió a Zander:

—Usted encárguese del sheriff del condado de Clatsop. Ayúdeles en todo lo que necesiten para investigar el asesinato de Dressler. Averigüe si Shawn Braswell ha estado en la zona. —Entonces miró a Ava—. Usted vaya a The Dalles. Colabore con sus compañeros allí. Si encuentra alguna pista más sobre su hermana o Braswell, quiero que me lo comunique *ipso facto*.

—Gracias, señor. —Ava se volvió y se encaminó a la puerta antes de que su superior pudiera cambiar de opinión, seguida de Zander.

Le envió un mensaje a Mercy para avisarla de que partía hacia The Dalles.

—Al menos volveré a trabajar con el sheriff Greer —dijo Zander cuando salieron a la calle, al calor del sol matinal.

—Le caes bien —admitió Ava—. Así tendrás que superar menos obstáculos. —Abrió la puerta de su coche—. En cuanto sepa algo, te aviso.

—¿Ya te vas? —preguntó Zander.

—Tengo que pasar por casa y preparar cuatro cosas por si al final he de pasar varios días fuera. En cuanto me ponga en marcha, calculo que me llevará en torno a una hora y media llegar allí. Quiero irme cuanto antes.

El teléfono de Ava vibró. Mercy la avisaba de que ya estaba de camino a The Dalles.

«Fantástico», pensó.

—No corras —le pidió Zander.

—Muy gracioso.

Ava se sentó al volante y cerró la puerta. Desde la llamada de Jayne estaba de los nervios y ahora quería llegar a The Dalles lo antes posible.

«He tomado la decisión correcta», pensó.

Ignoraba cómo, pero lo sabía. Nunca había estado más convencida de algo en toda su vida. Había algo que la atraía irremediablemente hacia el este.

«¿Eres tú, Jayne?».

*　*　*

Mason regresó al departamento de policía y consultó los últimos mensajes que había recibido en su ordenador. Quería leer con detenimiento el informe del técnico de armas de fuego y examinar las fotos en una pantalla decente, en lugar de quedarse medio bizco utilizando el móvil.

Las estrías de las balas halladas en las escenas del asesinato de David Dressler y de Kaden Schroeder coincidían. Los minúsculos surcos eran tan concluyentes como las huellas de una persona.

«¿Por qué estos dos hombres? ¿Qué tenían en común David y Kaden?», pensó.

Mason no había dejado de dar vueltas a ambas preguntas durante el trayecto a la oficina. No comprendía cómo encajaba Jayne en todo aquello, pero lo cierto era que nadie entendía lo que hacía Jayne.

Sus decisiones se regían por el egoísmo, no le cabía duda. Pero ¿qué podía llevarla a abandonar una plácida vida en Costa Rica para volver a Oregón e intentar pasar desapercibida?

«Intenta ocultar algo».

Mason introdujo un lápiz en el sacapuntas eléctrico y examinó la punta afilada sin dejar de dar vueltas a la situación. La llamada de Jayne a Ava suponía todo un enigma. ¿Era real el pánico que había transmitido? ¿O solo quería llamar la atención? ¿Sabía de verdad quién había matado a David? ¿Por qué no le había dado un nombre a Ava?

Afiló otro lápiz a pesar de que ya tenía punta. Todos sus lápices estaban perfectamente afilados. Le gustaban así. No creía que tuviera un TOC, pero, por algún motivo, el mero hecho de ver aquella punta perfecta le infundía una sensación de calma, y el sonido y el olor del sacapuntas lo ayudaban a pensar mejor.

Ray no soportaba el ruido que hacía, pero sabía que Mason estaba concentrado en algo muy importante cuando el aparato empezaba a funcionar. Sin embargo, ese día no encontraba las respuestas que ansiaba. Le faltaban piezas del rompecabezas.

Entonces recordó que quería hablar con Gillian Wood para repasar con ella lo que había hecho la mañana del asesinato de Reuben. Algo había ocurrido que había impedido que el asesino siguiera encarnizándose con el cadáver de Reuben. Y ese algo tenía que ser Gillian. Pero ¿cómo era posible que hubiera huido sin que ella lo viese?

Mason buscó su número entre las notas y lo marcó, con la esperanza de que hubiera llegado sana y salva a casa de su hermana en Seattle. Abrió el archivo de fotos de la escena del crimen. Se centró, en concreto, en las que mostraban el cuerpo de Reuben Braswell en la bañera ensangrentada.

—¿Detective Callahan? —respondió Gillian.

KENDRA ELLIOT

Mason se alegró de comprobar que había guardado su número en la agenda de contactos.

—Sí, Gillian. ¿Está en Seattle?

—¿Va todo bien? —preguntó ella con un tono algo más agudo de lo habitual.

—Sí, todo bien —le aseguró él para calmarla—. Tan solo me gustaría hacerle alguna pregunta más. —Amplió la imagen de las heridas de la mano de Reuben.

«Quien no está bien es Reuben», pensó.

—¡Ah! —exclamó, soltando un bufido—. Estoy en casa de mi hermana.

—Me alegro. El motivo de mi llamada es saber durante cuánto tiempo estuvo llamando a la puerta trasera después de ver la sangre, la mañana del crimen.

Gillian guardó silencio un buen rato.

—¿Por qué?

—Estamos intentando perfilar la secuencia de los hechos que ocurrieron esa mañana —respondió Mason sin alterarse—. La primera vez que hablamos, nos dijo que llamó a Reuben y golpeó la puerta trasera durante unos treinta segundos.

—Eso creo.

—Y luego hizo lo mismo en algunas de las ventanas posteriores.

—Sí, no se veía nada en ninguna porque tenía las persianas bajadas.

—¿Qué hizo después de llamarlo por las ventanas?

—Me dirigí a la puerta de la calle y llamé al timbre.

—De modo que debieron de pasar unos treinta segundos más desde que golpeó las ventanas y se dirigió a la puerta principal.

Gillian hizo una pausa.

—¿No le parece bien?

—No, ningún problema; simplemente necesitamos esclarecer la cronología de los hechos.

Gillian guardó silencio.

—¿Diría que le llevó más de treinta segundos? —preguntó Mason—. ¿Menos?

—No me pareció que tuviera importancia alguna —susurró.

«Mierda. ¿Qué hizo?», pensó el detective.

—¿A qué se refiere? —preguntó Mason con calma.

—Primero volví a mi casa.

Mason cerró los ojos un par de segundos.

—Eso no nos lo dijo —afirmó sin perder la templanza, a pesar de las ganas que sentía de agarrarla y zarandearla—. ¿Por qué fue a su casa?

«Es lógico que no viera huir al asesino».

—Al ver la sangre comprendí que había ocurrido algo grave. Reuben me había dicho que si alguna vez le pasaba algo, debía huir de inmediato.

—¿Huir? ¿Por qué?

—No lo sé. Me lo dijo una noche… Me estaba soltando otro de sus sermones sobre seguridad, pero preferí no preguntarle nada. A menudo no entendía de qué me hablaba.

—Ya, pero ¿en ese momento recordó la advertencia que le había hecho?

—Sí. Esa mañana no me quedé mucho tiempo en casa. Estaba asustada y me puse a dar vueltas, aterrada sobre lo que podía haber ocurrido. Quería dar aviso al 911, pero estaba demasiado nerviosa.

—Aun así, lo hizo.

—Me di cuenta de que debía intentar llamar a la puerta principal. Si estaba herido, quizá podía ayudarlo. Me armé de valor y llamé a la puerta, al timbre. Y luego avisé al 911.

Mason amplió una imagen de los dedos amputados en el baño y después examinó el rostro maltrecho de Reuben.

«¿Hasta cuándo mantuvo la conciencia?», se preguntó.

—¿Cuánto tiempo calcula que permaneció en su casa?

—Sé que me dio tiempo de fumarme un cigarrillo, que me ayudó a calmarme.

«¿Cinco minutos? Tiempo de sobra para que huyera el asesino».

—Debería habérnoslo dicho la primera vez.

—Estaba tan nerviosa que a lo mejor se me olvidó.

Mason lo puso en duda; lo más probable es que tuviera miedo de meterse en algún problema.

Amplió una fotografía del tatuaje de la bandera y de la segunda enmienda que ocupaban casi toda la zona inferior del brazo de Reuben y recordó que Gillian le había dicho que no había querido explicarle qué significaban esos tatuajes.

Para Mason el significado era obvio.

«Tatuajes. Plural».

Mason abrió de inmediato la carpeta del forense y buscó el archivo de las fotografías. Las examinó todas y no vio un segundo tatuaje.

—Gillian, me dijo que le había preguntado a Reuben por sus tatuajes. ¿Cuántos tenía?

—Una cabeza de león en el hombro y una especie de diseño tribal en ambos brazos. Ya sabe… unos de esos con cenefas geométricas.

En las fotografías de Mason no había ni rastro de tatuajes en los hombros.

Sintió un escalofrío.

—¿No tenía un tatuaje de la bandera?

—No. No que yo recuerde.

«Es imposible que haya olvidado un tatuaje que le cubre la mitad del brazo».

—Gracias por responder a mis preguntas. Ahora debo seguir con la investigación —le dijo atropelladamente mientras intentaba calibrar las implicaciones de lo que acababa de descubrir. Y en voz alta, afirmó—: El hombre asesinado no es Reuben Braswell.

«Mierda. La hemos cagado».

Se reclinó en la silla con la mirada fija en el techo mientras repasaba los pasos que habían dado para identificar el cadáver. Reuben no tenía ninguna huella en el archivo.

El rostro de la víctima estaba desfigurado.

Las características físicas coincidían con las del permiso de conducir.

El color del pelo y el de los ojos coincidían. La altura y el peso también, más o menos.

La cartera de Reuben estaba en los pantalones ensangrentados. En su casa.

Aún no habían realizado el examen forense dental porque necesitaban las placas del dentista de Reuben para compararlas.

«Debería haberle pedido a Gillian que lo identificara visualmente. Hemos dado demasiadas cosas por supuesto».

Mason se llevó las manos a la cabeza.

«Esto no puede estar pasando».

—¿Quién coño era el de la bañera?

«Tony Schroeder está desaparecido».

—Hablé con Schroeder por teléfono —murmuró—. No, hablé con alguien que respondió a la llamada.

«¡Mierda!».

Se incorporó bruscamente y buscó el permiso de conducir de Tony Schroeder. Miró la foto del hombre y la comparó con el rostro ensangrentado de la bañera.

No podía descartarlo. Pelo, ojos, altura, peso. Todo coincidía dentro de unos márgenes razonables.

—Mierda.

«¿Dónde puedo ver si tiene un tatuaje de la bandera?», pensó.

Los antecedentes policiales podían mencionar un tatuaje si lo consideraban una marca identificativa, pero hacía años de la última detención. Tal vez se lo había hecho más tarde.

«Facebook», pensó.

Mason sonrió. En casos anteriores, la red social le había ofrecido mucha información. Cruzó los dedos con la esperanza de que Tony tuviera cuenta. Se conectó al sitio y lo encontró de inmediato.

Tony no se había molestado en modificar los ajustes de privacidad. Toda su información era pública. Mason examinó las fotos hasta que encontró una de Tony y otro hombre en bañador. Estaban en un muelle, con un lago azul a su espalda y una cerveza en la mano.

Sin tatuajes.

Era una foto de hacía dos años, de modo que cabía la posibilidad de que el tatuaje fuera más reciente.

—Mierda. Mierda. Mierda.

El otro hombre de la foto debía de ser un hermano o un familiar cercano de Tony. Tenían la misma postura, sonrisa y forma de cara.

«Un hermano».

Se le encendió la bombilla.

«¿Es posible que sea Shawn Braswell?».

Nora ya había consultado la página de Facebook de Shawn para ver si había información reciente sobre su paradero. Le había dicho que la última publicación que podía ver era de hacía un año y que había restringido la configuración de privacidad, limitando la información para el público.

Mason había encontrado la página de Shawn. Las únicas entradas que podía ver eran las públicas, las que había compartido de otras páginas, principalmente de fanáticos de las armas y de los Ford Mustang.

«Encaja».

No había fotos recientes que mostraran los antebrazos, por lo que Mason abrió la página de fotos que mostraba las que había utilizado para el perfil y se fijó de inmediato en una. Shawn estaba sentado en una tumbona, en la playa. Llevaba gafas de sol, estaba bronceado y tenía una enorme nevera. En el antebrazo derecho lucía un tatuaje enorme de la bandera.

Mason amplió la foto y el corazón empezó a martillearle el pecho.

«Ahí está».

Shawn Braswell había muerto. Habían estado buscando a un hombre muerto.

«¿Dónde se encuentra Reuben?».

Agarró el teléfono para llamar a Nora.

Capítulo 27

Ava apenas se fijó en el paisaje mientras avanzaba por el cañón. El río Columbia lo había horadado creando una de las vistas más espectaculares de Oregón. Eran kilómetros y kilómetros de paisajes exuberantes atravesados por un río azul en el que rielaba el cielo. La autopista se abría paso por la ribera sur del río y le ofrecía unas vistas magníficas del estado de Washington.

Sin embargo, Ava no podía dejar de pensar en Jayne. Giros y quiebros, preguntas y miedo.

Casi anhelaba el silencio que había experimentado antes de la reaparición de su hermana.

Casi. Ese silencio era su particular infierno.

De repente el nombre de Mason apareció en la pantalla y la devolvió al presente. Antes de ponerse en marcha le había enviado un mensaje para informarle de las últimas novedades y su nuevo destino.

—Aún no has llegado, ¿verdad? —preguntó Mason.

—No, me quedan unos quince minutos, más o menos.

—No te vas a creer lo que he averiguado.

Ava lo escuchó boquiabierta mientras Mason le contaba lo del tatuaje de Shawn Braswell.

—Reuben está vivo —afirmó ella, y sintió una punzada de miedo en el estómago—. Ahora el tiroteo del juzgado cobra más sentido. Según el manifiesto que encontraste en su casa, tiene toda la lógica. —Le vino a la cabeza el vídeo de la iglesia. Era él—. Y también encaja que fuera él quien lanzó el fusil al contenedor. Su forma de andar y sus movimientos me resultan muy familiares.

—Pero aún no sabemos si trabajó solo.

Ava vaciló al recordar la reacción de Zander a lo que estaba a punto de decirle a Mason.

—Te dije que Reuben había coqueteado conmigo, pero lo cierto es que suavicé un poco su comportamiento. Cuando vio mi anillo de compromiso, se sorprendió. Intentó insinuar que me estaba casando con el hombre equivocado y que él era el hombre ideal para mí.

—¿Y me lo dices ahora?

—Creía que estaba muerto y que ya no importaba.

—Ava…, por lo que acabas de decirme, es muy probable que fuera él quien dejó el dedo en nuestra casa, no Shawn. No era un mensaje dirigido a mí, sino que pretendía intimidarte.

De repente el mundo que la rodeaba desapareció engullido por la oscuridad. Lo único que veía Ava era la carretera.

—Creía que estaba muerto —repitió—. No tenía ni idea…

—Como todos nosotros —afirmó Mason—. Estoy cabreado conmigo mismo por dar por sentado que el cadáver era de Reuben Braswell. Me precipité.

—Yo tampoco me cuestioné nada. Nadie lo hizo —afirmó Ava—. ¿Significa esto que mató a David? ¿Y a Kaden? Oh, Dios…, y ahora está con Jayne.

Apenas lo había visto unos segundos en los vídeos del motel y de la panadería, pero de repente Ava estaba convencida de que era él, como le había ocurrido con el vídeo de la iglesia.

«¿O es mi cabeza, que me obliga a establecer vínculos donde no los hay?».

No podía empezar a hacer suposiciones sin más. Ya habían incurrido en ese error y no podía repetirse la situación.

—¿Crees que podría hacerle daño? —preguntó Mason.

El puñetazo que le dio en la cara a Jayne se reproducía una y otra vez en su cabeza.

—No lo sé.

—¿Por qué está con ella? ¿Crees que es para hacerte daño?

Ava se aferró al volante e intentó convencerse de que debía centrarse en la carretera, a pesar de que su cerebro no paraba de dar vueltas a una docena de variables distintas.

—No sé qué motivos puede tener.

Aquello no era una respuesta.

Reuben era un hombre peligroso. Lo sabía desde el día en que lo conoció, pero nunca había temido que pudiera convertirse en blanco de su ira. A fin de cuentas, era una agente federal y él sabía que no le convenía buscarle las cosquillas.

«¿Acaso me equivoqué?».

La última vez que se vieron, Reuben no había acabado muy contento de la reunión.

«¿He sido la causante de todo esto? Del tiroteo... Del asesinato de David».

—Y una mierda...

—¿Cómo? —preguntó Mason.

—Nada, hablaba conmigo misma.

—¿Estás bien?

—Sí. Lo único que ha cambiado es la posible identidad de nuestro sospechoso. ¿Qué importa que fuera un hermano u otro? —mintió.

«No sabía lo que pensaba Shawn, pero sé cómo piensa Reuben».

Y no era una buena noticia para Jayne.

—Voy hacia ahí —dijo Mason—. El hecho de que nuestro sospechoso haya pasado a ser Reuben Braswell, que podría tener fijación contigo, incrementa las probabilidades de que sea el captor de Jayne.

—De acuerdo.

«Tiene razón», pensó Ava.

—Te llamaré cuando esté a punto de llegar a The Dalles.

—Avisaré a Mercy de que estás en camino.

—Te quiero. Cuídate.

—Yo también te quiero. Y lo mismo digo.

Ava colgó medio aturdida. Todavía no había asimilado que Reuben fuera el principal sospechoso.

«¿Acaso no me lo tomé lo bastante en serio?», se preguntó.

—Solo quería hacerme perder el tiempo —dijo en voz alta.

Era cierto. Había tardado demasiado en decidir que había estado jugando con ella y el FBI, pero jamás se le había pasado por la cabeza que pudiera tener un motivo personal para conocerla. Había dado por sentado que era un salido más que sentía la necesidad de tirarle los tejos. Siempre había estado convencida de que, en el fondo, no significaba nada, porque era un comportamiento muy habitual.

«Pero esta vez sí que significaba algo».

Siempre que Reuben fuera el autor de los asesinatos.

Su instinto le decía que era así, pero no quería cerrarse en banda a otras posibilidades. No quería tropezar dos veces con la misma piedra.

Sonó su teléfono. Era Mercy.

—Ya casi estoy ahí —dijo Ava a modo de saludo.

—Yo ya estoy en The Dalles y acaban de informarme de que hay un hombre que ha tomado a una mujer de rehén a punta de cuchillo.

La embargó una sensación de pánico.

—¿Cómo?

—¿Crees que podría ser él?

Le vino a la cabeza la imagen de Jayne arrodillada.

—Sí, puede tener comportamientos violentos. Y sabemos que Jayne los ha sufrido en carne propia.

—Justo lo que yo pensaba. Aún no tenemos nombres. Según el agente con el que he hablado, están en un parque de caravanas al otro lado del río. Toma el puente de la 197 y lo verás en el lado oeste, no muy lejos. Nos vemos ahí.

—Llego dentro de quince minutos. —Ava pisó el acelerador—. O antes.

***

Al cabo de once minutos, Ava vio el alto puente de armadura. Tomó la salida y se dirigió hacia el norte en dirección a Washington, cruzando el agua azul. El paisaje exuberante de antes daba paso a los tonos marrones tostados por el sol a medida que se aproximaba a The Dalles. Mientras avanzaba por el lado de Washington, los árboles verdes cada vez eran más difíciles de ver. Todo estaba muy seco.

Un minuto más tarde vio unas luces de emergencia a la izquierda. Había media docena de coches de policía en la entrada del parque de caravanas. Enseguida descubrió a Mercy. Su amiga, una mujer alta y de pelo oscuro, vestida con vaqueros y botas, destacaba en aquel lugar lleno de personal uniformado. Llevaba un chaleco antibalas con el logo del FBI por delante y por detrás.

«¿Es su día libre?», se preguntó.

Ava detuvo el vehículo y cogió su chaleco, mientras Mercy se aproximaba acompañada de un agente. En cuanto se reunieron hizo las presentaciones de rigor.

—¿Ya lo han identificado? —preguntó Ava, ciñéndose el chaleco. El corazón le latía con fuerza.

—Aún no —afirmó el agente—. El director del complejo dice que no los conoce, pensaba que habían venido a ver a un amigo.

Nos llamó para denunciar un caso de violencia doméstica, ya que el hombre estaba agrediendo a la mujer. Cuando llegó el primer coche, la amenazaba con un cuchillo en la garganta y gritó a mis hombres para que se fueran.

—¿Dónde están? —preguntó Ava, siguiéndolos hacia el laberinto de vehículos. Una mujer gritó a lo lejos, pero Ava no podía verla.

—Detrás de la segunda caravana —respondió Mercy, señalando un lugar más allá de los coches patrulla—. Lo he visto fugazmente hace unos minutos. Es un tipo alto y de pelo oscuro. A ella no he podido verla.

—También tiene el pelo oscuro —añadió el agente—. Se ha desgañitado poniéndolo de vuelta y media. No creo que le haya hecho daño aún.

Ava no estaba de acuerdo con esta valoración. La mujer había sufrido varias heridas, pero ello no había impedido que siguiera gritando.

«No sé si es la voz de Jayne».

—¿Alguien ha podido establecer comunicación con él? —inquirió Ava, que observaba al grupo de policías preguntándose si estaban entrenados para negociar cuando había rehenes de por medio.

—No. Lo hemos intentado, pero no ha respondido. Hay dos agentes en la parte posterior con armas de cartuchos *bean bag* y pistolas eléctricas.

—Intenten establecer comunicación con él antes de pasar al ataque.

—¿Estás bien? —preguntó Mercy con un hilo de voz—. Pareces agotada.

—Han sido días muy largos. —Ava no quitaba ojo de la segunda caravana—. Mason me ha llamado para darme una información importante.

Le contó a su compañera los detalles que confirmaban que Reuben Braswell no estaba muerto.

—Alguien ha metido la pata hasta el fondo —comentó Mercy.

—Mason se culpa a sí mismo. En cualquier caso, este descubrimiento respalda la teoría de que Reuben Braswell es el hombre que está con Jayne.

Mercy entornó los ojos.

—¿Por qué?

Ava le contó la relación que había tenido con Reuben.

—Menudo imbécil.

—¡Alto, alto! —Se oyeron varios gritos provenientes del grupo de agentes.

El hombre de pelo oscuro había salido de detrás de la caravana y estaba doblado de dolor. Dejó caer un cuchillo al suelo.

«¿Quién le ha disparado?».

Se llevó las manos a la entrepierna entre arcadas.

«No le han disparado, le han dado una patada».

—Eso ha de doler —dijo Mercy, y el agente que tenían al lado se estremeció y apartó la vista.

Apareció una mujer. Tenía la camiseta desgarrada y marcas rojas en las piernas, pero se mantenía erguida, mirando fijamente al hombre tendido en el suelo.

«No es Jayne».

La mujer avanzó y le dio un empujón al hombre.

—Puto imbécil —le gritó.

Seis policías los rodearon de inmediato.

Ava se quedó helada. Por un lado, se alegraba de que la víctima de la agresión no fuera Jayne, pero también sintió un atisbo de decepción.

—No es ella —le susurró a Mercy.

Ava se volvió, presa de la frustración.

«¿Y ahora qué?», pensó.

No le quedaba más remedio que volver al plan original: tenía que empezar a mostrar la foto de Jayne en los moteles de la zona.

«¿Cuánto tiempo nos llevará?».

—Lo siento, Ava —dijo Mercy—. La encontraremos. —Ambas regresaron a sus vehículos—. Vamos a comer algo y a recuperar fuerzas. Conozco un buen restaurante en la zona este de la ciudad. Aprovecharemos para trazar nuestra estrategia.

Ava tuvo que hacer un gran esfuerzo para esbozar una sonrisa. La decepción que acababa de experimentar la había dejado sin hambre.

—Acepto.

Capítulo 28

Ava pagó la cuenta del restaurante. Se la había arrancado a Mercy de las manos cuando la camarera la dejó en la mesa.

—Tenías razón —le confesó a su compañera—. Lo necesitaba.

—La comida es reconfortante.

Se habían dividido entre ambas la lista de los hoteles de la zona. Tenían un fajo de fotografías en las que aparecía Jayne embarazada, tomada de uno de los vídeos, y que incluía también la de su permiso de conducir, el mismo permiso que le habían retirado hacía dos años por circular en estado de embriaguez. Era una fotografía más antigua, pero al menos llevaba el pelo del color habitual. Ava había insinuado la posibilidad de incluir un retrato suyo, pero Mercy le había asegurado que bastaría con el del carné de conducir. Ava no tenía ninguna imagen de su hermana en el móvil.

«¿Cuándo iba a sacarle una foto?», pensó.

Su hermana nunca paraba quieta, iba de un lugar a otro, de novio en novio. No celebraban reuniones familiares en las que todos posaban en las escaleras, ni fiestas de cumpleaños con selfis ridículos y sonrisas de oreja a oreja.

Ava nunca había tenido nada de eso.

Cuando las dos agentes salían del restaurante, sonó el teléfono de Ava, que se detuvo.

—Soy Jayne.

Ava se quedó mirando la pantalla. Era una llamada hecha desde el teléfono de su hermana. El que Ava había buscado en la aplicación de localización varias veces desde que se había enterado de su desaparición. Sin embargo, la aplicación no la había localizado y todas sus llamadas iban al buzón de voz.

Jayne había vuelto a encender el teléfono.

—¿Jayne? —preguntó Ava con el corazón en un puño—. ¿Dónde estás?

—¿Ava? —susurró—. No sé dónde estoy —afirmó con voz trémula.

—Espera un segundo. —Ava puso la llamada en altavoz y abrió la aplicación de localización.

Contuvo el aliento mientras buscaba a su hermana.

La encontró. Estaba a solo diez kilómetros.

Ava le mostró la pantalla a Mercy, que asintió y señaló el coche con un gesto. Ambas echaron a correr.

—¿Estás bien? —preguntó Ava.

—Estoy asustada —susurró Jayne—. Está muy furioso, pero esta vez no es conmigo.

—Voy a buscarte, Jayne. Estoy a muy pocos kilómetros del lugar donde te encuentras. ¿Estás en una casa? —Ava eligió el asiento del acompañante del todoterreno de Mercy, que se puso en marcha levantando una cortina de gravilla.

—Sí, es una casa.

Ava amplió la pantalla. La imagen de satélite solo mostraba árboles en la ubicación de Jayne. «Mierda, ¿se ha equivocado la aplicación?». Tocó la pantalla para darle instrucciones sobre la localización de Jayne.

—¿Puedes salir? —preguntó Ava.

—No, tengo una mano atada a un poste.

«Joder».

—Le está gritando a otro tipo. Creo que le ha dado un golpe.

—Si pudieras salir, ¿hay algún otro edificio cercano en el que pudieras ocultarte?

—No. Aquí solo hay árboles. Es más bien una cabaña.

Era lógico, teniendo en cuenta lo que había visto en el mapa.

—La siguiente a la derecha —le dijo a Mercy—. ¿Quién te ha atado, Jayne?

—Cliff.

«¿Cliff?».

—¿Está ahí Reuben Braswell?

—¿Quién? ¿Te refieres al otro tipo?

«Quizá».

Ahora ya no importaba con quién estaba... Fuera quien fuese, representaba una amenaza.

—Ava, como se entere de que he encontrado mi teléfono y...

—Quiero que cuelgues y llames al 911 —le ordenó Ava—. Te localizarán. Cuéntaselo todo...

—¡No! ¡Nada de policía!

Mercy soltó una palabrota en voz baja y utilizó la pantalla del vehículo para marcar el 911.

—Jayne —insistió Ava con determinación—, estás con un hombre peligroso. Necesitamos a la policía.

—Me matará —replicó con un hilo de voz.

—Hazlo ya. Voy a colgar, Jayne. Yo ya sé cómo llegar al lugar donde te encuentras, por eso necesito que marques el 911 desde tu teléfono ahora. Nosotras también vamos a llamarles. Me aseguraré de que envíen a varias unidades para que sea una operación segura.

La llamada se cortó de golpe.

—¡Mierda!

«¿La habrá encontrado?», pensó Ava.

Incapaz de soltar el aparato, se quedó mirando el lugar que señalaba el icono de Jayne, con la esperanza de que no desapareciera.

Si el icono se desvanecía, significaría que alguien había apagado el teléfono y era más que probable que no fuera Jayne.

Dejó el móvil en el salpicadero con cuidado, escuchando medio ausente la conversación de Mercy con el 911 para informar que alguien armado y muy peligroso había retenido a Jayne como rehén. Sacó la Glock del compartimento especial de su bolsa y se guardó un cargador adicional en el bolsillo de los pantalones.

«¿A qué nos enfrentamos?».

El operador de radio afirmó que un compañero estaba atendiendo la llamada de Jayne y que tenían su ubicación.

«Fantástico».

—Jayne dice que está discutiendo con alguien —advirtió Ava a Mercy y al operador de radio—. Hay otro hombre. Creo que aparte de ellos dos no hay nadie más, pero no puedo confirmarlo. —Miró a Mercy—. También me ha dicho que el hombre que la ha secuestrado se llama Cliff.

—¿Cómo? ¿No es Reuben Braswell?

—No le sonaba el nombre, aunque cabe la posibilidad de que le haya mentido.

—Mierda.

—Sea quien sea, está aterrorizada. Nuestro plan no ha cambiado. —Le ordenó a Mercy que doblara por un desvío y enfilaron una colina—. Supongo que tendremos que dejar el coche antes y hacer el último tramo a pie.

—Esperaremos a que lleguen los refuerzos.

—Sí, pero quiero examinar la zona. Los árboles nos proporcionarán buena cobertura.

—De acuerdo.

Ava examinó el mapa y le dijo a Mercy que se detuviera. Después del primer kilómetro y medio el camino pasaba a ser de tierra, pero estaban a punto de llegar al icono de Jayne. Mercy aparcó a un lado y el icono de Jayne desapareció. Ava contuvo un grito y se quedó sin aliento.

—¡Se ha esfumado!

—¿Qué quieres decir? —preguntó Mercy.

—Que se ha apagado el teléfono, y dudo que lo haya hecho ella. ¡Mierda!

—Pero estamos cerca, ¿no?

—Creo que tenemos que seguir avanzando por esta carretera. —Bajó del todoterreno—. ¿Tienes otro chaleco? —Ava se había olvidado el suyo en su coche.

Mercy palideció.

—No. Ponte el mío.

—Ni hablar, póntelo tú. No hay tiempo para discusiones.

A su pesar, Mercy cedió. Abrió el maletero del todoterreno y sacó el chaleco.

—Ponte mi chaqueta, al menos cuando lleguen los refuerzos sabrán que eres de los nuestros.

Ava se puso el cortavientos y empezó a sudar al instante. Estaban a treinta grados y no soplaba ni una gota de aire.

—Jayne jamás haría algo así por ti —afirmó Mercy.

—Lo sé, pero da igual.

—Estás arriesgando la vida por alguien que siempre te ha despreciado.

—Da igual —repitió Ava.

Sabía que su hermana se preocupaba por ella a su manera, y aunque Mercy tenía razón al afirmar que jamás se molestaría en mover un dedo para ayudarla, para Ava eso no importaba.

«Soy así».

Reinaba un gran silencio y el olor a tierra abrasada por el sol lo impregnaba todo. Mercy comprobó el arma y apretó el paso. Informó al operador de radio de sus movimientos y de su intención de establecer contacto visual con la cabaña.

—Ahí está —susurró Ava.

Entre los árboles asomaba un tejado cubierto de agujas de pino. Mercy abandonó la pista. No era una zona en la que abundaran los abetos de tronco grueso. La mayoría de los árboles eran pinos, demasiado pequeños para ocultarse tras ellos, pero el sotobosque era denso y tupido.

Se detuvieron en seco al oír gritos.

Eran dos hombres. Como había dicho Jayne.

Las dos agentes intercambiaron una mirada de determinación y siguieron aproximándose, con las armas preparadas. Ava lamentaba haber olvidado el chaleco, pero solo tenían intención de mantenerse a una distancia prudencial.

Ya distinguían la cabaña. Había un Dodge Durango junto al Mustang plateado, que tenía las ventanillas tintadas cubiertas por una fina capa de polvo.

«Reuben tiene que estar ahí dentro».

Había dos hombres peleándose entre el Mustang y la cabaña. Era un combate a tumba abierta, a puñetazos y fuertes patadas. Uno de los hombres agarró al otro del cuello y ambos cayeron al suelo, detrás del coche plateado, mientras se insultaban.

Ava y Mercy avanzaron con cuidado entre los árboles para intentar ver lo que estaba ocurriendo, aunque Ava prestaba más atención a la cabaña, en busca de cualquier señal de Jayne.

«¿Dónde estás?».

La pelea había levantado una nube de polvo, y los dos hombres seguían forcejeando por el suelo, lanzándose puñetazos. Uno se levantó y le dio una patada al otro. Ava vio claramente al agresor por encima del capó del coche.

Reuben Braswell.

La puerta del conductor del Mustang estaba abierta y el asiento estaba inclinado sobre el volante, como si alguien acabara de salir del vehículo. Reuben agarró de la cabeza al otro y lo golpeó contra el guardabarros delantero. El hombre gimió, se derrumbó y desapareció detrás del coche. Reuben retrocedió tambaleándose y se volvió hacia la puerta.

«Se va».

Ava dio tres pasos hacia delante, ignorando la advertencia de Mercy para que no se moviera.

—¡No! ¡No voy!

El grito de Jayne llenó el claro y salió del asiento posterior del coche. Ava se detuvo, paralizada ante la súbita irrupción de su hermana.

Jayne tenía las muñecas atadas y un corte cerca del ojo. Solo la veía del pecho para arriba por culpa del coche, pero sus movimientos permitían adivinar que no le habían atado las piernas. Embistió y apartó a un lado a Reuben, que, a pesar de todo, pudo agarrarla tranquilamente de la cintura con un brazo.

—¡Vuelve al coche!

Jayne chilló y se retorció para intentar zafarse. Reuben se inclinó junto al asiento del conductor sin soltarla. Cuando se irguió, Ava vio que tenía una pistola en la otra mano.

«Estaba en el coche».

Ava levantó su arma un centímetro, pero el Mustang se interponía entre ambos y Jayne se movía agitando brazos y piernas.

«No puedo disparar».

Reuben se volvió hacia el morro del vehículo, movió el brazo hacia delante y se oyó un disparo.

El hombre del suelo gritó y una fracción de segundo más tarde resonó el chillido de Jayne. Ava miró a Mercy, que había avanzado tres metros a la izquierda, pero negó con la cabeza. Ninguna de las dos tenía buen ángulo de disparo mientras Reuben tuviera sujeta a Jayne contra su pecho.

Jayne agitó las manos atadas por encima de los hombros para intentar golpear a Reuben en la cara sin dejar de patalear y de gritar.

Él le propinó un golpe en la cabeza con la culata, pero no logró que dejara de forcejear.

Ava se acercó un poco más.

«Tengo que hacer algo».

De repente Jayne dejó caer todo el peso de su cuerpo para intentar desequilibrar a su captor. Reuben se trastabilló, pero la agarró con el otro brazo.

Se oyó otra detonación y el aullido de dolor de Jayne le heló la sangre.

«¡Le ha disparado!».

Reuben la lanzó sobre el asiento trasero y empujó hacia atrás el respaldo del asiento del conductor.

—¡Alto! —gritó Ava—. Agentes federales.

Reuben la miró, se metió en el coche, cerró la puerta y arrancó. Piso el acelerador a fondo y el Mustang salió disparado, levantando una cortina de polvo. Tomó la carretera y se alejó en dirección contraria a la que habían seguido Ava y Mercy.

La ira se apoderó de Ava. Podía intentar disparar a la luna trasera, pero todavía oía los gritos horrorizados de Jayne.

«No puedo disparar».

El rugido del Mustang resonó entre los árboles y el coche desapareció al doblar una curva.

—Vamos —le gritó a Mercy, señalando el todoterreno.

Pero su compañera estaba arrodillada junto al hombre del suelo, tapándole la hemorragia del pecho.

—¡Dame tu chaqueta!

«Tengo que seguir a Jayne», pensó Ava, que se detuvo paralizada, debatiéndose entre subir al todoterreno o hacer caso a Mercy.

—¡Mierda! —Se quitó el cortavientos, hizo una bola, se arrodilló junto a su compañera y la ayudó a taponar la herida.

—Tengo un botiquín en el vehículo.

Mercy se levantó y se alejó corriendo.

Ava apretó con fuerza y el hombre gimió.

«Reuben está huyendo y no sabemos si la herida de Jayne es grave». '

—¡Eh! —Miró a los ojos al hombre dolorido—. Saldrá de esta. ¿Cómo se llama?

—Que te jodan —gruñó e intentó ponerse de lado.

Tenía un orificio de salida en la espalda, cerca del hombro, y sangraba profusamente. Ava lo obligó a ponerse boca arriba.

—Te han disparado, imbécil. No te muevas.

—¡Lo mataré!

«No si te mata él antes».

El cortavientos del FBI no era absorbente y Ava tenía las manos empapadas de sangre. «Date prisa, Mercy», pensó. Creía que la mala hostia y las ganas de pelea del hombre eran buena señal, pero sangraba demasiado.

Oyó sirenas a lo lejos.

«Menos mal».

—¿Cómo te llamas? —preguntó de nuevo.

—Tony —respondió el tipo entre dientes.

«¿Tony Schroeder?».

—¿Eres el padre de Kaden?

El hombre la miró sorprendido y Ava se lo tomó como un sí.

—¿Qué hacías partiéndote la cara con Reuben Braswell?

El tipo cerró los ojos y gruñó.

—Ese hijo de puta…

—¿Mató a tu hijo?

Tony abrió los ojos desconcertado.

—¿Lo sabías? —Se estremeció y dibujó una mueca de crispación.

—Lo sospechábamos. ¿Por qué lo hizo?

—Yo aún no le había pagado su dinero —respondió lentamente, con la voz transida de dolor.

—¿Dinero para qué?

Tony cerró los ojos con fuerza y tuvo convulsiones en las piernas.

—Armas.

Ava recordó el alijo de armas bajo la cama de Kaden.

«¿Reuben mató a un chico porque su padre le debía dinero?».

—¿Cómo lo encontraste?

—Mi cabaña —dijo entre dientes—. Se la había prestado unas cuantas veces y pensé que a lo mejor se había escondido aquí.

El todoterreno de Mercy se detuvo a un par de metros de la cabeza de Tony. Su compañera bajó de un salto, se dirigió al maletero y sacó un gran botiquín. Se arrodilló junto a Ava, apartó el cortavientos y examinó la herida. A pesar de que el orificio no era grande, la hemorragia era considerable, pero no sangraba a borbotones.

—¿Hay orificio de salida? —preguntó.

Ava señaló la zona posterior del hombro. Mercy echó un vistazo rápido.

—Mierda —murmuró—. He llamado al 911. Les he dicho que el Mustang ha huido y he pedido una ambulancia.

Se volvió hacia el botiquín y Ava la observó con atención. Mercy tenía talentos poco habituales en el FBI. Se había criado en una familia preparacionista y había pocas cosas que no supiera hacer. Sus conocimientos de primeros auxilios eran solo un pequeño ejemplo de sus habilidades.

Mercy abrió un paquete plateado y extrajo una jeringuilla que parecía llena de diminutas pastillas.

—Ponlo de costado —le dijo a Ava, y esta obedeció.

Mercy introdujo la punta en el orificio de salida y apretó el émbolo.

Tony gritó.

—¿Qué es eso? —preguntó Ava.

—Esponjas estériles hechas de conchas de crustáceos. Se expanden y coagulan las hemorragias.

—Me suena el tema —dijo Ava.

Mercy taponó la herida con gasas y las fijó con esparadrapo. A continuación, abrió otro paquete e hizo lo mismo con la herida de entrada.

Las sirenas estaban muy cerca. En ese instante dos vehículos frenaron bruscamente. Se detuvieron y sonaron sendos portazos.

—¿El Mustang? —preguntó Ava mientras uno de los agentes se ponía los guantes de vinilo y comprobaba el vendaje que había hecho Mercy. Ava se dejó caer en el suelo para apartarse y no molestar a los compañeros, algo débil por el bajón de adrenalina.

—Hay dos unidades que lo interceptarán en el otro extremo de la carretera.

—Genial.

Empapada en sudor, se secó la frente con el hombro y con el rabillo del ojo, a la izquierda, vio algo que le llamó la atención. Sangre, mucha sangre.

Miró a Tony, intentando comprender cómo había llegado su sangre hasta ahí, a un metro y medio de distancia.

«Es de Jayne».

—Mercy. —Ava señaló la sangre, incapaz de hablar.

Su compañera la miró frunciendo el ceño y se le demudó el rostro.

—Tiene que ser la sangre de Jayne.

—Está embarazada —susurró Ava, que volvió a sentir un subidón de adrenalina.

Mercy le lanzó una mirada de compasión.

—Lo sé. No te preocupes. La encontraremos a tiempo.

«Eso espero».

Capítulo 29

Mason estaba a diez minutos de la salida de The Dalles cuando Ava lo llamó.

—Hemos encontrado a Jayne —le anunció atropelladamente—. Pero Reuben ha huido con ella. Le ha disparado, Mason. Ignoro la gravedad de la herida, pero ha dejado un buen reguero de sangre.

—Frena un poco —le pidió Mason—. ¿Qué ha pasado?

La narración de Ava le desencajó varias veces la mandíbula.

—¿Aún no lo han atrapado?

—Le han perdido el rastro —afirmó ella con rabia—. Lo están buscando todos los agentes del condado de Wasco y yo he tomado la autopista en dirección oeste desde The Dalles. Jayne no estaba bien, Mason. Le había atado las manos y tenía un corte importante en la cara. Me preocupa que las heridas sean graves.

—Lo siento mucho, Ava, seguro que darán con él.

Cruzó los dedos con la esperanza de que Jayne no estuviera tan grave como parecía. No sabía cómo lo superaría Ava si su hermana moría cuando había estado tan cerca de arrebatársela a Reuben.

Ava se culparía a sí misma.

—Reuben mató a Kaden —dijo Ava—. Tony le debía dinero por las armas. Supongo que se refería a las que encontraste.

—¡¿Reuben mató a Kaden por unas cuantas armas?! —exclamó Mason, que estuvo a punto de chocar con otro coche.

—Es horrible, lo sé. Tony me ha dicho que en el pasado le había prestado su cabaña y que decidió comprobar si estaba escondido ahí. Diría que habían sido amigos.

—Pues menuda amistad más retorcida, si implica asesinar al hijo de un amigo por una deuda.

—Tiene que haber algo más. Reuben regresó a la escena original del crimen cuando mató a Kaden. Debía de tener un buen motivo para hacerlo.

—Tal vez Kaden sabía algo del tiroteo del juzgado —afirmó Mason.

—Me parece lo más probable.

El teléfono de Mason sonó.

—Tengo otra llamada. Nos vemos en unos diez minutos.

—Te quiero.

—Yo también te quiero. —Mason cambió a la otra llamada—. Callahan.

—¿Detective Callahan? —susurró una voz femenina.

Mason frunció el ceño.

—Sí, ¿con quién hablo?

—Soy Veronica Lloyd.

Se le aceleró el pulso. Era la hermana de Reuben.

De fondo se oían gemidos y sollozos.

—¿Qué ocurre?

—Reuben no está muerto. —Se le quebró la voz—. Acaba de aparecer en mi casa y tiene una pistola —dijo presa del pánico—. No sé qué va a hacer.

—¡Acabo de dejar atrás su salida! —Mason frenó en la autopista de cuatro carriles a pesar del denso tráfico. Una mediana de hormigón le impedía cambiar de sentido y la siguiente salida era la de The Dalles, a varios kilómetros—. ¿Ha llamado al 911?

—Sí, aquí nos atiende el departamento del sheriff del condado. A veces tardan veinte minutos en llegar —afirmó con voz temblorosa—. Ha traído a una mujer consigo y está herida. Se está desangrando. —Más gemidos.

«Jayne».

—¿Están ahí sus hijas? —Le vino a la cabeza una imagen de las dos niñas.

—Sí, las he encerrado en la sala de juegos y les he ordenado que no abran la puerta. Están aterrorizadas. Reuben cree que están en casa de una amiga.

Más adelante, Mason vio un hueco en la mediana de hormigón, seguramente para que la policía y los servicios de emergencia pudieran cambiar de dirección. Se acercó al arcén y se coló por el hueco, a una velocidad mucho más alta de lo recomendable. Pisó el acelerador a fondo y recibió la sonora pitada de un camión.

—Voy hacia ustedes. ¿Dónde está Reuben?

—Arriba, cogiendo toallas. La mujer sangra mucho. ¡Creo que le ha disparado! —exclamó Veronica en un susurro.

—¿Se encuentra usted en peligro? ¿La ha amenazado? —Mason tenía los nudillos blancos de agarrar el volante con todas sus fuerzas.

—No lo sé. Me ha dicho que necesita mi furgoneta, pero antes quiere detener la hemorragia.

—¿La mujer también está en su casa?

—En el suelo de la cocina. Le estoy aplicando presión en el muslo. Tiene muy mal aspecto. Hay sangre por todas partes —exclamó Veronica—. ¿Estás embarazada? —le preguntó con un deje de sorpresa.

Mason no oyó la respuesta de Jayne. Tomó la salida de Mosier y dio las gracias de que no hubiera semáforo ni una señal de stop.

«Jayne debe de estar muy grave», pensó.

—¡Ya vuelve!

Veronica colgó, pero Mason se encontraba a medio kilómetro de la casa. Al cabo de unos interminables segundos, circuló más despacio frente al edificio. Había una furgoneta de color burdeos en el lado derecho. Cuando pasó de largo, vio la parte trasera del Mustang detrás de la casa. Estaba aparcado en la hierba.

«Reuben sigue ahí».

Mason dio media vuelta y estacionó en la acera de enfrente. Envió un mensaje de texto a Ava para ponerla al corriente de las últimas novedades y darle la dirección de Veronica. Tomó una fotografía de la casa y se la mandó.

Su prometida respondió con tres letras.

VOY

Si ya estaba en la autopista, podía llegar antes que los agentes del condado de Wasco.

«¿Cuánto tiempo podrá esperar Jayne?».

—¡A la mierda!

Salió del vehículo, cruzó la calle corriendo y se agachó detrás de un gran arbusto de rododendro que había al otro lado de la cerca blanca. Jayne estaba en la cocina, por lo que Reuben debía de estar ahí también. Hizo memoria para recordar la distribución de la casa. La cocina estaba en la parte posterior y tenía unos ventanales con vistas al jardín.

«Espera a los refuerzos», pensó.

Comprobó el arma.

—¿Y si se está desangrando? —murmuró.

No se oían sirenas, lo que significaba que los refuerzos podían tardar varios minutos, y si algo jugaba en su contra era el tiempo. De modo que estaba solo.

Agazapado, siguió la cerca blanca para aproximarse un poco más a la casa. Salvó la valla con torpeza y se clavó uno de los listones puntiagudos en el muslo. Se dirigió a la pared oeste, con la cabeza agachada, evitando las pocas ventanas que había. Supuso que eran dormitorios, porque la cocina y la sala de estar se encontraban en el otro extremo, pero prefirió no correr riesgos innecesarios. Su objetivo era la parte trasera de la casa, donde esperaba encontrar un escondite desde el que observar la cocina.

Un poco más adelante había tres escalones de hormigón que conducían a una puerta que tenía media ventana.

Ignoraba qué había al otro lado de la puerta. ¿El cuarto de la plancha? ¿Una salita? Se detuvo de espaldas a la fachada mientras sopesaba la mejor opción para evitar que lo vieran por la ventana de la puerta. Mientras pensaba, la puerta se entreabrió unos centímetros y Mason contuvo el aliento, sintiendo el corazón en un puño.

—¡No salgas! —dijo una niña desde dentro.

La puerta se cerró de golpe y las niñas se pusieron a discutir.

«Son las hijas. Veronica las ha escondido en el cuarto de juegos».

Mason se guardó el arma y se quitó la placa.

«¿Confiarán en mí?».

Tenía que intentarlo. Se arrastró hacia la puerta, llamó con suavidad y mostró la placa por la ventana, sin dejar que le vieran la cara. Las voces callaron.

—Soy policía —dijo en voz baja, pegando la boca a la puerta—. Sé que hay un hombre malo en vuestra casa y he venido a salvaros. He hablado con vuestra madre por teléfono.

Las pequeñas cerraron con llave por dentro.

«Muy listas, pero tal vez no sea la mejor opción en este momento».

—Hace dos días hablé con vuestro padre en el jardín cuando llegasteis a casa. Tenía un sombrero de vaquero blanco en las manos. —Cruzó los dedos con la esperanza de que eso bastara para activarles el recuerdo—. Ahora voy a enseñaros la cara, ¿vale?

Sin apartar la placa de la ventana, levantó la cabeza y las miró a través del cristal. La sala de juegos era pequeña y las niñas estaban escondidas detrás de una cocina de juguete, observando la ventana. La mayor frunció el ceño. Mason calculó que debía de tener ocho años, y la pequeña, unos seis.

Se oyeron unos gritos débiles en el interior de la casa.

La pequeña se tapó las orejas con las manos.

—Podéis confiar en mí. —«Justo lo que diría cualquier abusador a unas niñas»—. ¿No os acordáis de haberme visto?

La mayor asintió, mirándolo con cautela.

—Vale. Tengo que llevaros a un lugar seguro. ¿Hay alguna amiga que viva aquí cerca?

La mayor le susurró algo a la pequeña, que negó con la cabeza. La primera señaló a Mason y volvió a decirle algo a su hermana menor, que le lanzó una mirada de cautela.

Parecía que al menos había convencido a una.

«Venga».

La mayor se puso en pie, sacó a la pequeña de su escondite tras la cocina y se acercó a la puerta.

«Menos mal».

Se accionó la cerradura y Mason se apartó para darles espacio. La mayor salió y lo miró con recelo.

—¿Cómo sabemos que es policía? Las placas pueden ser falsas.

—Tienes razón.

—No lleva uniforme.

—Soy detective y nosotros no llevamos uniforme. —Ya no sabía qué más decirle para convencerla—. Hace unos minutos he hablado por teléfono con vuestra madre. Me ha dicho que os había pedido que os encerrarais en la sala de juegos.

La pequeña apartó a su hermana y lo miró a los ojos.

—¿Qué está pasando? ¿Le va a hacer daño a mamá? —preguntó, aterrada.

Mason le tendió una mano.

—Espero que no. Voy a parar a ese hombre, pero antes tengo que acompañaros a un lugar seguro. Vamos. —Contuvo el aliento.

La pequeña le tomó la mano y bajó los escalones. La mayor dudó.

—Necesito que me acompañes a casa de algún vecino que conozcáis —le dijo.

La niña vaciló unos instantes, pero al final cerró la puerta y bajó, aunque no le agarró la otra mano, sino que lo hizo con su hermana.

—Vámonos —dijo Mason con gran alivio.

Las niñas lo guiaron hasta una puerta que pasaba del todo desapercibida en la cerca y los tres salieron a la carretera.

—¿Qué casa es? —les preguntó.

—Madeline vive ahí. —La mayor señaló una casa que había al otro lado de la acera, un poco más allá. Había una berlina aparcada en el camino de acceso.

Los tres se dirigieron hacia allí.

«Tengo que volver con Jayne», pensó Mason.

—Cuando estéis dentro, decidles que la policía está en vuestra casa, pero que no se acerque nadie, ¿vale? Pedidle a la madre de Madeline que llame otra vez al 911. Pero no volváis a vuestra casa, ¿entendido? —Les dirigió su mirada más autoritaria—. Volveré a buscaros cuando no haya peligro.

Las niñas asintieron y Mason las observó con impaciencia desde la carretera. Llamaron al timbre y se abrió la puerta. Una mujer sonrió a las niñas, que entraron corriendo en la casa. Esperaba que la madre comprendiera de inmediato la gravedad de la situación.

Ahora tenía que salvar a Jayne y a Veronica.

Capítulo 30

Ava terminó de hablar con el 911 y pisó el acelerador en dirección a Mosier.

El operador ya sabía que Reuben Braswell estaba en casa de su hermana y que había varias unidades del sheriff en la escena. Ava había intentado telefonear a Mason, pero le había saltado el buzón de voz.

«¿Lo tiene en silencio? ¿O es que no puede responder?».

Rezó para que fuera lo primero y tomó la salida de Mosier. Cuando cruzó la autopista vio varias unidades de la policía del condado detrás de ella.

Habían pasado diez minutos desde que había hablado con Mason. Y en ese tiempo podían ocurrir muchas cosas.

Tomó la calle donde vivía Veronica Lloyd. A unos cien metros, varios coches patrulla del condado de Wasco cortaban la calle.

«Muy bien. ¿Dónde está Mason?».

Ava detuvo el vehículo y lo buscó con la mirada. Se puso el chaleco antibalas y se dio cuenta de que las manos le apestaban a lejía de las toallitas Clorox que había usado para limpiarse la sangre de Tony Schroeder.

El coche de Mason estaba dentro de la zona cortada, pero no había ni rastro de él.

Miró el teléfono. Nada.

—Mierda. —Se acercó a los agentes que estaban detrás de los coches y reconoció a un detective y a un sargento que habían acudido al incidente con Braswell una hora antes—. ¿Habéis visto al detective Callahan?

Ambos se miraron.

—De la policía del estado de Oregón. Botas de vaquero. Ese es su coche —dijo, y señaló el vehículo.

—No hemos visto a nadie más —afirmó el sargento frunciendo el ceño—. ¿Qué hace aquí?

—Lo ha llamado la dueña de la casa, que es la hermana de Reuben Braswell. El detective Callahan era el encargado de la investigación en Portland.

—Nos han dicho que Braswell está dentro con una rehén que ha resultado herida en el tiroteo de The Dalles —respondió el sargento.

—Eso creo. ¿Quién es el negociador de rehenes?

—Está de camino, igual que el SWAT. Estamos intentando que Braswell se ponga al teléfono para empezar a hablar con él.

Ava le envió un mensaje a Mason preguntándole dónde estaba.

De repente se oyó un disparo. Ava y los agentes se agacharon detrás de los coches.

Ava contuvo el aliento con el corazón desbocado, a la espera de si se producía algún disparo más.

—¡Ha sido al aire, para llamar vuestra atención! —gritó Reuben desde la casa—. ¡Quiero una vía libre de huida o la próxima vez dispararé a las dos mujeres!

«¿Estará bien Jayne?».

—¿A qué distancia se encuentra la negociadora? —le preguntó al sargento mientras seguían arrodillados tras los vehículos.

—Está demasiado lejos.

Ava sopesó sus opciones.

—Tengo experiencia como negociadora en situaciones de este tipo. He recibido adiestramiento, pero no tengo la titulación oficial.

«¿Reaccionará de forma negativa Reuben?».

Ava consideraba que tenía una faceta imprevisible muy peligrosa. Era obvio que estaba furioso y, además, en esos momentos se encontraba rodeado por la gente que odiaba y que, en su opinión, tenían como único objetivo controlar a las personas como él.

Sin embargo, decidió que valía la pena arriesgarse. A fin de cuentas, Reuben siempre había mostrado un gran interés en hablar con ella.

—¿Cree que podrá razonar con él?

—Puedo escuchar lo que tiene que decir. No es un mal comienzo.

«La principal prioridad en una situación de este tipo es la seguridad de los rehenes. El hecho de que Jayne sea una de ellos no influirá en mí».

El sargento le pidió a un agente que le diera el megáfono del coche.

Se lo entregó a Ava, que respiró hondo y se levantó. No se veía a nadie en la casa.

—Reuben —empezó—, ¿se encuentra bien Jayne? Sé que está herida.

Se produjo un largo silencio.

«¿Responderá?».

—Agente especial McLane —gritó—, me pareció verte en la cabaña.

—¿Lo conoce? —preguntó el sargento.

—Eso creía —respondió Ava.

—¿Es usted la persona adecuada para manejar la situación?

—Sí —respondió Ava con firmeza. Conocía mejor a Reuben que cualquiera de los presentes.

—Sí, era yo —dijo por el megáfono—. ¿Se encuentra bien Jayne?

Reuben no respondió.

—¿Quién más hay en la casa contigo? —preguntó Ava.

—Mi hermana.

El sargento le tocó el hombro.

—El 911 nos ha informado de que las hijas de la hermana están en casa de una vecina. Enviaré a alguien para comprobar cómo se encuentran.

Ava asintió y se llevó el megáfono a la boca.

—¿Qué podemos hacer para que dejes salir a Jayne y a tu hermana?

—¡Apartaos de una puta vez!

—Podemos hacerlo, Reuben, pero me gustaría que también hicieras algo por mí. Jayne necesita asistencia médica. Si la liberas para que podamos llevarla a un hospital, será un punto a tu favor.

—Lo dices como si aquí hubiera un juez que pudiera tenerlo en cuenta —gritó—. No tengo la menor intención de que me llevéis ante un puto juez.

—Mierda —murmuró el sargento—. No le importa inmolarse.

—¿Puede hacer que todo el mundo retroceda treinta metros? —preguntó Ava—. Así tendrá la sensación de que posee algún tipo de control sobre lo que está ocurriendo. Además, será mejor si decide abrir fuego.

El sargento examinó la escena.

—Sí, no perderíamos ángulo de visión con la casa.

—Reuben, vamos a retroceder —le dijo Ava—. Cuando lo hayamos hecho, te agradecería que liberases a Jayne.

Silencio.

—Retroceded —ordenó el sargento.

Los vehículos del departamento del sheriff se apartaron lentamente. Ava los acompañó, a pesar de que no le hacía ninguna gracia separarse más de su hermana.

Uno de los agentes se acercó al sargento.

—Las hijas de los Lloyd están bien. Alteradas, pero nada grave. La vecina las tiene distraídas.

—¿Saben qué está pasando? —preguntó Ava.

—Sí —afirmó el policía—. Su madre les ordenó que se encerraran en la habitación de juegos y no salieran. Me han dicho que oyeron gritar a un hombre y llorar a otra persona. Pero que entonces un policía con botas de vaquero las sacó por la puerta trasera.

«Mason».

—Ese es el detective Callahan —afirmó Ava. La tensión propia del momento y una leve sensación de alivio pugnaban por hacerse con el control de sus extremidades. Miró el teléfono. Aún no había respondido a su mensaje—. ¿Dónde estará?

—La vecina dice que regresó a la casa, pero fue antes de que llegáramos nosotros.

—Imagino que no querrá abandonar su puesto —dijo Ava—. O no puede o tiene un buen ángulo de visión de la situación. Comparta su descripción con todos sus hombres. Avíselos de que hay un agente de paisano en la escena. Es alto, tiene el pelo entrecano y lleva vaqueros y botas.

—¿Sin sombrero blanco? —preguntó el sargento medio en broma.

—No en una situación como esta —respondió Ava muy seria. Luego se llevó el megáfono a la boca—. Bueno, Reuben, ya te hemos dado un poco más de espacio. Ahora suelta a Jayne para que podamos ayudarla.

No apartaba los ojos de la casa, atenta a cualquier movimiento.

—¡No os acerquéis! —gritó Reuben—. ¡No quiero ver a nadie acercándose a la casa!

«¿La soltará?».

—¡Ahí! —gritó el sargento al cabo de unos instantes—. La puerta del aparcamiento.

Ava miró fijamente con la esperanza de ver aparecer a Jayne.

Salió una mujer de pelo oscuro, con los pantalones y las manos ensangrentadas.

A Ava se le doblaron las piernas.

«No es Jayne».

—Esa es la hermana —le dijo al sargento.

Veronica Lloyd estaba descalza. Dio varios pasos, miró hacia la casa por encima del hombro y se detuvo. Estaba de espaldas a la policía, pero parecía que hablaba con alguien.

«Venga. No te pares».

Veronica recorrió varios pasos de espaldas y, a continuación, se volvió y echó a correr hacia el coche patrulla que cortaba la calle. Tenía los ojos desorbitados y la cara mojada.

—¡Mis hijas! —gritó cuando se le acercó el sargento—. ¡Mis hijas siguen en la casa!

—No, las hemos sacado. Están con una vecina.

Veronica tembló y estuvo a punto de desfallecer, pero el sargento la sostuvo.

—¿Está seguro? Tengo que verlas ahora mismo —rogó, incapaz de contener los temblores de las piernas.

Un policía le acercó una manta plateada y se la echó a los hombros.

—¿Está herida? —preguntó.

Veronica negó con la cabeza.

—No es sangre mía.

—Ahora tiene que dejar que el agente la limpie —le dijo el sargento—. Y luego la acompañará a ver a sus hijas.

—Espere —dijo Ava, agarrando a Veronica del brazo—. ¿Jayne está bien? ¿Por qué no la ha dejado salir?

Veronica la miró fijamente un segundo.

—Usted es la gemela.

—¿De qué habla? —preguntó el sargento, que las observaba con recelo.

—Jayne es mi hermana gemela —confesó Ava, mirándolo a los ojos.

—¿Tiene como rehén a su hermana gemela? ¿Por qué no nos lo dijo? —Se volvió hacia el agente—. Pregunta cuándo va a llegar la negociadora.

—He establecido conexión con Reuben —insistió Ava—. He logrado que deje salir a Veronica. Hasta su negociadora le diría que conviene que siga yo al mando de la situación.

Un velo de indecisión le ensombreció el rostro.

—Sé lo que hago —afirmó Ava.

—Eso espero. ¿Tiene que contarme algo más, aparte de que conoce a las dos personas que hay ahí dentro?

—El detective Callahan es mi prometido.

El sargento no salía de su asombro.

—Y ha desaparecido —afirmó el policía.

Ava se negaba a preocuparse por Mason.

«Es un buen profesional. Sabe cuidar de sí mismo».

—Reuben solo ha hablado de dos mujeres —replicó Ava—. Si no ha mencionado al detective Callahan, significa que se encuentra en un lugar seguro. —Se volvió hacia Veronica—. ¿Por qué no ha dejado salir a Jayne?

—Tiene una especie de obsesión con ella —respondió Veronica lentamente, y miró a Ava—. Y con usted.

«Mierda».

—¿Está bien?

—La hemorragia se ha detenido un poco, pero tiene mucho dolor. No puede ser bueno para el bebé.

—¿Está embarazada? —murmuró el sargento.

—¿Ha mostrado él algún tipo de preocupación por su estado? —preguntó Ava.

—Está muy preocupado —respondió Veronica.

—Entonces, ¿por qué no nos deja ayudarla?

«Está embarazada de verdad», pensó sin perder la calma. Sin embargo, eso no cambiaba la situación. «Pero el bebé me ofrece un elemento más para intentar presionarlo».

—Creo que está convencido de que puede controlar la situación. Intentará meterla en el monovolumen —añadió Veronica.

—Ella lo hará ir más lento. No tiene ningún sentido.

—¿Cree que en estos momentos es capaz de pensar con algún tipo de lógica? —señaló el sargento.

—¡Ava! —Mercy se acercó corriendo—. Qué desastre.

Ava la puso al corriente de todo y se acercó el megáfono a los labios.

—Gracias por dejar salir a Veronica, Reuben —dijo—. Y ahora ¿podrías dejar salir a Jayne? Nos preocupa el estado del bebé.

No hubo respuesta.

—¿Podrás ofrecerle atención médica? —le preguntó—. Pues déjanos ayudarla y luego ya veré qué puedo hacer por ti.

—Sé que ordenaste que me siguieran después de nuestros encuentros —gritó Reuben—. ¿Por qué iba a confiar en ti?

—Lamento que digas eso, porque no es verdad. Cuando finalizaba una de nuestras reuniones, no había nada más. Yo volvía al trabajo y no te seguía nadie.

—Los policías tenéis mucha labia. Decís que queréis ayudar, pero luego no hacéis nada.

—Debo asegurarme de que Jayne reciba ayuda —insistió Ava—. Es mi hermana.

—Me ha contado cómo la has ignorado y la has apartado de tu vida.

Ava se mordió la lengua.

«Quiere provocarme para que pierda los estribos».

—Ahora mismo haría lo que fuera por ella y por mi sobrina o sobrino. Al menos déjame verla.

«Voy a ser tía», pensó.

Todo parecía tan irreal.

—La soltaré, pero tienes que acercarte a buscarla. No puede andar sola —bramó Reuben—. Tienes que ser tú, Ava. No me vale nadie más.

—No —se apresuró a decir el sargento—. De ninguna de las maneras.

—¿Por qué yo? —preguntó Ava.

—Porque ese es el trato que te ofrezco. Deja la pistola.

«¿Es una trampa?».

No creía que fuera a hacerle daño. Siempre había tenido buenas palabras para ella mientras ponía de vuelta y media al resto de las fuerzas del orden. No había hecho daño a Jayne a propósito y, según Veronica, se mostraba muy preocupado por el estado de su hermana.

Pero se había equivocado en otras ocasiones.

Aun así, decidió seguir el dictado de su instinto.

—De acuerdo, voy a buscarla.

Ava dejó el megáfono y entregó su arma a Mercy.

—¿Estás loca? —le susurró su amiga—. Intentará matarte.

—No lo creo. Su hermana nos ha dicho que está preocupado por Jayne. Y creo que eso me incluye también a mí.

«¿O era al revés?».

—Espere —le pidió el sargento.

Ava lo ignoró y rodeó los vehículos de la policía. La casa parecía estar a varios kilómetros de distancia.

«Puedo hacerlo», pensó.

CAPÍTULO 31

Mason se estremeció cuando Reuben exigió que Ava se acercara a ayudar a Jayne.

«Ella sabe que no debe acceder. Buen intento».

Se agachó bajo una ventana de la cocina del jardín trasero. Era una especie de pequeño invernadero que sobresalía de la fachada de la casa. Estaba lleno de hierbas en estantes de cristal y proporcionaba buena cobertura desde arriba. Ninguna de las ventanas de la zona posterior de la casa permitía ver lo que ocurría en el interior, pero había varias abiertas y podía oír casi todas las conversaciones.

Reuben había preguntado por sus sobrinas y Veronica le había mentido, diciéndole que estaban en casa de una amiga. «Mejor. No deberían ver esto», se limitó a responder.

Mason supuso que a esas alturas Veronica ya se había reencontrado con sus hijas.

Reuben estaba tenso. Le había gritado a su hermana antes de dejarla marchar y no había parado de quejarse de la presencia policial en el exterior. Había repetido en varias ocasiones que tenía que irse del estado y no paraba de dar vueltas por la cocina. Utilizaba la típica retórica de los sitios web antigubernamentales. Creía que el único objetivo de los agentes que había fuera era someter y controlar a los trabajadores como él. Lo único bueno que había oído en todo ese rato era que le preocupaban las heridas de Jayne. Veronica le había suplicado que dejara que recibiera atención médica, pero Reuben no se cansaba de repetir que podía manejar la situación.

Sin embargo, su tono insinuaba lo contrario.

Reuben se estaba desmoronando. Si la policía era capaz de agotarlo, Mason creía que la situación podía resolverse sin violencia.

En ese instante Ava anunció que iba a acercarse a por Jayne.

Mason no se lo podía creer.

«¿Es que se ha vuelto loca?».

Miró el teléfono y vio que tenía varios mensajes y llamadas perdidas de Ava. Lo había puesto en silencio porque le preocupaba que pudieran oírlo. Respondió a los mensajes y le dijo que estaba en la parte posterior de la casa, que oía a Reuben y que ni se le ocurriera acercarse a recoger a Jayne.

Esperó, pero no recibió respuesta.

«No. No. No».

Dentro de la casa, Reuben le decía a Jayne que Ava iba a llevarse una buena sorpresa si intentaba engañarlo. Jayne no respondió. Hacía ya varios minutos que no la oía y Mason se preguntó si no habría perdido demasiada sangre.

—Levántate —le ordenó Reuben.

El gemido que soltó Jayne le provocó un escalofrío a Mason.

«Está muy mal».

Oyó varios gruñidos más y dedujo que Reuben la estaba ayudando a levantarse.

«¿Cómo se las apañará para andar?».

Mason se acercó a la puerta corredera y decidió arriesgarse para echar un vistazo al interior. Reuben estaba de espaldas a él, sujetando a Jayne por delante, rodeándola con un brazo a la altura del pecho. Tenía una pistola en la cintura de los vaqueros. Mason no podía hacer nada hasta que se apartara de la rehén.

«¿Quizá cuando la deje marchar? Siempre que vaya a cumplir con su palabra».

***

Ava sabía que media docena de agentes estaban apuntando a la casa con sus fusiles mientras ella se aproximaba. Si Reuben salía, había muchas probabilidades de que lo mataran.

«Debe de saberlo».

Recorrió el camino de acceso hasta el aparcamiento, con los brazos separados del cuerpo para que Reuben viera que no iba armada. Una extraña sensación de calma se había apoderado de ella. Era muy consciente de todos los movimientos que se producían a su alrededor, pero su ritmo cardíaco se había reducido y la tensión había desaparecido.

Tenía la cabeza despejada, centrada en el objetivo de poner a salvo a Jayne.

«Reuben podría dispararme». El inquietante pensamiento resonó en su cabeza, pero lo relegó a un segundo plano plácidamente.

Calma.

Algo se movió junto a la puerta del aparcamiento. Estaba entreabierta, pero no sabía si era Reuben o Jayne.

Entonces se abrió la puerta.

«Jayne».

Tenía la pierna empapada de sangre y llevaba el vestido pegado a la piel, lo que resaltaba aún más su vientre. Reuben la agarraba con fuerza mientras observaba a Ava por encima del hombro de su hermana. Ambos se movían con torpeza.

«Nadie puede dispararle mientras se parapete detrás de Jayne».

La pared posterior de hormigón del aparcamiento impedía que nadie pudiera verlo por detrás.

Ava se detuvo a seis metros de la pareja. Hacía un sol de justicia y el chaleco antibalas le daba mucho calor y era muy pesado. Además, no le proporcionaba más seguridad en sí misma. Ya que desde esa distancia Reuben podía dispararle fácilmente a la cabeza.

—No, Ava. —Jayne negó con la cabeza—. Vete. No lo hagas.

«¿Acaso conoce el plan que Reuben tiene en mente?».

—¿Puedes andar? —le preguntó a Jayne.

—Más o menos, pero no llegaré muy lejos.

Ava dio otro paso más, concentrándose en los ojos y las manos de Reuben, con la esperanza de adivinar cualquier movimiento inesperado que pensara llevar a cabo.

—Suéltala —le dijo.

Reuben la miró fijamente.

—Yo fui amable contigo, pero tú me utilizaste —le soltó.

«¿No consiste en eso la tarea de un confidente?».

—Lamento que pienses eso.

—Teníamos un vínculo especial.

«Cuidado con lo que dices», pensó Ava.

—Yo quería ayudarte, a ti y a tu amiga que sufría violencia doméstica. Cualquiera se habría preocupado.

Él le lanzó una mirada preñada de resentimiento.

—Ahora te comportas como todos los demás. Sobre todo ellos. —Señaló con la cabeza a los policías desplegados en la calle—. No me dejarán pasar, ¿verdad?

—No conozco los detalles del plan. Pero si te entregaras…

—¡No lo digas!

—¿Puedes soltar a Jayne ahora? Necesita atención médica.

—¡No me digas lo que debo hacer!

Ava guardó silencio.

Jayne estaba pálida. Se humedecía los labios con nerviosismo una y otra vez, y la pierna herida temblaba. Ava le envió un mensaje silencioso de apoyo con la mirada.

«Te sacaré de esta».

Reuben bajó el brazo con el que rodeaba a Jayne y la empujó hacia su hermana. Ella avanzó varios pasos tambaleándose, gimiendo, con las piernas temblorosas. Ava corrió para agarrarla y la abrazó contra su pecho. Tuvo que plantar los pies con fuerza para no acabar las dos en el suelo.

Ava miró por encima del hombro de su hermana. Reuben estaba en la puerta, con una expresión vacilante a medio camino entre el anhelo, la ira y la indecisión.

Ava se situó junto a Jayne y la ayudó a apoyarse en su hombro para que no perdiera el equilibrio.

—Estamos cerca —le prometió, viendo sus dificultades para tenerse en pie.

Dieron unos cuantos pasos en los que Ava tuvo que aguantar casi todo el peso de su hermana, que se detuvo entre jadeos y miró a Reuben. Todo su cuerpo se puso en tensión.

—¡Agáchate, Ava! —gritó.

Jayne se abalanzó sobre Ava y la tiró a un lado en el instante en que se oyó un disparo.

El cuerpo de su hermana dio una sacudida y Ava notó algo caliente en la cara. «Le ha disparado», pensó. Jayne se desplomó y tiró a Ava al suelo.

***

Acababa de entrar en casa cuando Mason vio que Reuben levantaba el brazo hacia Ava y Jayne. El tiempo se ralentizó y de pronto parecía que Reuben se movía fotograma a fotograma. La pistola que tenía en la mano pasó a un primer plano. Mason se quedó quieto y lo apuntó.

«Las mujeres están en mi línea de fuego».

Reuben disparó y las mujeres cayeron.

«¡Ahora!».

Mason apretó el gatillo tres veces. Las balas alcanzaron a Reuben en el estómago. Detrás de él, Jayne y Ava estaban en el suelo, cubiertas de sangre.

«Llego demasiado tarde», pensó Mason.

Atravesó corriendo la cocina, pero rodeó con cautela el cuerpo boca abajo de Reuben hasta que apartó el arma del hombre inmóvil de un puntapié.

Ava se había abalanzado sobre Jayne y ahora estaba palpando frenéticamente a su hermana, intentando encontrar la herida responsable de la hemorragia.

Jayne se estremeció.

—Lo siento mucho. Lo siento mucho —le dijo con los ojos anegados en lágrimas.

—Calla —le ordenó—. ¡Necesito un médico! —gritó en dirección a la policía.

Mason se arrodilló junto a Ava, se quitó la camisa e hizo una bola con ella.

—Utiliza esto.

Jayne tenía un orificio de salida cerca de la clavícula y sangraba a borbotones.

Ava taponó la herida con la camisa.

—Me apartó —le dijo Ava, presa del pánico—. Reuben me apuntaba a mí y ella se interpuso.

—Lo he visto —le aseguró Mason—. Cuando habéis caído me habéis ofrecido línea de tiro. Hasta entonces no podía disparar por el peligro de alcanzaros a una de las dos.

—Todo irá bien —le aseguró Ava a su hermana—. Te lo juro.

Jayne esbozó una débil sonrisa.

—Tú siempre cuidando de mí.

—Esta vez has sido tú.

Jayne cerró los ojos.

—Me duele —susurró.

Ava se puso pálida.

—Saldrás adelante —le aseguró.

Mason deseó con toda el alma que no se equivocara.

***

Tres días después

La lujosa casa le resultaba familiar a Ava. El hogar de los padres de Brady Shurr se encontraba en Pete's Mountain, al sur de Portland. Se alzaba en una finca de dos hectáreas con vistas a un viñedo y ofrecía unas vistas idílicas de las Cascadas. Se acercó a Mason.

—Esta casa salió en *Street of Dreams* hace unos años —dijo, recordando el programa en el que mostraron varias casas de lujo.

—Es difícil olvidar esa piscina infinita —respondió Mason.

Estaban en una sala de estar de techos altos, esperando a que Jayne y Brady volvieran de la cocina. Jayne había pasado dos noches en el hospital y, una vez que le dieron el alta, Brady y ella se instalaron en la casa familiar, aprovechando que los padres estaban de viaje por Alemania durante un mes.

Reuben Braswell había muerto. Mason estaba de baja mientras la policía analizaba las circunstancias del tiroteo. Ava no albergaba dudas sobre las conclusiones del informe. Reuben había disparado a Jayne y las habría acribillado si Mason no lo hubiera sorprendido.

Ava, por su parte, había podido reconstruir más o menos los días previos al tiroteo gracias a las conversaciones que había mantenido con Jayne en el hospital. Su hermana le confesó entre lágrimas que Reuben la había obligado a llamar a la bodega para cancelar la reserva de su boda. A medida que Jayne se explayaba, Ava se dio cuenta del nivel de obsesión que había desarrollado Reuben y que terminó por salpicar a su hermana.

En ese instante regresaron Jayne, con muletas, y Brady, con una bandeja de café. La dejó en una mesita y Ava ayudó a sentarse a su hermana, que puso la pierna herida sobre una otomana. Por un momento le pareció que el vientre había crecido en los últimos días. Le había dicho que estaba de cinco meses.

La tierna mirada de Brady le derritió el corazón. «La quiere de verdad». La sonrisa de él y la mirada de Jayne eran un vivo reflejo de que el sentimiento era mutuo.

Ava se preguntó cuánto duraría. Reuben Braswell había sido capaz de engatusarla en Costa Rica y convencerla de que se fuera de viaje con él.

Además, le resultaba inconcebible que Brady hubiera podido perdonarla.

«Pero ¿cuántas veces la he perdonado yo? Es mi hermana gemela. Él puede irse y abandonarla, pero en mi caso hay algo que me impide hacerlo».

Ava le dio una taza de café a Mason, que carraspeó antes de tomar la palabra:

—Brady, no sé si quieres estar presente en esta conversación. —Mason también se mostraba incrédulo con la actitud del joven ante el comportamiento de Jayne.

—Ya lo he oído todo —dijo Brady—. Jayne me lo ha contado. Es imposible que vuelva a dejarme.

Ava sintió el impulso de zarandearlo.

Mason suspiró.

—Si tú lo dices… —Se volvió hacia Jayne—. ¿Cuándo conociste a Reuben?

—Se presentó como Cliff, hace unas semanas. Se me acercó en un bar y nos pusimos a hablar. —Miró a Ava—. Al principio me confundió contigo. Me dijo que erais amigos.

Ava ya conocía la escena e imaginaba que Reuben había utilizado esa treta para abordarla. Sin duda le había resultado muy fácil averiguar que tenía una hermana gemela. Jayne tenía un largo historial de detenciones y abundaban los artículos en internet sobre sus fechorías. En cuanto Reuben supo de su existencia, dio fácilmente con ella gracias a su cuenta de Instagram. En un principio Jayne la había creado para mostrar sus obras de arte, pero también publicaba imágenes de preciosos paisajes que solían incluir datos de geolocalización.

El hecho de que Reuben hubiera decidido que valía la pena desplazarse a Costa Rica carecía de toda lógica, pero Ava supuso que los antecedentes de Jayne daban pie a pensar que se trataba de una persona que tomaba decisiones imprudentes. Y las últimas fotografías que ella había subido a Instagram le habían permitido constatar que eran gemelas idénticas.

Si Reuben se había obsesionado con Ava, la idea de conocer a su hermana gemela debió de convertirse en una tentación demasiado grande.

—Una vez que nos conocimos, empezamos a coincidir por todas partes.

«La acosó».

—Era todo un galán —afirmó sin levantar la vista de las manos—. Lo siento, Brady —susurró.

Él le tomó una mano.

—No pasa nada. Te sentías sola. No debería haberme marchado tantos días.

—¿Viajabas a menudo a Portland? —preguntó Mason.

—Sí. Mis padres habían decidido dar un paso al lado y dedicar menos tiempo a los concesionarios, lo que me ha obligado a ponerme al día para asumir un papel más relevante en el negocio. Jayne y yo habíamos planeado volver en otoño.

—A veces tenía que ausentarse durante varias semanas —añadió Jayne—, y Reuben me colmó de la atención que tanto necesitaba.

—Estabas embarazada —señaló Ava.

—No le importó.

Ava intentó reprimir el escalofrío.

—¿Ibas a abandonar a Brady?

—No, solo fue una aventura. Reuben y yo lo sabíamos.

«Me cuesta creer que sea tan fría».

—Tomamos un avión a San Diego y recorrimos la costa.

Ava prefirió no preguntar de dónde había sacado el pasaporte falso.

—Le conté a Reuben lo de la fiesta de cumpleaños de David en la costa y me convenció para que no les dijera nada y apareciera por sorpresa.

«Reuben sabía alimentar su ego».

—¿Por qué usasteis el permiso de conducir robado? —preguntó Mason—. ¿Por qué no puso las habitaciones a su nombre?

Jayne puso cara seria.

—Me recomendó que no quedara ningún rastro de que estábamos juntos, por si Brady decidía buscarme. En su momento me pareció lógico, pero ahora veo que no tenía sentido. Estaba demasiado emocionada para darme cuenta.

Brady tragó saliva y Ava no pudo reprimir un sentimiento de pena por él.

—Antes del cumpleaños de David, nos alojamos en una casita de Seaside durante unos días. Reuben recibía llamadas de su hermano cada dos por tres, pero siempre discutían. Yo sabía que Shawn no quería seguir adelante con un plan que tenían a medias, pero ignoraba de qué se trataba… Aunque ahora me lo imagino.

«El tiroteo del juzgado».

—Reuben dijo que tenía que ir unos días a Portland para reunirse con su hermano y yo me quedé en la playa. Me prometió que volvería a tiempo para ir a la fiesta de David.

—¿Iba a acompañarte? —preguntó Ava, sorprendida ante la posibilidad de que Jayne estuviera dispuesta a presumir de ligue delante de la familia.

—Uy, no. Solo iba a llevarme en coche.

—De modo que Reuben se fue a Portland —dijo Mason para encauzar la historia de Jayne.

—Sí. Estaba muy intranquilo. Me dijo que Shawn había cambiado de opinión sobre algo y que él estaba dispuesto a obligarlo a cumplir con su palabra.

—Shawn se mantuvo en sus trece —afirmó Ava—. Por eso lo mató Reuben. Imagino que debió de amenazarlo con acudir a la policía.

—Reuben estaba furioso con él —dijo Jayne—. Me contó que siempre había odiado a su hermano, pero que ambos estaban de acuerdo sobre el papel de la policía. —Miró a Ava con cierto nerviosismo—. Habló de un plan, toda una declaración de intenciones dirigida a los líderes del país. Sin embargo, estaba convencida de que, en el fondo, no pensaba hacer nada, y no le hice caso.

«Como Gillian».

—¿Cuántos días pasó Reuben en Portland? —preguntó Mason.

—Una noche. Volvió a última hora del día siguiente.

—Shawn murió esa noche —afirmó Mason—. Reuben desfiguró el cuerpo y dejó su permiso de conducir para que diéramos por supuesto que era él. Sabía que no íbamos a buscar a un hombre muerto.

—Por eso le destrozó la mandíbula a martillazos y le cortó los dedos —añadió Ava—. No quería que averiguáramos que era Shawn.

—Las huellas de Shawn no aparecen en nuestros archivos porque nunca lo habían detenido —dijo Mason—. Supongo que Reuben no lo sabía. Aun así, no me imagino cortándole los dedos a mi hermano en ninguna circunstancia.

—Su relación se basaba en un odio enraizado —dijo Ava—. Pero ¿por qué dejó los dedos y los dientes?

—Imagino que se asustó cuando oyó a Gillian llamando a la puerta de atrás.

—Sabía que avisaría a la policía —dedujo Ava—. Tuvo que actuar rápido para escribir la nota que debía conducir a la policía al juzgado. Me pregunto si Shawn y él habían elegido un día distinto. ¿Tal vez la negativa de Shawn lo obligó a cambiar el plan inicial?

—Nunca lo sabremos —dijo Mason—. Dos hermanos muertos.

Ava observó a Jayne. «¿Cómo es posible que alguien pueda matar a su hermano?», pensó. Ella había perdido la paciencia y se había enfadado con Jayne infinidad de veces. Sin embargo, nunca se le había pasado por la cabeza matarla. Al menos no literalmente.

—Reuben no estaba bien de la cabeza —dijo Ava. No había un diagnóstico médico, pero era obvio que tenía algún problema.

—Creo que es posible que matara a su padre —afirmó Mason.

—¿Cómo? —Ava se sorprendió. Brady y Jayne miraron a Mason.

—Lo he deducido por lo que me dijeron la hermana y su marido: el padre tenía esa misma ira enconada. Es posible que Reuben la desarrollara por una cuestión genética o por culpa de una infancia brutal. Hay algo que me escama del informe sobre el suicidio del padre. Creo que Reuben reaccionó dando rienda suelta a la ira acumulada durante años. Una ira alimentada por el trato que dispensó su padre al resto de la familia. La policía había tenido que acudir a su hogar en varias ocasiones. Según los informes que leí, hablaron con los adultos, pero no se presentó denuncia. No obstante, dejaron constancia de los cardenales que presentaba la madre.

Ava permaneció inmóvil, como si una de las piezas del rompecabezas hubiera encajado en su sitio.

—¿La policía no ayudó a la madre?

—No lo parece. Pero tal vez ella rechazó la ayuda. No me sorprendería que se los quitara de encima. Suele ocurrir en situaciones de violencia familiar.

—Reuben me preguntó por cómo podía gestionar una situación de violencia doméstica para una «amiga» —dijo Ava—. Al parecer, su amiga no había recibido la ayuda esperada de las autoridades. Me resulta extraño que sacara el tema cuando ya habían transcurrido varios años de la muerte de sus padres. —Se estremeció—. Creo que mis respuestas y la inesperada compasión permitieron que me viera de un modo distinto al resto de los agentes de las fuerzas de la ley. Le escuché y le ofrecí soluciones. Seguramente de niño vio que la policía aparecía por su casa, pero se iba sin intervenir, por lo que al final no cambiaba nada. Fue testigo de la brutalidad de su padre y es posible que transfiriese una parte de esa ira a la policía —concluyó—. Pobres niños.

—Veronica tiene la cabeza mejor amueblada —afirmó Mason—. Creo. —Respiró hondo—. ¿Por dónde íbamos? Ah, por lo que hizo Reuben después del tiroteo del juzgado. En un momento dado dejó la furgoneta en el aeropuerto y tomó el coche de Shawn, pero utilizó uno de alquiler para huir del lugar de los hechos.

—Volvió a la playa en un Mustang —dijo Jayne—. El coche de alquiler que cogimos en San Diego.

—Y allí fue donde robó las matrículas —añadió Ava—. Lo tenía todo planeado.

—Es verdad que paramos en Medford —asintió Jayne—. Yo fui de compras mientras él veía un partido de béisbol en un bar.

«Y sustraía las matrículas».

—Hemos visto unas imágenes de una cámara de seguridad en las que se lo veía pegándote en Cannon Beach, la mañana después del tiroteo.

—Nos habíamos pasado discutiendo casi toda la noche. Estaba nerviosísimo tras regresar aquella tarde después de lo ocurrido en el juzgado. Le pregunté qué tal le había ido con su hermano y se enfadó conmigo. Yo había visto la noticia del tiroteo y saqué el tema. —Se encogió de hombros—. Solo lo hice para darle conversación, pero perdió los estribos. Esa fue la primera vez que me pegó. Lo acusé de ser el francotirador, aunque no lo dije en serio. Me salió sin más. Pero cuando vi la cara que puso, comprendí que lo había hecho él. —Respiró hondo—. Le dije que quería irme a casa y a partir de ahí todo fue a peor.

»A la mañana siguiente me dijo que quería mostrarme una cosa y nos fuimos a Cannon Beach. Yo estaba destrozada. —Se le quebró la voz—. Fue cuando mató a David delante de mí. Me dijo que si le decía algo a la policía sobre el tiroteo del juzgado, haría lo mismo con Brady y Ava. —Se secó los ojos y se sorbió la nariz—. Lo creí. —Brady le estrechó la mano con una mirada de compasión.

—¿Cómo supo dónde estaba David? —preguntó Ava.

—Sabíamos dónde se alojaban por la invitación, pero no tengo ni idea de cómo averiguó que David salía a correr por la playa todas las mañanas.

—Entonces, ¿qué ocurrió? —preguntó Mason.

—Que empecé a obedecerlo a rajatabla. Ese mismo día nos fuimos a la cabaña y, como ya no confiaba en mí, me tuvo dos días atada. A veces se ausentaba durante horas.

—En una de esas ocasiones mató a Kaden —dijo Ava.

—Reuben también había discutido por teléfono con alguien más —dijo Jayne, secándose las lágrimas de las mejillas—. Alguien le debía dinero. Entonces el hombre se presentó en la cabaña.

—Tony Schroeder —afirmó Mason—. Tiene suerte de estar vivo. Le pregunté de dónde había sacado Reuben las armas que encontré bajo la cama de Kaden, pero no lo sabía. Me dijo que Reuben creía que Kaden había visto algo cuando mató a Shawn. A Tony le dijo que estaba haciendo limpieza.

—¿Disparó a Kaden en la cabeza y le dijo eso a su padre? —Ava no salía de su asombro—. Estaba paranoico perdido. ¿Cómo puede hacer alguien eso y matar también a su propio hermano?

—La aparición de Tony pilló desprevenido a Reuben y solo me ató de una mano —dijo Jayne—. Fue entonces cuando te llamé.

—Miró a Ava con los ojos anegados en lágrimas—. He cometido muchos errores. Demasiados.

Ava se sorprendió. Hasta entonces Jayne nunca lo había admitido.

—¿Y el bebé? —preguntó.

—¿Qué pasa? —Jayne la miró confundida.

—Le he pedido que se case conmigo —intervino Brady.

Jayne se volvió hacia él.

—Sabes que aún no estoy preparada para eso. Sobre todo después de lo que te hice —afirmó con sinceridad.

«Pero ¿estás preparada para tener un bebé?».

—De momento vamos a vivir aquí una temporada —prosiguió Jayne—. Cuando nazca el bebé buscaremos una casa para nosotros. Creo que sería demasiado hacerlo en el tercer trimestre del embarazo.

«Habla como si fuera una persona responsable. Tal vez hayan servido de algo los meses que lleva desenganchada del alcohol y las drogas».

—Estoy de acuerdo contigo —dijo Mason—. Pero tampoco será mucho más fácil cuando llegue el bebé. Los primeros meses son bastante caóticos.

Las miradas de Mason y Ava se cruzaron, pero no dijo nada más.

Ella frunció el ceño. No acababa de entender lo que quería decirle.

Mason le tomó la mano y acarició el anillo de compromiso con el pulgar.

«Ah, mi dama de honor».

Observó a su hermana mientras esta hablaba con Brady sobre la zona donde iban a buscar casa.

«¿Qué puedo perder?».

—Jayne —dijo Ava, que no sabía cómo planteárselo—. Me gustaría que vinieras a nuestra boda.

Jayne se quedó boquiabierta.

—¿Estás segura? Mi comportamiento no ha estado a la altura y ya sabes que no puedo prometerte que no vaya a cometer ninguna estupidez de nuevo.

—Aun así, eres mi hermana. —Ava dudó—. Pero tienes que prometerme que no montarás un numerito. Es mi gran día —le recordó taxativa y le señaló el vientre—. Además, tu gran día no tardará en llegar.

Jayne dio una palmada.

—¡Qué emoción! ¿Qué puedo ponerme? —Se acarició la barriga con ambas manos—. El otro día vi un vestido de gala para embarazadas. Era de un rojo muy intenso.

Ava se imaginó un vestido rojo junto al suyo, de un color tan poco habitual.

—No, deberías ir de negro.

—¿Negro? —preguntó Jayne con una mueca—. Es un color deprimente. Creo que también lo tenían en morado.

—Tengo muy claro que debería ser negro. Recuerda…, es mi gran día.

Su hermana frunció los labios. Era obvio que se estaba mordiendo la lengua y tenía ganas de discutir.

—Es tu gran día —concedió al final.

Ava paladeó el momento, disfrutando de la agradable sensación de que su hermana le hubiera dado la razón. Vio la mirada divertida de Mason, que sabía que era una situación a la que no estaba nada acostumbrada.

«Avanzamos».

CAPÍTULO 32

—Estás preciosa.

Cheryl le dio un ramo de flores blancas y Ava sonrió. Ambas se encontraban en una espaciosa sala en la parte posterior de la bodega, bañada por los haces de sol que se filtraban por los altos ventanales. Era el tiempo perfecto para la ceremonia. Hasta el cielo azul lucía feliz y radiante el día de su boda.

Era casi la hora.

La familia y los amigos ocupaban las filas de sillas blancas instaladas en el gran patio, con unas vistas espectaculares a varias hectáreas de viñedos y la costa. La bodega era aún más bonita de lo que había soñado cuando visitó el encantador *château* francés en otoño. Era un entorno de cuento de hadas.

—¿Nerviosa? —preguntó Cheryl.

Ava meditó la respuesta.

—Para nada. ¿Se supone que debería estarlo?

—La mayoría de las novias lo están, pero tú no eres como la mayoría. —Cheryl enarcó una ceja observando el vestido.

—No lo estoy lo más mínimo.

A pesar de que habían removido cielo y tierra, no pudieron encontrar el color de vestido de novia que quería. Y si bien era cierto que los hacían de casi todos los colores, ninguno acabó de convencerla, por lo que no le había quedado más remedio que encargar que se lo tiñeran. Era perfecto.

—Aún no sé cómo definir ese tono —admitió Cheryl—. ¿Azul turquesa plateado? ¿Océano tempestuoso pálido? ¿Bruma marina gélida?

Poco le importaba a Ava. Era el color de sus sueños y el que la hacía feliz.

Se acarició el canesú del vestido con escote palabra de honor. Era un corsé con incrustaciones y un volante que caía sobre la falda de tul. Cheryl se inclinó y agitó el borde de la falda para darle volumen y que quedara en su sitio. Las diversas capas de tul fueron cayendo en cascada. Era un vestido etéreo y Ava no cabía en sí de felicidad, gracias a la seguridad que le infundía llevar un modelo tan increíble como ese.

—¿Lista?

Ava asintió.

—He visto a Mason y la verdad es que debería ponerse traje más a menudo. Por un momento ha provocado un pequeño terremoto en los cimientos de mi soltería.

—Venga, vámonos.

Ava siguió a Cheryl por el pasillo, hasta el precioso salón que iba a acoger el banquete. En una de las paredes había grandes ventanas y Ava vio a los invitados que esperaban con paciencia fuera. Cheryl se detuvo junto a las enormes puertas de madera y hierro forjado de la bodega, procedentes de una casa señorial de Francia. Le guiñó un ojo a Ava y las abrió de par en par. El sol inundó la estancia y Ava dio un paso al frente.

Miró directamente a Mason, que se encontraba junto a Ray, el pastor y Jayne en una plataforma en el extremo del patio, enmarcados por las imponentes montañas que se alzaban tras ellos.

Mason la miró con sus ojos castaño oscuro. Ray le dio un codazo al novio y se inclinó para susurrarle algo. Ambos sonrieron, pero Mason no dejó de mirarla en ningún momento.

Habían pasado menos de dos años, pero Ava tenía la sensación de que lo conocía de toda la vida. En cierto modo siempre había sido una parte de ella, pero esa pieza había permanecido oculta hasta que se habían conocido en persona.

Todo muy cursi, pero no por ello menos cierto.

Avanzó entras las filas de sillas. No había muchos invitados y los conocía a todos. Oyó un fuerte suspiro que le llamó la atención, y vio que era Henley, la hija de Mason. Su mirada embelesada era una prueba irrefutable de que le encantaba el vestido. El secuestro de Henley era lo que había unido a Mason y a Ava.

Un suceso horrible.

Pero con un desenlace feliz.

El hijo de Mason, Jake, estaba de pie junto a su hermana. Cada vez se parecía más a su padre.

Ninguno de sus amigos había querido perderse el gran día. Michael Brody y su mujer, Jamie. Gianna Trask, la forense; su marido, Chris, y su hija, Violet. El jefe de los forenses, Seth Rutledge, y su mujer, Victoria Peres. La odontóloga forense Lacey Harper y su marido, Jack. Mercy y Truman.

Ava le dedicó una sonrisa radiante a Zander, feliz de verlo junto a Emily. Merecía encontrar el amor.

Y luego estaba su nueva familia. Los dos hijos de su padre, David, los cónyuges y los cuatro niños. En el funeral de David, Ava había tomado la decisión de estrechar los lazos con ellos. La vida era demasiado breve y valiosa, una de las principales enseñanzas que había aprendido de la muerte de su padre.

La aterradora experiencia que había estado a punto de acabar con la vida de Jayne no había hecho sino reforzar su convencimiento. Miró a su hermana y Ava supo que había tomado la decisión correcta: invitarla a que fuera su dama de honor.

Se acercó a Mason y él le tomó la mano.

—Ya era hora —le dijo.

—Yo también te quiero. —Y era verdad. De todo corazón.

—Me has dejado sin aliento —le confesó él.

—Pues yo tengo la sensación de que no me tocan los pies en el suelo. Aún no me creo que por fin estemos aquí.

—Yo no tenía ninguna duda de que llegaríamos hasta aquí. Todos nosotros. —Miró a Ray y a Jayne.

«Ambos podrían haber muerto».

Ray tosió.

—No sabía que uno de los requisitos era que te pegasen un tiro —susurró.

Jayne se llevó la mano a la boca para contener la risa.

«Al menos ahora ya podemos reírnos».

Mason le estrechó la mano.

—¿Lista?

—Hace meses que lo estoy.

—Yo también.

Ava no cabía en sí de gozo al recordar la conversación que había mantenido con Cheryl unas pocas semanas antes. Ella siempre se había mostrado convencida de que una ceremonia no iba a cambiar el amor que había entre Mason y ella, pero en ese momento acababa de descubrir que Cheryl tenía toda la razón.

Ahora que se encontraban ante sus amigos y su familia, proclamando sus votos, sintió que el amor que los unía era más profundo e intenso. Lo que sentía cuando estaba a su lado rehuía toda explicación lógica; la felicidad reverberaba en cada célula, cada nervio, cada vena de su cuerpo.

Mason la besó. Ya no había nada más que decir.

La pareja se fundió en un estrecho abrazo acompañado por los aplausos y silbidos de los invitados.

—No te dejaré escapar, agente especial McLane —le susurró.

—Nunca.

Agradecimientos

Sabía desde hace años que tenía varias preguntas pendientes de respuesta sobre Mason, Ava y Jayne. Siempre había tenido la intención de retomar su historia cuando hubiera escrito algún libro más de Mercy Kilpatrick; sin embargo, no me imaginaba que al final serían seis libros. Y la verdad es que me ha encantado volver a estos personajes. Mason Callahan ha sido uno de los más importantes desde que publiqué mi novela de debut, *Oculta*, en 2012. No te sorprendas si Ava y Mason reaparecen en el futuro. Me encanta recuperar personajes antiguos y, a juzgar por los mensajes que recibo, a mis lectores también.

Gracias a mi equipo de Montlake, que me ha dado libertad absoluta para escribir sobre mis personajes más queridos. Son un grupo de gente fabuloso y doy gracias a diario por trabajar con ellos. Gracias a Charlotte Herscher, que se ha encargado de editar todos los libros que he escrito. He aprendido una barbaridad con estas diecisiete novelas. Gracias a ti, Meg Ruley, mi extraordinaria agente y más acérrima defensora.

Gracias a Melinda Leigh, que siempre me obliga a ponerme en marcha cuando más lo necesito. Nuestra amistad lo es todo para mí. Si no has leído sus libros, ¡hazlo!

Gracias a mis lectoras y lectores, que no se cansan de pedirme libros y me escriben notas muy amables. Son los mejores.

Gracias a mis hijas por tener una paciencia infinita con una madre tan distraída.